拾穗譯叢

交響樂的故事

滄海珠淚

芭蕾舞與樂曲的故事
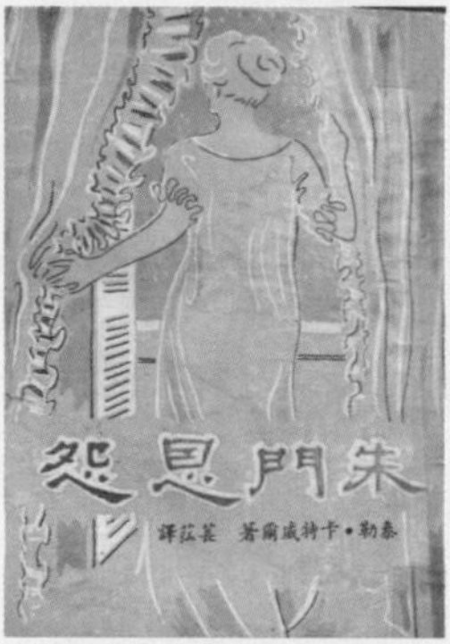
朱門恩怨

黑貓劫

短篇偵探小說選
慘烈的預演
天岳譯

Hi-Fi叢譚
伍牧編譯

女警韻事
拾穗譯叢

衆目睽睽

大地的狂熱

華莊煙雲
Mary Stewart 著

二十世紀西洋音樂新貌

諜影寒
John le Carre 著
艾 理 譯

南太平洋故事

吉屋召租
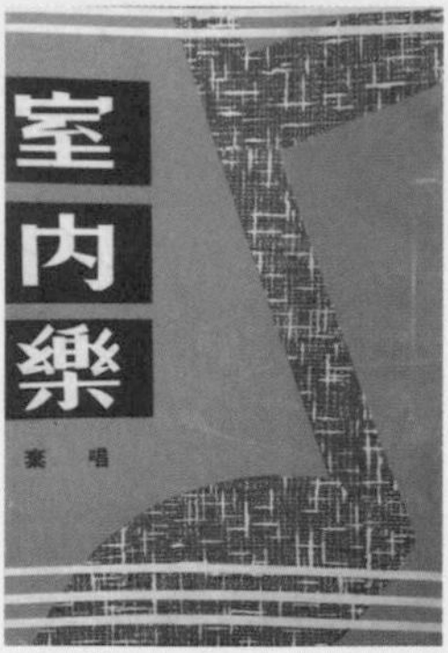
室內樂

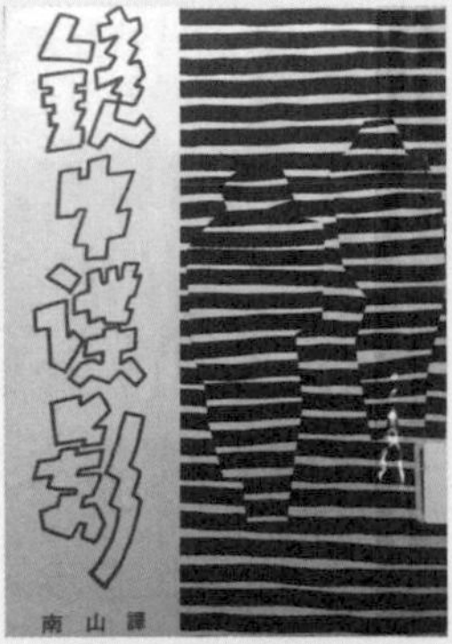
鏡中諜影
南山譯

盲者之歌
拾穗短篇小說選集

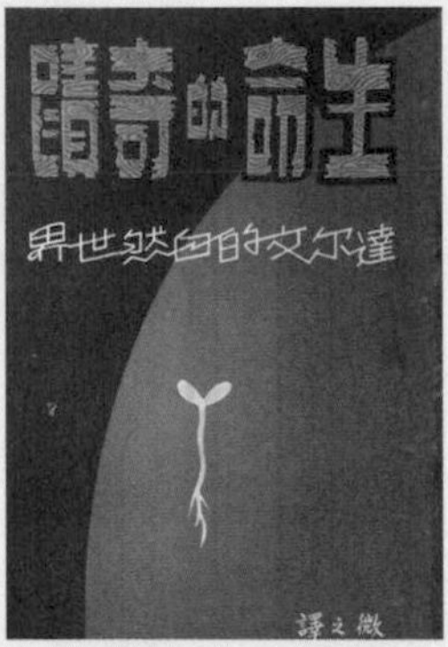
生命的奇蹟
達爾文的自然世界
微之譯

船場

海狼
傑克·倫敦 著
拾穗譯叢

頑童西部歷險記
馬克吐溫著

溫莎公爵回憶錄

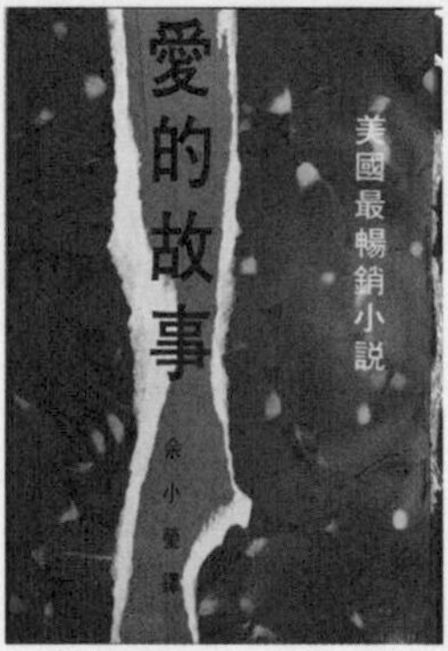
愛的故事
美國最暢銷小說

譯氣風發的高雄煉油廠

30位譯者×60篇譯作，重溫《拾穗》月刊開啓的文藝之窗

張綺容 著

目錄

＊用字說明：書中引用《拾穗》月刊內文時，為了忠實呈現，因此保留與今日慣用字不同的原始字詞，如却（卻）、着（著）、爲（為）、台（臺）等字，繙譯（翻譯）、同人（同仁）等詞，此處不一一列舉，讀者當能自行分辨。

推薦序一

是翻譯研究，更是文化人的生命史

陳榮彬
臺灣大學翻譯碩士學位學程副教授

一九五〇年代，臺灣人面對內外交迫的處境：外有國共對峙的臺海詭譎局勢與全世界的冷戰風雲，內有國民黨政府高壓統治的白色恐怖桎梏，在翻譯研究「多元系統理論」中這是標準的所謂「危機」或「過渡」時刻，也就是說，翻譯文學在這契機中很有可能站上主導文學系統的地位。因此我們不難想像，為何《自由中國》、《自由談》、《文學雜誌》、《文星》與《現代文學》等以譯介外國文學為己任的刊物會陸續成立。在那個站在世界體系邊緣的年代裡，臺灣人民沒有網路，普遍也不能出國遊歷、留學，因此「翻譯文學」就成為與國際接軌的重要介面。

綺容在這本書裡面論述的，是一段相對來講較不為人知曉的翻譯史。高雄煉油廠創辦的《拾穗》雜誌一路從一九五〇延續到一九八〇年代，譯介的文類豐富（有音樂、科學、醫療、政經與文學、藝術等各類文本），且其中文學譯作除了一般的純文學作品（如海明威 *The Old Man and the Sea*，被翻譯成《海上漁翁》）以外，還有偵探小說（艾勒里．昆恩）、戲劇（《南太平洋故事》、《吉屋招租》）、冒險小說（《海狼》），以及犯罪小說（電影《教父》原著小說，被翻譯成《黑手黨傳奇》）。學者皮姆（Anthony Pym）說，譯者都是一些被忽略的「文化人」（cultural figures），而能夠還原其生命史的，大概只有綺容所做的這一類翻譯史研究。

如此說來，我們不妨把這本書當成一個個故事來看，而看到第十三章〈情到深處無怨尤〉除了令人備感噓唏，更深刻感受到綺容論述的故事性。只見末任《拾穗》主編佘小瑩為這本雜誌付出人生的三十八年歲月，前十五年是讀者，中間十年是譯者，最後十三年是主編，因此綺容借用她所翻譯《愛的故事》（*Love Story*）裡面的話「情到深處無怨尤」來當章名，更表示這就是「佘小瑩拾穗歲月的最佳寫照」。如此故事在這本書裡面俯拾皆是（例如，《海上漁翁》的譯者辛原竟是高雄煉油廠的廠長董世芬，後來當上中化董事長與石化公會理事長），相信讀完後必能對那三十幾年內臺灣的文學翻譯活動有更清楚的認識。

推薦序二

建置臺灣翻譯文學史的使命

廖柏森
臺灣師範大學翻譯研究所教授

在目前網路當道的時代，紙本雜誌正面臨重大生存危機，我們很難想像在上個世紀戒嚴時期曾有一份翻譯雜誌，其譯文源語多元，主題包羅萬象，成為引領臺灣讀者接收外國文藝和新知的窗口。而且它每月按時出刊近四十年，影響力和發行量既深且廣，還榮獲金鼎獎的「優良雜誌獎」。更令人訝異的是，它的發行單位竟然是與我國民生工業發展息息相關的中油高雄煉油廠，這究竟是怎麼一回事？這本名為《拾穗》雜誌的昔日風采，經過數十年的沉寂，終於透過張綺容教授《譯氣風發的高雄煉油廠》一書娓娓還原道來，呈現在新世代讀者的眼前。

張綺容教授是臺師大翻譯研究所的傑出校友，我有幸與她合著過四本翻譯教科書（當時名為張思婷），深知其邏輯思慮縝密、文采細緻清麗。她也曾譯出如《大亨小傳》、《傲慢與偏見》等經典文學名著二十餘本，質量俱佳，是國內優異的文學譯者。其博士論文《臺灣戒嚴時期的翻譯文學與政治：以《拾穗》為研究對象》即是以確認《拾穗》譯者身份生平、整理其翻譯成果與分析其翻譯策略為研究目的。我當時身為綺容博論的口試委員，翻閱其厚達四百多頁的大作，深感其中承載建置臺灣翻譯文學史的使命，實為一艱鉅之文化工程。而這本《譯氣風發的高雄煉油廠》雖說是綺容博論的衍生作品，但內容實大不相同。博論講究資料嚴密、論證嚴謹、口吻嚴肅；然此書行文風格十分親人，以小說般的吸睛筆法，深入刻畫那個風雲時代的人事地物景觀，社會文化脈絡，還特別針對《拾穗》中的譯文加以分析評論，旁徵博引史料軼事，方便讀者欣賞這些譯者的文筆巧思。此外，本書另一主題則是提醒讀者，譯者和譯事都離不開當時白色恐怖和親美政策等意識型態的框限約制，凸顯出翻譯與臺灣政治民主化進程之間錯綜複雜的關係。

《拾穗》不僅寫下國內雜誌出版史上的一頁光輝篇章，也是臺灣翻譯史上的一個重要階段。從此書內容可見作者研究用功之勤奮，爬梳文獻之豐富，再加上其生花妙筆之演繹，讓《拾穗》中的諸多譯者從被遺忘的時光角落裡一一走上前臺，面貌栩栩傳神、譯文各有擅場，當時的海內外政經情勢也都鮮明重現。讀完此書，我們了解的不僅是《拾穗》這本雜誌，也更覺親近臺灣這塊土地，值得愛好翻譯和臺灣歷史的讀者細細品味。

推薦序三

重拾舊愛・回憶《拾穗》

張俊盛

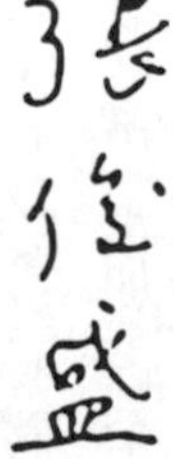

清華大學資工系教授

我出生在一九五〇年代，父親是土地銀行小職員，而母親是開業裁縫師。我們絕非書香門第，但在戒嚴時代，當年老老少少，整個社會渴求精神食糧，有些人逃避到金庸的奇幻文學世界，四郎真平的漫畫王國。有些人沉浸在翻譯帶來的平行宇宙：《讀者文摘》、《今日世界》，當然還有以米勒畫作《拾穗者》為封面的翻譯雜誌《拾穗》月刊。

《今日世界》是在臺美國新聞處於冷戰時期發行的雜誌，美新處也大手筆翻譯出版美國短篇小說選集。我小學時在高雄，下課後最常去的地方是美國新聞處在高雄的寬敞分館。從我就讀的高雄二中出發，沿著六合二路，還沒有走到夜市，轉個彎就到了美新處。去吹冷氣，用紙杯喝飲水機流出的冰水。當然還有看翻譯書，翻譯雜誌。

我至今沒有去過高雄中油煉油廠。很難想像美國矽谷般寬敞的工業園區，居然孕育出綜合型的翻譯雜誌。《拾穗》由一群中油工程師創刊發行，發行人之一為當年高雄煉油廠的新任廠長張明哲。《拾穗》比《今日世界》早兩年發行，且連續印行了三十八年，比《今日世界》多了二十年。有了帶路的《拾穗》、《今日世界》，十年後《讀者文摘》中文版（一九六五～）才在香港創刊，成為有史以來最受歡迎的中文月刊，發行廣達香港、臺灣、新加坡、馬來西亞。詹宏志先生在一場演講中說：《拾穗》、《今日世界》、《讀者文摘》，這些翻譯雜誌不知不覺中，塑造了這一代人的跨越國界的通用華語。

其中《拾穗》最有特色：它是中油同仁的業餘專業作品。工程師右手煉油、左手鍊翻譯，傳播文化新知。《拾穗》可以說是煉油的「副產品」。

張明哲廠長不受框架限制創辦了《拾穗》，在冷戰時期所謂「自由世界」的戒嚴臺灣，讓中油工程師以及外界譯者，能夠透過翻譯轉述了平行宇宙的文化密碼，傳達言論及人身自由的理念。當年的社會廣播、電視都還不成氣候，報紙受到頁數管制，幾乎沒有什麼內容。

張綺容老師這本書，讓我們一同再回味臺灣的來時路，回味他們當年為你為我，求知若渴的讀者，譯介歐美文化、科學新知，開啟一扇通往平行宇宙之窗。

出版序

高雄煉油廠「譯」氣風發的輝煌年代

李順欽
台灣中油股份有限公司董事長

能源是國家的經濟命脈，翻譯則是國家的知識命脈。台灣中油不僅是臺灣最大的能源供應商，也是引進國外知識的重要運輸管。一九四九年隨政府播遷來臺後，中油便透過翻譯讓臺灣的能源產業與世界接軌，從一九五四年《煉油工程》（*Petroleum Refining Engineering*）、一九六九年《煉油工場操作常識》（*Fundamentals for Chemical Plant Operators*）、一九七八年《石油煉製設備檢查指南》（*Guide for Inspection of Refinery Equipment*），到一九九九年李熊標（1921~2015）編譯《石油工業英漢漢英辭彙：煉製篇》[1]，台灣中油的翻譯軟實力並非一朝一夕，而是積年累月的深植成果。

談到台灣中油的翻譯成果，就不得不提中油高雄煉油廠出版的《拾穗》月刊，這份綜合性雜誌創辦於一九五〇年五月一日，是臺灣戰後第一份純翻譯刊物，發行量最高達到一萬份，而且十餘年居高不下，總計刊行四百六十二期，一共囊括五大「譯」功：第一，全心全「譯」，持續發行將近四十載；第二，日新月「譯」，譯介科學新知不懈怠；第三，詩情畫「譯」，打開臺灣三代人的文藝之窗；第四，開卷有「譯」，供應營養豐富的精神食糧；第五，不可思「譯」，不僅發行網遍佈海內外，更於一九七七年榮獲第二屆優良雜誌金鼎獎，在一九八九年四月一日停刊之前，提供了一代又一代譯者練筆的園地。

《拾穗》雖說是翻譯雜誌，但其貢獻卻遠在翻譯之外。從遠的來說，在那資訊閉塞的年代，讀者從《拾穗》獲得了豐富多元的知識、開拓了國際化的視野。從近的來說，今日讀者透過《拾穗》，閱讀著當年臺灣與世界潮流的碰撞、摸索著當代知識譜系的輪廓。太空旅行？《拾穗》談過。機器翻譯？《拾穗》也談過。在將近四十年的出版歲月中，《拾穗》保存了豐盛的文史資料，見證了臺灣引進域外知識的歷史。這份誕生於中油高雄煉油廠的繆思，不僅刊登了近萬篇譯作，更盛滿了昔日讀者對西方世界的嚮往，也承載著今日讀者對過往歷史的渴望。

中油高雄煉油廠作為孕育《拾穗》的搖籃，在吹熄燈號、停爐關廠後，隨之啟動文化資產保存計畫，當年承印《拾穗》的印刷工場已於二〇二二年登錄為歷史建築，而「《拾穗月刊》研究及專書出版計畫」也同步進行，期盼能從建物、文物、人物，再現高雄煉油廠的歷史人文軌跡，眼前這本《譯氣風發的高雄煉油廠》就是這項計畫的成果，希望讀者能循著書中的譯人譯事，重回高雄煉油廠「譯」氣風發的輝煌年代。

註釋

1 此書的基礎是一九七七年中國石油公司高雄煉油總廠編譯的《石油工業名詞：煉製類》，再加上一九九〇年代的煉製技術彙編而成。

序言

一本令白先勇和平鑫濤欽慕的雜誌

論譯介英美現代主義文學，《拾穗》走得比《現代文學》更前面，要論流通量，《拾穗》的發行網比《皇冠》更廣，怪不得白先勇和平鑫濤欽慕一時，興起有為者亦若是的雄心壯志。

「有《現代文學》嗎？」龍眉鳳眼的少年翻看著書攤上的《拾穗》雜誌，漫不經心問道。這是一九六〇年三月，驚蟄剛過，早春的空氣裡滲著寒涼，攤販的十指縮在外套的口袋裡，搖著頭說：「沒聽過。」少年斜飛的眼梢掩不住失望，道了聲「謝謝」，闔上手裡的《拾穗》雜誌，沿著重慶南路往下一攤走。

這位少年名叫白先勇，二十三歲，臺大外文系三年級學生，選在驚蟄這天創辦了《現代文學》，期盼創刊號能如平地一聲春響——聲名陡起，沒想到實地走訪重慶南路的書攤

1960年3月《拾穗》

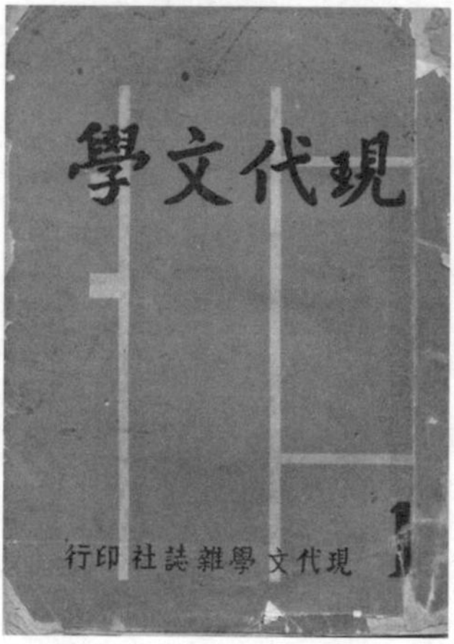

1960年3月《現代文學》

查看銷路，攤販不是沒聽過，就是從一大疊雜誌底下抽出《現代文學》，藍底白線的封面蒙上了一層灰，給別家暢銷雜誌壓得黯然失色。「要不要？」攤販問，白先勇不忍再看下去，掉頭就走[2]。

一轉眼，六十年過去，白先勇成了華文文學大師，創刊時乏人問津的《現代文學》躋身學術殿堂，銷聲匿跡的反倒是當年重慶南路書攤上的暢銷雜誌《拾穗》——白先勇翻看的那一期封面是一幅黑白照片，左上方印著紅底白字的「拾穗」大字，頗有美國《生活》（*Life*）雜誌的味道，新潮而且時髦，每期銷售量超過一萬冊[3]，文藝青年人手一本。一九五四年平鑫濤創辦《皇冠》（*Crown*）雜誌，便把《拾穗》當作競爭對手，誓言「一年內打垮《拾穗》」[4]。然而，最終打垮《拾穗》的不是《皇冠》，而是淘盡千古風流人物的時間洪流。

遭歷史遺忘的《拾穗》，是臺灣戰後第一份純翻譯雜誌，一九五〇年五月一日創刊，一九八九年四月一日停刊，總共出版四六二期，每月按時出刊[5]，譯介域外新知將近四十載，內容囊括文學、音樂、科學、醫學……等，雖然是綜合性月刊，但對翻譯文學的貢獻卓越，不在《皇冠》和《現代文學》之下，總計翻譯三十一國的文學作品，文類涵蓋詩歌、小說、戲劇、兒童文學，其中不乏臺灣文壇首見的中譯。要論譯介英美現代主義文學，《拾穗》走得比《現代文學》更前面，要論流通量，《拾穗》的發行網比《皇冠》更廣，怪不得白先勇和平鑫濤欽慕一時，興起有為者亦若是的雄心壯志。

《拾穗》刊行的四十年間，正值臺灣白色恐怖時期，人民不能自由出國，電視也還不普及，更別提電腦、網路和智慧型手機。在那資訊閉塞的年代，《拾穗》雜誌月月翻譯域外新知，從而打開了一代青年的視野、豐富了年輕學子的心靈。透過《拾穗》，林懷民接觸到了西方舞蹈，洪蘭讀到了《船場》、《白衣女郎》等域外小說。譯作超過兩百本的陳蒼多從小受到《拾穗》啟發而走上翻譯這條路，根據他在〈買書．譯書〉一文中回憶：一九五八年，從高雄搭火車上臺北參觀軍校：「在高雄的一家書店買了一堆過期的《拾穗》雜誌，有的都沒有封面了，但還是興沖沖地帶著坐上火車。」[6]

《拾穗》不僅每月發行雜誌，還出版了「拾穗譯叢」一百多種，譯者都是一時之選，譯筆不俗，影響既深且廣，一九七七年榮獲行政院新聞局金鼎獎「優良雜誌獎」。而今獎盃猶在，無奈人事已非，《拾穗》的編輯和譯者多已不知去向。曾經「書店一條街」的重慶南路如今商旅林立，賣書的攤販和買書的少年都沒了蹤影。昔日的「舊書街」牯嶺街也少了書香，我走進僅存的舊書店，從那一落落的古書底下抽出一本塵封的《現代文學》，拍一拍，假裝漫不經心地問道：「有《拾穗》嗎？」

註釋

2 詳見白先勇（1977）〈「現代文學」的回顧與前瞻〉（代序之一）。載於歐陽子（主編），《現代文學小說選集（第一冊）》。臺北：爾雅。

3 《拾穗》於一九五二年五月第廿五期兩週年紀念號上公佈讀者意見調查調查結果：「截至四月二十日為止，我們收到的意見書已達一千封以上……我們收到的意見書，只佔全部讀者的十分之一」。由此推估，《拾穗》的讀者已達一萬人。

4 詳見平鑫濤（2004）。《逆流而上》。臺北：皇冠。

5 《拾穗》在四六一期的「致讀者」專欄宣佈停刊，半年後（一九八九年四月一日）曾復刊，但篇幅不及原來一半，復刊後又休刊半年，一九八九年十一月重刊，內容全為創作，不似先前全為翻譯，故本書以一至四六二期的《拾穗》為主要討論對象。

6 參考陳蒼多（1984）。《書・翻譯・性》。臺北：水芙蓉。

一　金開英答應辦雜誌

既然時局不穩、謠言眾多，不如由公司出錢，向國外購買書籍、雜誌請同事翻譯，讓閒人有事做，也消磨消磨年輕人的時間，以免胡思亂想。

出場人物

本章介紹《拾穗》創刊因緣。臺灣戰後第一份純翻譯雜誌為什麼會誕生在高雄煉油廠？關鍵就在本章主角金開英，清末民初生於浙江望族南潯金家，一九二八年負笈美國從事燃料研究，返國後投身煉油產業，成為兩岸石油先驅。第二次世界大戰結束後，金開英出任臺灣

金開英，《拾穗》創辦人

石油事業接管委員會主任委員，招考大批中國理工菁英派赴高雄煉油廠，計畫從高雄供油給中國使用。在金開英的支持與指示下，這批煉油青年創辦了《拾穗》月刊，刊行三十八年，最後在金開英擔任發行人時收刊。

只要曉得金開英的大名，讀到「金開英答應辦雜誌」八個字，心中多半也就有了底。這麼一號呼風喚雨的人物，縱使是在草木皆兵、文字獄頻興的臺灣戒嚴初期，只要他答應，想要辦雜誌又有什麼困難？難的是他在江南水鄉的大宅裡過得舒舒服服，竟然飄洋過海跑來臺灣催生《拾穗》雜誌！

一九〇二年十一月十五日，金開英出生在浙江省吳興縣南潯鎮上一戶四進大宅，大宅的房基是明朝王爺的宅邸，宅邸前有一條運河，運河上岸後左邊是餐館、右邊是酒店、中間是過道，順著過道往裡走是一條橫向大街，過道兩旁沿街各有一間店舖，這兩間店舖都是金家的房地。沿著店舖中間的過道進去是金家大門，大門裡是籃球場大的天井，過了天井是能席開兩百桌的大廳，挑高九米。大廳左邊是家塾、右邊是藏書樓，大廳後的退堂邊上有座大鐘樓，鐘樓上安裝著從英國買回來的大自鳴鐘，每天準點報時，鐘聲響遍南潯鎮。退堂左邊的天井設有天文臺、竹園、烏龜園，退堂右邊則是帳房廳。平日裡大門不開，眾人都從帳房廳的訪門進出，這是金宅一進。

金開英的童年就在這戶四進大宅裡度過，肚子餓了就到二進正廳的退堂裡吃點心，個子長高了就到四進的裁縫廳裡找師傅裁製新衣裳，裁縫廳右邊有存米間和碾米廠，左邊則是臘梅園，金開英小時候常常在臘梅園裡打靶，或是到四進後面的花園裡放風箏，早晨起床也經常晃到花園右邊角上的雞棚翻看有沒有雞蛋。花園後邊有個碼頭，停泊著金家的汽艇，碼頭外是藕河，金開英最喜歡搭汽艇嘩啦啦出遊，順著藕河一路從浙江南潯開到江蘇震澤，好不神氣。

金開英出生那一年，恰好父親金紹堂與兄弟啟程留學英國，因此取名「開英」。四歲時，父親金紹堂從倫敦國王學院（King's College）留學歸國，在上海慎昌洋行（Andersen, Meyer & Company Limited Of China）[7]擔任買辦[8]。金紹堂在英國學的雖然是機械，但要論做生意那可是家學淵源，後來轉入慎昌洋行往來的北京渣打銀行[9]擔任中國經理，並自行開立了貿易行「大兆公司」，專門進口英國商品到中國銷售。

就這樣，金開英隨父親遷居上海，後來又搬到北京。在上海期間，金紹堂延請了兩位上海華童公學（Chinese School）[10]的老師來家裡，一位教數學、英文，一位教格致（包括物理、地理、歷史），另聘請杭州名儒楊仲莊擔任中文教席。金開英在家塾讀到十五歲，吵著要到外頭上學，正值北京清華學堂[11]招考，撥給浙江省五個名額，金開英插班考進中等科二年級，一九二〇年進入高等科，子隨父志主修經濟，但唸得毫無興趣，一九二四年畢業進入美國威斯康辛大學（University of Wisconsin-Madison），按例插班從三年級開始念起，改修化學工程，因為在清華學堂修習的化工學分不足，多讀了一年才畢業。

一九二七年回國後，金開英先在北京大學和美國學校教書，鑑於清華學堂的留學期限是五年，金開英只唸了三年就回國，因此一九二八年再度赴美，先進入哥倫比亞大學的哥倫比亞學院（Columbia College）念化工。哥倫比亞學院的化工系是五年制，金開英插班從大五開始念，一年後拿到第二個化工學士學位，又進入化學系拿了第三個學士學位，學成後到美國礦務局（US Bureau of Mines）實習三個月。一九三一年回到北京，協助主持中央地質調查所[12]「沁園燃料研究室」[13]，從而埋下日後到臺灣創辦《拾穗》的伏筆。

根據當時地質調查所的研究結果，中國煤多而油少，學者大半主張以煤煉油，這正是金開英回國主持的研究項目，並為此兩度出國考察，瞭解歐洲各國的燃料研究。第一次先到英國看威爾斯的煤礦和蘇格蘭的油頁岩，中間取道比利時到燃料學會演講，接著到德國看褐煤、到愛沙尼亞看油頁岩，最後到俄國看泥炭；第二次到德國洛伊納市（Leuna）學習煤炭氣化和液化技術。一九三七年回國時，八一三淞滬會戰已經開打，中日衝突升級為全面戰爭，而打仗要靠油，但中國不產油，港口又陸續遭到日軍封鎖，外國的油進不來。金開英於是奉派四川，將當地的植物油裂解[14]成輕油，一九四一年奉派甘肅油礦局擔任煉油廠廠長，在嘉峪關外的老君廟地區採油和煉油。因為這段經歷，金開英在第二次世界大戰結束後獲派到臺灣接管石油事業。

臺灣在日治時期共有七個油礦場和兩個煉油廠，其中高雄煉油廠[15]的產量最高、設備最齊全，二次大戰末期飽受美軍轟炸，幾成廢墟。一九四六年六月一日，中國石油公司於上海江西路成立，隸屬資源委員會，金開英出任協理、主管煉務，決定率先修復高雄煉油廠來提供油料給中國各省。為此，不僅從四川和甘肅派遣手下大將，還把招考進來的應屆化工系、機械系畢業生全都往高雄送，前前後後來了七、八十人，都是一時俊彥，有的負責修復煉油設備，有的負責裝配輸油管線。一九四七年二月二十日，上海總公司購買的五千八百噸原油運抵高雄港，三月輸油管完成，四月煉油設備修復，開工煉油，日產六千桶。眼看情勢一片大好，不料國共內戰大勢反轉，國民黨政府在中國節節敗退，加上二二八事件餘悸猶存，高雄煉油廠內人心惶惶，美孚（Mobil）、德士古（Texaco）等石油公司又因為原油沒賺頭而成品利潤高，所以都只肯賣成品、不肯賣原油給中油，高雄煉油廠頓時陷入無油可煉的窘境。一九四九年五月，共產黨軍隊攻佔上海，國民黨政府大勢已去，中油丟掉了中國市場，高雄煉油廠的煉務幾乎停擺。

這下可真是傷腦筋，廠裡大半是二十多歲的年輕人，大學剛畢業，離家未久、思鄉情切，待在廠裡無事可做，又聽說共產黨政府比國民黨政府好，霎時間人才回去了大半，廠長虎眉一挑，決定北上去找老學長金開英談一談。這位廠長姓賓名果，湖南湘潭人，從小隨父親[16]去到北京，就讀北京師範大學附小、附中。一九二八年考上清華大學化學系，是金開英的小學弟，畢業後進入沁園燃料研究室與金開英共事，主持植物油提煉輕油的研究。一九三七年獲得美國賓州大學獎學金出國深造，一九四〇年獲得燃料工程博士。畢業後先協助金開英主持甘肅油礦局，在美國購買廠房所需相關設備。一九四一年進入黎明

金開英，《拾穗》發行人之一

賓果，《拾穗》封面設計者

（Aurora）煉油廠實習，再轉往美國倫麥斯科技公司（Lummus Technology）擔任設計工程師。一九四五年二戰結束後返國。金開英向來視賓果為手下愛將，因此，修復高雄煉油廠這樣的重責大任，自然是交到了賓果手上。[17]

歲末的臺北既濕且冷，中油總經理的辦公室溫暖如春，春風滿面的金開英坐在室內抽著菸斗，聽著虎眉星眼、面圓鼻正的賓果說明來意，聽說同仁馮宗道提議創辦雜誌，不禁在心裡盤算道：「既然時局不穩、謠言眾多，不如由公司出錢，向國外購買書籍、雜誌請同事翻譯，讓閒人有事做，也消磨消磨年輕人的時間，以免胡思亂想」[18]，當下金開英心意已決，便扶了扶金絲邊眼鏡，說：「那就創辦雜誌吧！」但辦雜誌要有主編，廠裡都是理工科青年，編輯雜誌得講究文筆工夫，這樣的人才上哪裡找呢？想到這裡，金開英和賓果相視而笑、異口同聲道：「馮宗道！」

說起馮宗道，那也是金開英手下的得意大將，兩人初次見面，是在一九四三年十月底，那時節，甘肅玉門礦區朔風呼號、雪深沒脛，馮宗道二十二歲，骨骼清奇，一張臉稜角分明，飛劍眉，鷹鉤鼻，帶著初出校門的飛揚跋扈，來到煉油廠的圓門宿舍謁見廠長金開英。門一開，室內爐火融融，馮宗道拂去棉大衣上的雪花，用手帕擦了擦眼鏡上的霧氣，只見金開英身穿絲棉長袍，瀟灑自若，圓圓的臉上堆滿了笑容，笑口一開，對馮宗道說：「歡迎你來塞外加入我們的石油工業。這裡生活條件很艱苦，但這是我國的新興工業，值得你們年青人全心全意的投入。」[19]

金開英雖然貴為廠長，但飲食起居卻與員工無異，不僅與煉油廠的單身部屬同住在圓門宿舍，平日裡也同桌共餐、閒話家常，默默觀察員工的言行舉止。一九四四年，季冬之月，塞外天寒地凍，馮宗道輪值下午四點到午夜十二點的二班。入夜北風緊，原油管線結凍無法收油，馮宗道連忙監督工人拆卸油管、分段烘烤，烤到管內的凍油都清除了，再一段、一段接回去。烘烤油管十分危險，稍有不慎便會釀成火災。隔天晚餐，金開英朗聲對同桌的人說道：「昨晚山下煉廠的空地上，有人在烘烤油管，我看到了火光，便問今晚何人值班，後來知道是馮宗道，我便放心去睡了。」[20]

金開英對馮宗道信任有加，一九四六年八月指派賓果出任高雄煉油廠廠長時，便找來馮宗道充當賓果的左右手。九月三十日，馮宗道從上海搭乘民生實業公司的「民眾輪」渡海來到基隆港，遠遠望見碼頭上人山人海，可是馮宗道日文不通、臺語不懂，只覺得人地生疏，直到人潮散盡，才指手畫腳找港務局的人幫忙雇車，所幸司機認得漢字，順利將馮宗道送到臺北市本町四丁目五番地（今重慶南路一段七號）的中油營業所。在營業所的安排下，馮宗道住進附近的日式旅館，夜裡睡在榻榻米上，聽著街道上木屐聲踢噠作響，深深感到身處異鄉。洗塵三日後，馮宗道搭乘臥車從臺北南下高雄，報到第一天便聽從賓果指派，到高雄港區負責建造輸油站和長程輸油管[21]。

脫離了煉油本行，馮宗道逐漸心生不耐，某天以體重日減為由，請假到臺北檢查身體，一下火車就直奔總經理辦公室進見金開英，說自己體力每況愈下，不能繼續擔任輸油站主任的職務，金開英笑瞇瞇地看著愛徒，說：「我給你介紹中心診所有名的內科丁農大夫，好好做一次體格檢查，再作決定。」馮宗道見到丁大夫，又把病情加油添醋陳述了一番，丁大夫稍一檢查，便在病歷上寫下：「有糖尿病初期之嫌，不宜擔任煩劇工作。」馮宗道捧回丁大夫開立的病歷單，金開英一看，會心點點頭，要馮宗道回高雄待命。過了不久，賓果將馮宗道從輸油站調回煉油廠，從事更加煩劇的熱裂工場試爐值班。此後馮宗道見到金開英，金開英從不過問馮宗道的病情[22]，而今要辦雜誌，要找個鬼靈精怪又不畏煩劇的，馮宗道自然成了不二人選。

賓果帶著金開英的口諭回到高雄煉油廠，走進宏南宿舍區一幢日式大平房。這裡是單身工務員的宿舍，雖然時值歲末，平房裡卻是燈火通明。燈火旁坐臥著中國化工界的佼佼者，當初由金開英精挑細選派來高雄修復煉油廠，如今兩岸分治，這群理工青年有家歸不得，想煉油又無油可煉，真真是百無聊賴。虧得馮宗道腦筋動得快，想出辦雜誌這個好點子，同仁們聽了也都舉手贊同，一來廠內有印刷工場，二來有閒置人才，就等賓果去探一探總經理的口風，而賓果也眉飛色舞帶回金開英允諾的消息。鑑於戒嚴初期為了反共防諜，政府對於思想控制極為嚴密，導致文字賈禍屢見不鮮。金開英囑咐一切文章均以翻譯為主，以免招致文字獄，並授意由馮宗道出任主編一職。

爆竹聲中一歲除，高雄煉廠萬象新。農曆年過後，高雄煉油廠員工勵進會學術組成立了出版委員會，議定以兩個月的時間籌備刊物。欲辦刊物，必先正名，有個好名字就是成功的第一步。一九五〇年三月，朱杰、董世芬、夏耀……等十來位出版委員聚集在馮宗道的宿舍裡，你一言、我一語，爭相提出雜誌的名字，前前後後提了上百個，各有千秋，委員們討論了許久，遲遲無法達成共識。散會後，馮宗道搜索枯腸，輾轉難眠，索性下床在宿舍裡來回踱步，無意間拉開書櫃，忽然看見抵臺時從日僑遺物攤上買來的相簿，相簿封面印著法國畫家米勒（Jean-François Millet）的〈拾穗〉（"Des glaneuse"），覺得很適合用來當作刊物的名字。「拾穗」（glaner）意指在秋收後的田間拾取遺穗，「拾穗者」（glaneuse）除了是拾取遺穗者，也是搜集消息、事實的人，正好符合創辦這份刊物的宗旨。

如今名字有了，馮宗道更睡不著了，好不容易熬到天亮，趕緊翻身下床，去找其他出版委員徵詢意見，果然一經提出，全數通過。眾人打鐵趁熱，高高興興討論起《拾穗》的性質、目的、內容、編務，馮宗道獨排眾議，竭力主張《拾穗》不應該只是僅供內部傳閱的雜誌，而必須向政府辦理出版登記、公開發行，並希望能自力維持，不必由公司補助經費。出版委員會順著這條思路，擬出了創辦雜誌綱要[23]，馮宗道手書一份，呈報給廠長賓果和總經理金開英過目指教：

「高雄煉油廠勵進分會學術組創辦期刊綱要」

「拾穗」綜合性繙譯雜誌

創辦宗旨：

（一）溝通中西文化。

（二）介紹歐美學術。

（三）報導海外新聞。

（四）提高同人之寫作興趣，並增強英文閱讀繙譯之能力。

（五）打破臺灣出版界之沉悶氣氛，供應大眾之精神食糧。

（六）學習出版刊物，推銷刊物，藉以謀得一種業餘經驗。

（七）推廣業務，期能增加同人圖書基金之收入。

（八）向社會介紹中國石油公司及附屬各單位之概況。

內容：

專以刊載有關國際時事、經濟、科學、工業、社會、教育、哲學、藝術文學、音樂之各種譯稿，並報導歐美最近之學術動態，生活習慣，與科學上各種新發明等珍聞，另外附設一項介紹本公司各單位之專欄。

內容詳細分類及徵稿範圍

（一）科學及工程。
（二）藝術。
（三）衛生、醫藥。
（四）時事及評論。
（五）經濟、史地、宗教、哲學、心理。
（六）遊記、傳記。
（七）短篇小說。
（八）長篇小說。

（九）詩、散文、補白。
（十）新聞及報告文學。
（十一）運動、娛樂。
（十二）電影、戲劇。
（十三）家庭、婦女。
（十四）音樂、園藝。
（十五）石油公司報導。
（十六）讀者信箱。

性質：
暫定為按月出版之期刊，向外作營業性之推銷。

型式：
期刊大小定為卅二開本，每本卅二張（即六十四頁），約可刊載六萬字（新五號字），必要時可以酌予增減。

經濟來源：

由本廠勵進分會撥給創辦費，發行後力求自給自足。

文稿供應：

自具有共同興趣之同人中徵集之，全屬義務性質，外稿亦所歡迎，唯本刊編輯有刪改之權，（政治性譯稿本刊恕不刊登）[24]

賓果讀完綱要，對於「拾穗」這個名字讚不絕口，心中暗暗思忖：既然依托了米勒畫作的大名，創刊號的封面就非得向米勒致敬不可，於是，賓果從抽屜裡取出畫筆，並找來米勒原畫的複製品，開始一筆一畫倣繪起來，畫到一半靈機一動，大筆一揮，當下便將創刊號的發刊辭擬妥：

我們員工勵進會學術組，徵集大家的意見，經過長久的考慮，決定定期出版這一種以繙譯為主，綜合性的刊物，命名為「拾穗」。顧名思義，「拾穗」是我們同仁在業餘之暇，掇拾一點敝帚自珍的材料，不揣譾陋，想呈獻在社會之前，聊充「太倉」中的一粟。現在市面上出版的刊物非常眾多，各有他們堅毅的立場和輝煌的使命，而這個「拾穗」月刊却只渺小地著重在介紹一點自認為有價值的科學、藝術、經濟、文藝、娛樂、體育等文獻。我們只希望能以同仁的群策群力，使「拾穗」能成為讀者們開卷有益的精神食糧，更希望讀者對於「拾穗」的熱誠，引起對各方面的研究興趣，而有更大的收穫時，那麼這刊物豈但是「拾穗」而且是「實惠」了。[25]

金開英細細品味賓果的倣繪和發刊辭，又仔仔細細閱讀了馮宗道以蠅頭小楷寫下的「高雄煉油廠勵進分會學術組創辦期刊綱要」，心中真是說不出的滿意，當下立刻同意撥給創辦《拾穗》雜誌的經費，並差人去向民國四大書法家的篆書大家吳稚暉討墨寶，作為《拾穗》的刊頭題字。

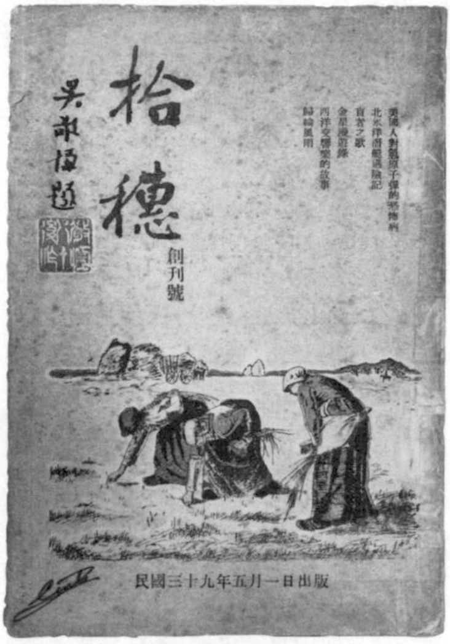

賓果手繪《拾穗》創刊號封面

這下創刊費有了、刊頭題字有了、封面畫作也有了，該費心思充實內容了。《拾穗》的定位是綜合性翻譯刊物，既要翻譯就得要有原文，而且內容還必須涵蓋科學、工程、醫藥、衛生、心理、人生、宗教、哲理、風土、遊記、文學、藝術、國際大事，幾乎無所不包。高雄煉油廠內雖然也有圖書館，但館藏稍嫌過時，難以承擔即時介紹域外新知的大任，必須另外添購國外書報。只不過，高雄煉油廠距離市區十分遙遠，出版委員各個抵臺未久，語言不通，人生地不熟，該找誰進市區去尋翻譯材料才好？馮宗道左思右想，想起平日裡就屬邱慈堯人面最廣、做事熱心，或許能委託邱慈堯去打聽打聽，正想著，雙腳便走到了邱慈堯的宿舍門口。當時《拾穗》的出版委員都住在宏南宿舍區的單身工務員宿舍，這裡在日治時期是日本海軍的膳堂，後來經過高雄煉油廠重新裝修，將膳堂從南到北每隔兩扇窗子砌牆隔成一室。北邊數來第四間就是邱慈堯的居所，室內跟馮宗道那間一樣鋪著八疊榻榻米，客廳和臥室之間則以精緻的紙門間隔。兩人在客廳裡對坐了一會兒，說好了隔天由邱慈堯四處探問，看能不能問出購買原文書報的門路。

果然，一問之下就問出了門道，同仁趙煜華認識一九五〇年高雄市唯一一家英文書報攤的老闆，便領著邱慈堯來到繁華的鹽埕區大勇路八十六號。這裡是臺灣首間大型百貨的發源地，路上人潮熙來攘往，只見一位高大魁梧、舉止文雅的男士，慢條斯理地整理著攤位上的書報，有的懸掛在牆面上，有的攤放在路面上。邱慈堯走近一瞧，發現好幾本著名的美國雜誌，包括當時罕見難尋的《紐約客》（*The New Yorker*）、《大西洋月刊》（*The Atlantic*）、《科學》（*Science*），也有通俗普遍的《時代週刊》（*Time*）、《新聞週刊》（*Newsweek*）、《展望》（*Look*）雙週刊、《星期六晚郵報》（*Saturday Evening Post*），以及各種講究美容、化妝、家居佈置……等軟性刊物，林林總總，大約有三十餘種之多。書報攤老闆是趙煜華的同窗，說得一口京片子，聽說高雄煉油廠的同仁要辦雜誌，十分欣喜，便答應打折再打折，廉價供應各種歐美出版品讓《拾穗》翻譯。

笑嘻嘻地，邱慈堯和趙煜華抱著一大疊歐美雜誌回到高雄煉油廠，廠裡工程師如同一九四七年迎接那五千八百噸原油抵港一般，歡欣鼓舞迎接滿手的域外新知回到單身工務員宿舍。就這樣，當年跟著金開英渡臺煉油的理工青年，如今在馮宗道的主持之下準備開筆鍊字，《拾穗》為賓果留住了一流的化工人才，也讓金開英可以安心出國突破封鎖、購買原油。出發之前，金開英南下高雄視察，見到馮宗道時只說了一句：「我相信你不會因拾穗給公司添麻煩」[26]。

註釋

7 慎昌洋行由通用電氣（General Electric）、美國散熱器公司（American Radiator Company）、派德藥廠（Parke Davis）等美國企業聯合開設，委請中國買辦負責銷售美國公司的產品。

8 買辦是外國資本家在本國設立行店僱用的代理人，專門處理本國交易。

9 渣打銀行（Chartered Bank）於一八五三年由英國皇室特許成立，一八五七年十一月在上海開設分行，首任經理為麥加利（Macquarie），時人多稱之為「麥加利銀行」。

10 今日上海市晉元高中前身，當年是上海公共租界（Shanghai International Settlement）第一所招收華人的學校。

11 清華學堂是清華大學的前身，由清政府用美國退還的庚子賠款成立，為八年制留美預備學校，中等科四年、高等科四年。

12 中央地質調查所於一九一六年創立，隸屬中華民國政府工商部，一九二九年研究員裴文中於北京周口店發現北京猿人的頭蓋骨，地質學因而成為中國第一個蜚聲中外的現代科學。

13 沁園燃料研究室由金開英的三叔金紹基（1886~1949）捐款三萬銀圓於一九三〇年成立，藉以紀念金開英的祖父金燾（別號沁園）。

14 裂解（pyrolysis）是化學程序，藉由打斷前驅物的碳—碳鍵，將複雜的有機分子斷裂成較小分子，例如在石化工業，將高沸點的重質石油分解，以製造低沸點的輕油，就稱為裂解。

15 高雄煉油廠原為日本第六海軍燃料廠的高雄設施，廠長為中將編制，部門首長都具有大佐（上校）的軍職身分，是日本海軍南進戰略上的重要據點。二戰後先由臺灣警備總司令部海軍組接收，再由經濟部臺灣區特派員辦事處「石油接管委員會」接管。一九四六年六月一日，中國石油公司於上海江西路成立，隸屬經濟部資源委員會，是資委在臺灣十大工礦事業中，三個獨資獨辦的事業之一，並將高雄煉油廠納入編制，屬於煉製事業部。詳見林身振、林炳炎（2013）《第六海軍燃料廠探索——臺灣石油／石化工業發展基礎》。高雄：春暉。

16 賓果的父親為賓玉瓚（1871～1940），一九〇二年考中舉人，一九〇五年科舉廢除後東渡日本，進入早稻田大學攻讀法律，學成歸國後歷任湖南法政專門學校及廣西法政大學校長。一九一三年出版《改良國會制度議》，並在袁世凱政府財政總長熊希齡（1870～1937）的邀請下進入財政部，後來轉入國史館修史。

17 詳見金開英，〈賓質夫先生生平〉，《追悼賓質夫、俞慶仁》，資源委員會檔案，檔號：24-02-013-91，藏於中央研究院近代史研究所檔案館。

18 詳見陸寶千（1991）。《金開英先生訪問紀錄》。臺北：中央研究院近代史研究所。

19 詳見馮宗道（2001）。〈百歲冥壽憶金公〉。載於中國石油股份有限公司及中國石油學會（編）《金開英先生百年誕辰紀念文集》。臺北：台灣中油股份有限公司。

20 詳見馮宗道（2001）。〈百歲冥壽憶金公〉。載於中國石油股份有限公司及中國石油學會（編）《金開英先生百年誕辰紀念文集》。臺北：台灣中油股份有限公司。

21 詳見馮宗道（2000）。《楓竹山居憶往錄》。著者自印。

22 詳見馮宗道（2001）。〈百歲冥壽憶金公〉。載於中國石油股份有限公司及中國石油學會（編）《金開英先生百年誕辰紀念文集》。臺北：台灣中油股份有限公司。

23 詳見馮宗道（1990）。〈從40年前的文化沙漠走出來：拾穗雜誌的誕生過程與傳播理念〉。《拾穗》，四六九。

24 引用自未出版檔案：「高雄煉油廠勵進分會學術組創辦期刊綱要」（無日期），〈吳稚暉檔案〉，中國國民黨文化傳播委員會黨史館，檔號：稚 11246。

25 詳見賓果（1950）。〈發刊辭〉。《拾穗》，第一期。

26 引自馮宗道（2001）。〈百歲冥壽憶金公〉。載於中國石油股份有限公司及中國石油學會（編）《金開英先生百年誕辰紀念文集》。臺北：台灣中油股份有限公司。

二 馮宗道一圓編輯夢

馮宗道讀得津津有味，深覺同仁之間藏龍臥虎，想起兒時獨自勉力辦刊，眼前卻有眾多同好相伴，縱使連夜挑燈校稿也不以為苦。

出場人物

本章敘述《拾穗》創刊號的編輯經過。主事者馮宗道是《拾穗》草創時期的靈魂人物，一九二一年生於浙江省紹興縣，天生一副俠骨，重情重義。就讀浙江大學化工系時期，學校因抗日戰爭遷至貴州遵義，當地生活清苦，馮宗道煮字療飢，並省下稿費接濟已婚同窗，自己未過門的媳婦卻在抗戰期間罹癌過世，為了紀

馮宗道，《拾穗》首任主編

念這位從小定親的姑娘，馮宗道以「微之」為筆名，替《拾穗》翻譯了逾百篇文章，並擔任了十餘年的主編。

馮宗道上一次辦刊物，那是二十年前的事了，當時年幼，還在浙江紹興念私塾，因喜好文墨，自寫自編了一份十日刊報導兒時趣聞，在同儕之間互相傳看，傳到第三期被私塾先生沒收，勒令停刊[27]。二十年後，一九五〇年三月一日，馮宗道坐在高雄煉油廠單身工務員宿舍南邊第一間《拾穗》資料室，環顧四周，只見牆邊陳列著西文雜誌，中央一張大會議桌，桌旁圍坐著數十位高雄煉油廠同仁[28]，儘管南腔北調各異、畢業學府不同，但都是理工科出身，年齡相仿，心裡又都懷抱著文字夢，聽說學術組總幹事馮宗道要辦刊物，怎麼能不來湊熱鬧？

馮宗道體貌清臞、風神朗逸，端坐在會議桌上首，朗聲說道：「各位前輩後進，鄙人不才，拾人牙慧，創辦刊物一事，實則蕭規曹隨，上一屆學術組早已發想，並在同仁之間拉了幾篇稿子，籌備工作也大致有了頭緒，決定發行對象只限於本廠同仁，並不對外販售，內容也沒有特別限制：創作、翻譯、工程論文、散文隨筆，並蓄兼收，然而，鑑於稿源仍然有限，難以持之以恆，因此，辦刊計畫胎死腹中……」[29]

眾人聽聞，面面相覷。在座者有位李成璋，跟馮宗道同年，又都出身浙江，為人細心謹慎，平時雖然沉默寡言、埋首工作[30]，但此時聽出馮宗道話中有話，便接過話茬，說：「前事不忘，後事之師。有了前車之鑑，此次必定成功。」

馮宗道清了清喉嚨，神采飛揚道：「成璋兄此言甚是。按理說，在高雄煉油廠辦一個刊物，應該是沒有太多困難的。第一，我們有一個現成的印刷工場，縱然設備較差，但勉強尚能應付。第二，我們有充足的人力，根據估計，廠內能寫稿的同仁大約在五、六十位以上，只要這一本刊物能引起同仁的興趣，稿源不至於發生恐慌，金開英先生與賓果廠長也都贊成這一項辦刊計畫，因此，我們這一屆學術組在初步交流後，決定了以下三條原則：第一，刊物的對象應該是全臺灣省的同胞，希望同仁所費的心血能在文化界稍盡棉薄之力。第二，刊物對外販售，在經濟上做到自給自足。第三，刊物以譯介國外文化為主，一方面同仁的創作能力不夠，可以藉此藏拙，另一方面翻譯可以達到增進閱讀外國文字和練習本國文字寫作的雙重目的，對同仁更有益處，此外，我們也覺得我國的文化水準落後，如果要想迎頭趕上，那麼介紹國外文化，似乎在現階段更切實用和需要。」[31]

聽到這裡，與會者不禁摩拳擦掌，其中投稿經歷豐富的姚振彭按捺不住，決定分享自己與文字結緣的經歷：「小輩姚振彭，筆名繼璞，出身千年文都安徽桐城，但跟在場諸位

李成璋，《拾穗》出版委員，
後為中台化工公司協理

姚振彭，《拾穗》出版委員，
後為中油副總經理

先生一樣主修理工，一九四七年八月考進中油，高雄煉油廠已經開始煉油，賓果廠長想到有必要向國人報導此事，便將這份差事交給了小輩，承蒙賓廠長抬愛，小輩首度撰文投稿上海《大公報》便幸獲刊載，從此與文字結緣。初到高雄這段時日，小輩透過國際青年商會認識了不少報界人士，懷著一抒鄉思的心情，偶而動筆寫點小品[32]。這次賓廠長鼓勵創辦《拾穗》，小輩望風響應，在此貢獻一篇時事譯稿，是日前小輩在《時代週刊》上讀到的〈美國人對氫原子彈的恐怖病〉，盼能藉此拋磚引玉。」

姚振彭這席話，說得大夥兒心癢手癢，馮宗道順勢起身開口說道：「俗話說『萬事起頭難』，如今這第一篇稿子已經有了，接下來請在座同仁報上名號、自我介紹，談一談想翻譯哪一類文章，先從鄙人開始，本姓馮，名宗道，浙江紹興人氏，筆名微之，浙江大學化工系畢業，一九四三年進入甘肅油礦局，追隨金開英先生投身石油產業，一九四六年獲派高雄煉油廠擔任助理工程師，倏忽四載已過，因嗜好舞文弄墨，故出任《拾穗》主編一職，負責編審、校對等庶務，為確保草創初期稿源不虞匱乏，鄙人意欲翻譯美國小說家迦特納的長篇偵探小說《歸輪風雨》，並採分期連載，還請諸位方家不吝賜稿、指教。」

語畢，坐在馮宗道下首者忙不迭地說道：「在下江齊恩，湖北荊門人，一九四六年二月八日抵達臺灣，比在座各位虛長年歲，國立西南聯合大學化工系畢業，大學時綽號江板兒，畢業後進入甘肅油礦局在金開英先生底下工作，塞外白雪皚皚，半年風沙、半年冰雪，筆名皚，又名皚雪，以茲紀念。在下雅好音樂，平素喜愛歌詠，願替《拾穗》翻譯葛拉畢的《西洋交響樂的故事》，分篇供稿連載，不知可否？」

有何不可呢？江齊恩深具領袖氣質，饒富機智又愛說笑，曩昔在甘肅油礦局，便憑著一本自抄的笑話筆記本，把大夥兒都攏到他宿舍裡頭去，而今在高雄煉油廠，只消高舉木棒和皮手套振臂

江齊恩，《拾穗》音樂稿譯者，後為中美和文教基金會董事

一呼，便把眾人領到大草場去打棒球。江齊恩性子急，快人快語，倒是把座中另一位愛樂人士給逼急了，這位頎長英俊的青年以濃重的北京腔不疾不徐道：「晚輩鄧世明，北平大學電機工程學系畢業，志趣雖然在發電不在煉油，但跟各位油人一樣好弄筆墨，私下也愛聆賞音樂、拍攝風景，新近讀了蘭式速成攝影機的文章，覺得頗有意思，想翻譯出來與《拾穗》的讀者分享。」

馮宗道看同仁供稿踴躍，怕是要搶稿子、傷和氣，便跳出來主持場面道：「感謝姚振彭弟一馬當先翻譯時事，加上鄙人的小說譯稿、江齊恩兄的音樂譯稿、鄧世明弟的攝影譯稿，如今《拾穗》創刊號已經有了四個欄目，科學類和工程類的文章卻是一篇也沒有，不知道有沒有哪一位同仁願意幫忙翻譯、翻譯？」

張德真一聽，機不可失，急忙起身說道：「小弟張德真，江蘇青浦人，浙江大學化工系畢業，是中油第一批招考進來的甲種實習員，面試時因為不會飄洋過海，所以毅然選擇渡海來到臺灣[33]，興趣是旅遊、騎單車，前幾天在美國的《皇冠》雜誌上讀到一篇科學小說〈金星漫遊錄〉，十分別緻，有意翻譯出來，奇文共欣賞，疑義相與析。小弟筆名『直心』，取自本名的『德』字，『德』乃『行』、『直』、『心』也，小弟以行遍天下為志，以直心為文處世。」

張德真，《拾穗》創刊號譯者

胡紹覺，《拾穗》出版委員，後為中油副總經理

張德真說起話來精神抖擻、短小精悍，與一旁坐著的胡紹覺恰成對比，兩人雖是同一年考進中油，但張德真發言完後便風風火火坐下，胡紹覺卻是一派慵懶，慢慢吞吞起身，悠悠開口說話：「愚胡紹覺，浙江杭州人，綽號『S』，『Slow Motion』（慢動作）是也[34]。一九四五年畢業於貴州遵義浙江大學化工系，適逢軍事委員會外事局招收翻譯官，愚即赴重慶譯員訓練班入伍受訓，八月十五日，日皇裕仁宣佈無條件投降，愚於九月下旬收到中國戰區美軍總司令部所發的一紙『光榮退役』證明，所幸不久後便收到行政院善後救濟總署[35]的派令，十二月中登上行政院包下的復員專號『華聯號』，自重慶直放南京，一路興高采烈、豪氣干雲，大有杜工部『青春結伴好還鄉』詩中的意境，船抵南京後，又轉乘火車

到上海CNRRA總部報到，將美軍遺留剩餘物資中可供民生使用者，視各地需要分配給全國各省公司機構和人民，雖饒富意義，但學非所用，終非吾願，正好剛成立的中國石油公司在報上登廣告招考甲種實習員，愚報名應考，幸運錄取，面試時中油總公司問愚：『想去甘肅還是臺灣？』愚毫不考慮答以『臺灣』。金公又笑問：『你愛吃海鮮嗎？』愚答以『是』。是以，愚獲派至高雄煉油廠[36]，由於早年受過譯員訓練，故而加入《拾穗》出版委員會貢獻所長，至於筆名則往後再慢慢兒想……」

王崇樹聽了這一大篇話，又聽說還得想筆名，便出聲打岔道：「筆名也不見得要有吧？我王崇樹行不改名，坐不改姓，浙江鎮海人，上海交通大學化工系畢業，願以本名為《拾穗》翻譯工程類文章，介紹解決工業用水問題的水平集水井。」

馮宗道見狀，連忙跳出來打圓場：「感謝王崇樹兄惠賜工程類譯稿，用不用筆名，見仁見智，胡紹覺弟大可從長考慮，《拾穗》來日方長，諸位先生投稿也無需急於一時，歡迎每月一日賜稿，先由鄙人代為過目整理，再分送出版委員一

王崇樹，《拾穗》創刊號譯者，後為桃園煉油廠廠長

一審閱，編輯會議於每月十日在此《拾穗》資料室召開，由出版委員決定當期刊登的稿件，除了文藝小說之外，鄙人不主張直譯，希望文字盡量通俗，以適合中學生的國文程度[37]。創刊號預計於五月一日出版，有興趣的同仁請在四月一日之前交付譯稿，竭誠感激各位撥冗與會，期待拜讀諸兄大作。」

眾人散去後，馮宗道回到宿舍，從書架取下一本原文書，書脊上寫著「The Case of the Substitute Face」，隸屬「梅森探案」系列第十二部，主角的名字現在大多翻譯成佩利・梅森（Perry Mason），是美國小說家賈德諾（Erle Stanley Gardner，1889～1970。即前文之迦特納）筆下的刑事辯護律師，總是接受看似有罪的被告請託，在種種證據不利被告的情況下抽絲剝繭，在法庭上雄辯滔滔痛宰檢察官，推理功力了得，不在福爾摩斯之下，甚至兩度翻拍成美國影集，包括二〇二〇年好萊塢演員小勞勃道尼監製的「新梅森探案」，但這是後話了。一九五〇年馮宗道提筆翻譯時，還不曉得自己正引領風騷，率先將梅森律師介紹給臺灣讀者。他樂呵呵從抽屜裡拿出鋼筆，一筆一畫在稿紙上寫下〈楔子〉：

丕利・麥森，這一位以偵探事業著名的律師，正自海外倦游歸來，當他乘搭的客輪剛離開那美麗肅穆的火奴魯魯時，一位女客在那俯瞰波濤起伏的船舷旁，用着神經質的聲調，向他訴述着一段奇極人寰的故事……

這是丕利麥森探案中最富人情趣味的一篇傑作。

馮宗道筆下的「丕利．麥森」，就是「梅森探案」的男主角梅森律師，而「火奴魯魯」則是夏威夷最大的城市檀香山（Honolulu），整部《歸輪風雨》便從梅森律師搭船離開夏威夷開始寫起：

丕利．麥森斜倚船舷。目送那一抹如瀋的水面在船側與碼頭之間逐漸寬展。狂野的汽笛聲在歡送者的揮帽曳帕中震耳長鳴，螺旋槳攪動海水泛起一片泡沫，然後船身漸漸離岸遠去。

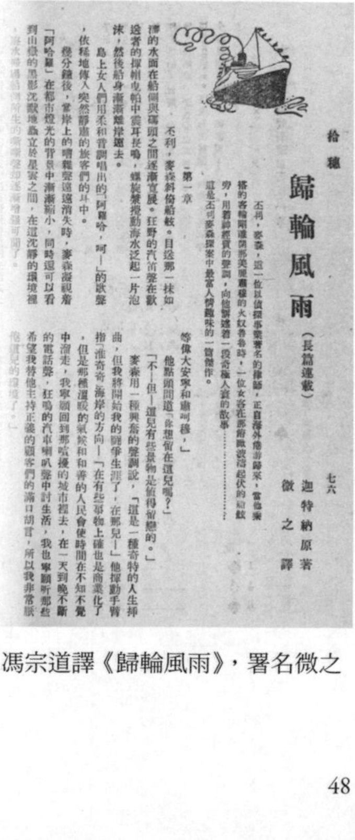

七六 拾穗

歸輪風雨（長篇連載）

迦特納原著

微之譯

丕利．麥森，這一位以偵探事業著名的律師，正自海外倦游歸來，當他乘搭的客輪剛離開那美麗轟穆的火奴魯魯時，一位女客在那簡陋波濤起伏的船舷旁，用着歸經貫的聲調，向他訴述着一段奇極人寰的故事…………

這是丕利麥森探案中最富人情趣味的一篇傑作。

第一章

丕利．麥森斜倚船舷。目送那一抹如擣的水面在船側與碼頭之間逐漸寬展。狂野的汽笛聲在歡送者的揮帽曳帕中震耳長鳴，螺旋槳攪動海水泛起一片泡沫，然後船身漸漸離岸遠去。

島上女人們用柔和音調唱出的「阿羅哈，呵——」的歌聲，依稀地傳入與然靜肅的旅客們的耳中。

幾分鐘後，當岸上的嘈雜聲遠遠消失時，麥森凝視着「阿哈羅」在都市燈光的背景中漸漸縮小，同時還可以看到山巔的黑影沉默地矗立於星實之間，在這沉靜的環境裡，[illegible]了。

嗒偉大安寧和庸呵穆，」

他點頭問道「你想留在這兒嗎？」

「不——但——這兒有些景物是值得留戀的。」

麥森用一種興奮的聲調說，「這是一種奇特的人生抨曲，但我將開始我的鬪爭生涯了，在那兒——」他揮動手臂指「淮奇奇海岸的方向——「在有些事物上確也是商業化了，但是那種溫暖的氣候和和善的人民會使時間在不知不覺中溜走，我寧願回到那喧擾的城市裡去，在一天到晚不斷的電話聲，狂鳴的汽車喇叭聲中討生活，我也寧願聽那些希望我替他主持正義的顧客們的滿口胡言，所以我非常厭倦這兒的環境了。」

馮宗道譯《歸輪風雨》，署名微之

馮宗道的譯文跟原文一樣聲景並茂、動靜交融，儘管「狂野的」與原文「hoarse」（沙啞的）略有出入，「離岸遠去」也與原文描述海面「subsided」（趨於平靜）情景殊異，但以小說開場的效果而論，馮譯依舊瑕不掩瑜。

馮宗道一面翻譯著《歸輪風雨》，同仁的譯稿一面紛至沓來。馮宗道一篇一篇細細讀過，果然姚振彭那篇〈美國人對氫原子彈的恐怖病〉十分精彩。自從美國在第二次世界大戰末期於日本的廣島和長崎投下原子彈，從此美蘇核軍備競賽便如火如荼展開。兩國於一九五〇年開始研製氫彈，由於氫彈的威力更在原子彈之上，有些美國科學家認為應該對蘇聯先下手為強，這篇〈美國人對氫原子彈的恐怖病〉便指出：

> 氫原子彈爆炸的效應，祇不過僅是開始而已，事後的放射性將更其可怕。當氫原子分裂時，空氣中充塞了猛烈的放射性同位素。這些放射性同位素隨風漂流，像一群不可見的蝗蟲似的，戕害著人，畜，昆蟲和植物。

拾穗

美國人對氫原子彈的恐怖病

繼璞

二

不久以前，許多科學家曾經擔憂一般群衆會忘記原子彈的危險，但現在他們所憂慮的，卻是因原子彈破壞力的過分誇張，由此而引起的一般恐怖病。

上星期中，美國芝加哥大學的副教授哈立生．勃朗（Harrison Brown）發表一篇令人極其氣餒和恐懼的廣播，他對全國的聽衆說，氫原子彈爆炸的效應，祇不過僅是開始而已，事後的放射性將更其可怕。當氫原子分裂時，空氣中充塞了猛烈的放射性同位素。這些放射性同位素隨風漂流，像一群不可見的蝗蟲似的，戕害著人，畜，昆蟲和植物。

勃朗教授强調地指出美國爲什麼應該先行攻擊蘇聯的……

布來格以至烏拉山三〇〇〇哩深的狹長地帶上所有的生命。勃氏亦說到蘇聯可能攻擊美國，他說祇要在距離加里福尼亞州以西一〇〇〇哩的太平洋中，丟上一些氫原子彈，所發生的輻射能漸漸向東飄流，橫掃整個美洲大陸，祇要五天左右就可以到達紐約，并使之變成不毛之地。

本週勃氏在一個同樣的廣播中，重複地强調它那驚人的實詞。芝加哥的物理學家李奧，齊拉特（Leo Szilard）同意地指出祇要有五十噸從氫原子分離出的中子，就可以環繞地球，形成一種灰塵樣的放射層，毀滅整個大地上的人群。依立諾艾斯大學的物理學家弗來德力克，塞茲博士（Frederick Seitz）和康乃爾大學的漢斯，培秦（Hans Bethe）也宣佈同樣而稍緩和的主張，不過就大體說來，他……

姚振彭譯〈美國人對氫原子彈的恐怖病〉，署名繼璞除此之外，程之敦翻譯的〈如何適應環境〉也同樣切合時局，廠裡同仁大多離鄉背井，一方面要適應臺灣的生活，二方面要調適心理來面對停擺的煉務和混沌的世局。程之敦的譯稿指出了幾種不恰當的適應方法，頗能引以為鑑，而且譯筆清順，譯文如行雲流水，比方談「強詞辯飾（Rationalization）」時提到了「酸葡萄甜檸檬心理」：

> 相傳有這樣一個故事，一隻狐狸看見葡萄架上有一串成熟的葡萄，它想吃却總拿不到手，因為棚架太高了，試了幾次後，祗好倖倖而去，但為了保持「失敗的光榮」，便硬說葡萄是酸的，所以不願意吃。後來它實在找不到東西充飢，無意中發現了兩隻酸的檸檬，不覺假裝欣喜：「呀！多甜美的檸檬。」在我們的社會中，所謂「面子」這東西不知道製造了多少罪惡，為了不願「丟面子」，不惜替自己的無能庸俗加上了一層層偽裝。

如何適應環境

WAIDER C. VARNUM 著　程之敦 譯

——我們所討論的幾種適應方法都是不正當的，然而，在我們的日常生活中，却正屢見不鮮。

當任何一個刺激在我們體內產生了欲望後，他的自然的反應就是立刻採取某種行動使這個欲望能得到滿足，但是很不幸，這種能使我們的欲望得到滿足的行動，卻時時受各種阻力，而不能暢所欲爲。於是，人世間的悲劇，各種變態行爲都由此演化而出了。使欲望受到阻力，大概有三種可能情形：

一、環境與自然界的限制。

二、同時有一個較強烈而相反的第二欲望存在。

三、理想，戒律，和社會習俗的束縛。

在下等動物中，大都屬於第一種，在爲萬物之首的人類……

有極大的效力，於是，這動作就變成了這動物適應環境的特性。

言之於人類，個人所採取的適應方法，其影響，往往會及於他的整個的人格，因爲人類的智力較其他動物爲高，所以環境和自然界的限制比較易於克服。然而，我們却不能不受制於我們自己所訂立的種種所謂法律，道德和其他的人事制度，因之，適應的問題就不能如其他動物那樣簡單了。

以下我們所討論的幾種適應方法，差不多都是不正當的。可是請讀者細心想一想，在我們的日常生活中，我們是……

程之敦譯〈如何適應環境〉

這篇〈如何適應環境〉如果是殘酷的當頭棒喝，〈這並不是夢，親愛的〉便是暖心的心靈雞湯，陳耀生在美國《現代銀幕》（*Modern Screen*）雜誌上讀到一對銀色夫妻從默默無名到躍上大銀幕，當中情節曲折而動人，夫妻倆一同經歷了艱苦的生活和無數的挫敗，終於實現渴望已久的美夢——目睹兩人的名字並列在銀幕上：

「親愛的，你想我們的願望會實現嗎？」

「我們該使它實現。」

結果，他們成功了，最初的逆運也就是他們的試金石，也許後來的環境有利於他們，可是最主要的還是在他們自己，他倆的信心，他倆的意志和他倆的愛！像他們幻夢中燦爛的樓閣同樣輝煌地，這對情侶的名字——潘屈列雪耐脫和康納華爾德——並列地照耀在銀幕上。

而說到電影，優異的攝影機和優美的音樂缺一不可。鄧世明博採眾家之長，編譯成〈蘭式速成攝影機（Polaroid Land Camera）〉，內容既談拍立得相機的歷史、也談拍立得相機的構造，而且搭配手繪插圖，在文末附上實測結果和拍立得公司的地址，堪稱是一九五〇年的「開箱文」：

三年前（一九四七）五月，美國 *Popular Photography* 雜誌上曾用不顯著的地位，介紹這一種新發明的「蘭氏攝影機」。當時並未十分引人注意。直到去年（一九四九）五月 *Camera* 雜誌上再度作了一次更詳細的介紹，並報導這新像機的真正性能和牠在攝影術上的價值，才起了一般人的注意。國內到現在還沒有看到這種新式的具有革命性的攝影機的出現，也許大多數愛好攝影的同人，對這攝影機仍沒有清楚的認識，所以筆者參考了以上兩種雜誌，用這一篇文字來作一個綜合性的報導。

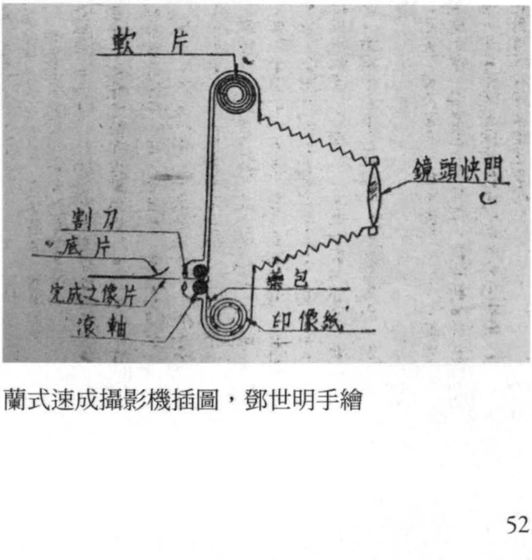

蘭式速成攝影機插圖，鄧世明手繪

無獨有偶，江齊恩《西洋交響樂的故事》也是編譯之作，以保羅·葛拉畢（Paul Grabbe）的《最愛交響樂一百首的故事》（*The Story of One Hundred Symphonic Favorites*）為底本譯述而成。第一篇譯稿先漫談音樂欣賞再介紹「悲多汶」（Ludwig van Beethoven，今譯貝多芬），江齊恩的譯文細膩而優美，堪稱臺灣第一位西洋交響樂的導聆人，例如這段總結貝多芬音樂成就的文字：「他將音樂民主化，從象牙之塔裡拉出來；剝落了一切虛偽的外貌，而轉變成表現整個赤裸裸地人類情感的藝術」，又如以下點出音樂欣賞是門學問的段落：

拾穗　三〇

西洋交響樂的故事

—謹譯獻給音樂愛好者—

據 PAUL GRABBE 原書　皚 編譯

一、漫談音樂欣賞。
二、著名作曲家述要：
—略傳，重要作品，及導聆。—
三、交響樂史略及其時代背景。
四、交響樂的常識。

漫談音樂欣賞

有一個半開玩笑性質的故事，說從前有一位波斯國王訪問帝制時代的俄國，沙皇隆重款待，請往聆賞歌劇。事後，沙皇探問演奏的優劣，據說，那位波斯貴賓表示十分滿意—「尤其對樂池內站立的人，還沒有揮動「小棒」以前的那一段音樂，更為讚賞。」

這件事，使當時帝俄的人們異常開心，覺得自己見識廣博，文明進步。其實他們如果去波斯，很可能也會發生類似的笑話。缺少對波斯音樂必要的「熟悉」，也定會感覺演奏是混亂而不堪入耳的，因為沒有「熟悉」，談不到音樂欣賞。

一般地講，音樂愛好者並不必需淵博和高深的音樂學識，多半人均不能分析整篇樂曲作品，或能給「輪唱曲」（CANON）做確當的定義，但是必須具備一個共同的特點，對于所要欣賞的音樂，須有「聆聽的認識」，簡單的說，就是對作品要有相當次數的聆聽，而熟悉其段落分野，和主要旋律，可以預料其發展，

江齊恩譯〈西洋交響樂的故事〉，署名皚

有一個半開玩笑性質的故事，說從前有一位波斯國王訪問帝制時代的俄國，沙皇隆重款待，請往聆賞歌劇。事後，沙皇探問演奏的優劣，據說，那位波斯貴賓表示十分滿意——「尤其對樂池內站立的人，還沒有揮動『小棒』以前的那一段音樂，更為讚賞。」

這件事，使當時帝俄的人們異常開心，覺得自己見識廣博，文明進步。其實他們如果去波斯，很可能也會發生類似的笑話。缺少對波斯音樂必要的「熟悉」，也定會感覺樂器的調音，比較正式的音樂，悅耳得多，甚至會發現，演奏是混亂而不堪入耳的，

因為沒有「熟悉」，談不到音樂欣賞。

話雖如此，不熟悉卻也是浮想聯翩的翅膀，張德真翻譯的〈金星漫遊錄〉之所以新奇，或許正是源自於讀者對金星的陌生。這篇科學小說描述史密斯一家搭乘火箭「空中皇后號」到金星旅行的故事，故事開場寫道：

> 公元二五〇〇年秋天的一個黃昏，史密斯一家和他的朋友們正在露天的陽台上。史密斯先生似乎忙碌地在工作，而他的家裡人一直催着他，希望能全家出去旅行一次，二個小孩熱切地想到金星去，他們的母親捧着那架人家送她作為生日禮物的望遠鏡搜尋著天空中的星體。最後，史密斯同意了他們的要求，作一個天體間的旅行。現在利用同溫層的火箭環遊地球，不過是幾分鐘的事，而且地球上也不再有神秘的東西，祇

拾穗　三四

金星漫遊錄

直心

世界正向着原子時代邁進，許多人恐懼着這一種新的自然能，也許會產生歷史上毀滅性的最大戰爭。在這二十世紀的中葉，各種原子武器已在不斷地進步與發展，不過另外有很多人相信原子可以作爲促進世界和平的工具，至少也是領導人類參入超越旅就的南針。

公元二五〇〇年秋天的一個黃昏，史密斯一家和他的朋友們正在露天的陽台上。史密斯先生似乎忙碌地在工作，而他的家裡人一直催着他，希望能全家出去旅行一次，二個小孩熱切地想到金星去，他們的母親捧着那架人家送她作爲生日禮物的望遠鏡搜尋着天空中的星體。最後，史密斯同意了他們的要求，作一個天體間的旅行。現在利用同溫層的火箭環遊地球，不過是幾分鐘的事，而且地球上也不再有神秘的東西，祇聽說金星是一個熱帶樂園，那算是秋季旅行最適宜的地方了。

翌日，史密斯先生到紐約的天體旅行社去探問旅行金星的詳細情形，一個有禮貌的管理員約略地講解給他聽：

一週（也就是一個金星年）只要二百廿五天，不過它自轉的速度很慢，它上邊的一天（名之爲金星日）幾乎要相當於地球上的一個月。至於二星球間的交通情形，在過去十八年的歷史中，從未發生過什麼意外，這使史密斯萬分高興，因爲可以放心地帶着孩子們一起去了。

旅行社的書記給他幾份旅行指南，以便隨時閱讀，第一個金星的探險家發現了以前的天文家及科學家們的錯誤，因他們認爲金星表面的大氣中缺少氧氣，所以沒有生命能繼續，實際上，這行星四周在一層濃厚的蟻醛微粒層（Formaldehyde Particles）下面，另外有一層類似地球表面的大氣層包圍着它，雨量很少，生長着熱帶植物及奇怪的動物，那邊的氣候和佛羅里達州及南加利福尼亞州相仿，比地球上沙漠地帶中午的熱度要好一些。

張德真譯〈金星漫遊錄〉，署名直心

聽說金星是一個熱帶樂園，那真是秋季旅行最適宜的地方了。

為了這趟為期三週的星際旅行，史密斯先生到紐約的天體旅行社索取旅行指南，並選定硫磺谷作為目的地，接著到太陽系行星聯邦局訂購火箭船票，並去行星器具服裝店選購旅行金星專用的運動衣。打包妥當後便從長島的火箭場出發，搭乘可容納六百人的宇宙飛船飛抵金星，接著換乘小型火箭，環繞過一座高山，最後降落在硫磺谷，看到那華麗的旅館，優美的高爾夫球場，史密斯先生雀躍不已。在旅程的尾聲，史密斯一家到金星上的大城市「維那波列斯」購買紀念品和明信片，順道去動物園參觀史前巨獸，這才依依不捨離開金星。

馮宗道讀得津津有味，深覺同仁之間藏龍臥虎，想起兒時獨自勉力辦刊，眼前卻有眾多同好相伴，縱使連夜挑燈校稿也不以為苦。在付梓之前，馮宗道兢兢業業寫下一段〈編者的話〉：

我們利用業餘之暇從事撿拾的一點殘「禾」剩「穗」，已經在這兒和讀者們見面了。因為「拾穗」是一個綜合性的刊物，所以創刊號中的內容，也是廣泛地兼收並蓄，不過我們相信在「拾穗」上所刊載的文字，不論是純粹的科學，還是助興的游藝，對於讀者都是有益而有趣的，我們竭力避免枯燥，但尤力趨上流。

這一期是特大號，除短篇插頁外，一共刊載了二十多篇文字。從第二期起，本刊的篇幅略要減少些，不過我們是有把握維持到六十頁以上的。在內容方面，我們希望在讀者們的鼓勵之下，能精益求精。關於本期內所登載的文章，編者不想在這兒做多餘的介紹，讀者們一定會選擇自己合乎脾胃的東西來盡量吸收的。「拾穗」並不拒收外稿，如能惠賜短篇精彩的譯作，只要能合乎本刊原則的，無不樂於登載，並當酌贈薄酬。最後，我們虛心地希望高明的讀者們能給我們剴切的指導。

一九五〇年五月一日，《拾穗》創刊號面世，油墨都還沒乾呢，便熱騰騰地從印刷工場送了一本到廠長室。賓果撫摸著封面上自己親手臨摹的「拾穗」素描，輕輕翻開，映入眼簾的是鉛字排版的〈發刊辭〉，再翻過去便是目錄，雖然只列出篇名，但足見內容五花八門，其中以文學篇幅最多，包括〈金星漫遊錄〉、〈一杯茶〉、〈盲者之歌〉、〈歸輪風雨〉，共計四篇。此外，〈美國人對氫原子彈的恐怖病〉、〈北冰洋潛艇遇險記〉、〈高物價下的家庭預算〉切合時事，〈日本科學家的復活〉和〈愛迪生手記〉兩篇科學文章也頗有看頭，〈從梅毒到洒爾佛散〉和〈神奇的紅色維他命〉是令人增廣見聞的醫學報導，〈梵蒂岡〉則教人神往，與讀者互動的〈橋戲專欄〉頗具巧思。最後一篇〈中國石油公司報導〉則引起了賓果的好奇，他循著頁碼翻到第八十四頁，報導的第一條寫著：

> 美援原油共計參萬參千噸，自四月起分批運來，第一批壹萬一千噸，已於四月底運抵高雄，現正煉製中。

讀到這裡，賓果不知不覺起身，想起了軍方所需的八十號汽油尚在試煉階段，不知道俞慶仁實驗得怎麼樣了？很該去化學實驗室看一看，回程順路去鼓勵馮宗道，儘管《拾穗》創刊號仍有進步空間，但一定會越辦越好，總有一天，《拾穗》必定能為臺灣出版界開創新局面。

註釋

27 詳見馮宗道（2000）。《楓竹山居憶往錄》。著者自印。
28 詳見曹君曼（2011）。〈人傑地靈如雨後春筍一支支冒出頭來〉。《中油人回憶文集（第三集）》。
29 詳見馮宗道（1971）。〈賓質夫先生與拾穗〉。《石油人史話》。

30 詳見孫賡年（1966）。〈廿年一覺高雄夢〉。《石油通訊》，一七八期。

31 詳見馮宗道（1971）。〈賓質夫先生與拾穗〉。《石油人史話》。

32 詳見姚振彭（1981）。〈半生文字緣〉。《石油通訊》，三五八期。

33 詳見張德真（2006）。〈念中油的磨練——八十仍為青壯年〉。《中油人回憶文集（第二集）》。

34 詳見馮宗道（1981）。〈高橋瑣憶〉。《石油人史話》。

35 行政院善後救濟總署（Chinese National Relief and Rehabilitation Administration，CNRRA）由國民黨政府於一九四五年一月成立，是配合聯合國善後救濟總署（United Nations Relief and Rehabilitation Administration，UNRRA，中文簡稱聯總）所設立的對應機構，負責接收和分配聯總提供的救濟物資。

36 詳見胡紹覺（2006）。〈二戰結束六十周年雜憶〉。《中油人回憶文集（第二集）》。

37 詳見馮宗道（2000）。《楓竹山居憶往錄》。著者自印。

三　南馮北郁，北郁登場

《拾穗》第二十三期刊出《溫莎公爵回憶錄》單行本的廣告，編入「拾穗譯叢」第一種，銷售採預購制，「每冊定價五元，即日起徵求預約，預約及拾穗訂戶特價每種四元」。

出場人物

《拾穗》創刊不久便烏雲著頂，郁仁長的加入猶如四射的金光，讓《拾穗》撥雲見日、熠熠生輝。郁仁長一九一六年二月二十二日生於上海，就讀上海震旦大學法律系，來臺後歷任中油秘書處主任、總經理室秘書，文筆嚴謹，思考清晰，公餘替《拾穗》翻譯《溫莎公爵回

郁仁長，《拾穗》文學譯者

憶錄》、《雪萊詩選》等膾炙人口的作品，並在《拾穗》停刊後謀劃復刊，另譯有《高爾夫球八十課》，創譯「果嶺」(green)、桿弟（caddie）等音義兼顧的高爾夫語彙，通用至今。

《拾穗》創刊號確實別開生面，為當時滯悶的文化界注入活水。一九五〇年，臺灣本地全年的翻譯圖書出版量總計六十八種，頁數單薄，寥若晨星[38]，《拾穗》作為純翻譯雜誌，小小的三十二開本，創刊號卻厚達八十四頁，翻譯文章十八篇，每一篇都為讀者打開了一扇想像的窗，窗外是一片新鮮的域外風光。第一刷兩千冊，不到半個月就銷售一空，馮宗道急忙請印刷工場再趕印一千冊，以致原本三色套印的拾穗仿畫只好以單色充數，每冊定價新臺幣一元，銷售收入正好跟紙張費和印刷費打平，所有譯者都不支領稿費，僅僅為了理想而彎腰拾穗，希望為知識傳播略盡棉薄之力[39]。

這群《拾穗》譯者中，又以「南馮北郁」名聲最響，「南馮」即馮宗道，催生《拾穗》功不可沒，「北郁」郁仁長一馬當先，成為第一本「拾穗譯叢」的譯者。

一九五〇年六月一日，金開英讀著《拾穗》第二期的壓軸文章，上頭寫著：

賓先生是拾穗刊物的發行人，他非常熱烈而迫切地鼓勵和推動著它的出版，拾穗封面的設計，和封面上『拾穗』名畫的摹寫都是他的手蹟，他在出事那一天的上午和下午還對編者諄諄地指示著編排和印刷上的改良之點，可是這一期的出版，他已不及目睹了，他已不能再為這個刊物作完美的指示和建議了，這是多悲慘的事實啊！[40]

金開英掩卷嘆息，賓果真的走了，化作這篇〈中國石油公司的哀悼〉，成為白紙黑字的事實。

一九五〇年五月五日，賓果出事的日子。那天午後，萬里晴空突然烏雲密佈，陰霾的天色隱隱透露著不祥。下午五點五分，一輛綠色吉普車在化學實驗室的圓環邊停了下來，賓果走出座車，面容和藹而神情慎重，邁開輕快的步伐走進工業化學室巡視。當時軍事倥傯，軍方急需高級汽油，為了節省外匯，便授命高雄煉油廠研製一向仰賴進口的高級汽油，賓果銜命與化驗室主任俞慶仁積極實驗，走進工業化學室時，俞慶仁正在趕做實驗用的儀器，賓果見狀便接過玻璃管幫忙吹製。五點三十分，賓果吩咐技工去拿橡皮管，技工前腳才剛剛踏進鄰室，工業化學室便發出轟然巨響，技工折返回去一看，只見滿室火光，賓、俞二人頭上竄火、身陷火海，技工趕緊以泡沫滅火，賓、俞二人踉蹌奔出室外倒臥草地，

俞慶仁，
高雄煉油廠化驗室主任

胡新南，《拾穗》發行人兼
出版委員，後為中油董事長

左右打滾熄滅餘火，俞慶仁面目全非，口中再三叮嚀旁人救火。副廠長胡新南此時正好開車來找賓果討論翌日貴賓來訪事宜，卻見賓果倒在地上痛苦哀嚎，連忙將賓果扶上座車載至廠內診療所施救，俞慶仁因傷重不支，另派車輛載往診療所。診療人員先以紗布包紮，再將賓、俞二人轉送高雄陸軍總醫院求治。儘管眾人都祈禱復原有望，但賓果與俞慶仁仍因傷重不治，於五月六日清晨與世長辭[41]。

噩耗傳來，金開英如失左右手，沉鬱之心，「北郁」郁仁長再清楚不過。郁仁長跟金開英是小同鄉，祖籍浙江省吳興縣南潯鎮，父親在上海擔任絲行管事[42]，郁仁長在上海出生長大，一九三七年畢業於上海震旦大學法律系，精通英法雙語。畢業不久後，中日戰爭爆發，郁仁長隨國民黨政府播遷而西奔，先任職於軍事委員會西南進出口物資運輸總經理處，在宋子良[43]底下協助滇緬鐵路建設、運送戰時補給物資，因深諳法語，故而調任交通部駐越代表處，在法屬越南負責器材進口和物資出口的運輸聯繫。一九四〇年，日軍進駐法屬越南，一步步切斷英美援助國民黨政府的補給路線。一九四一年，補給路線幾乎斷絕，郁仁長撤出越南，當時甘肅油礦局的油務蒸蒸日上，採油、煉油需材孔亟，而戰時器材只能從印度空運進口，不料一部煉油器材卻在印度失蹤。甘肅油礦局借重郁仁長辦理跨國運輸和交涉的幹才，於一九四三年聘郁仁長為專員、任職駐印度代表，一邊追查失蹤器材的下落，一邊聯繫進口器材的轉運事宜。一九四五年，第二次世界大戰結束，甘肅油礦局改組成為中國石油公司，郁仁長改任材料委員會管理師，期間結識了身兼材料委員會主委的金開英，兩人一見如故。一九四九年十一月，金開英出任中油總經理，便聘用郁仁長擔任總經理室秘書，作為自己的親信秉文膽[44]。

金開英看著《拾穗》封面上賓果臨摹的米勒名畫，望了望隨侍在旁、玉樹臨風的郁仁長，便以惜才的口吻說道：「仁長，年初賓果來提創辦《拾穗》，你也是知道的。你文筆迅速而心思細密，如文卷及紀錄處理，我只須略提大綱，你卻能旁徵博引，使結果完整無缺，我不必操心而如我的心意[45]。我知道你性子很急，處事很快，不過缺點是性子太急了，有時會一思而行，有時遇到棘手而煩心的事，你也可以放得下，過一些時候再撿拾起來處理[46]。」

郁仁長肚裡尋思，總經理這番話，或許是要自己投稿支持《拾穗》的意思。正好上個月底，美國《生活》雜誌開始連載英國國王愛德華八世（1894～1972）的自傳《溫莎公爵回憶錄》（*A King's Story: The Memoirs of H.R.H.*），公爵自述第一次世界大戰後以王儲身份周遊列國，一路鋪敘到登基和後續種種逼宮。郁仁長回想起一九三六年，愛德華八世年初即位、年底禪位，在位三百二十六天，不僅在當時的英倫是聳人聽聞的大事，就在遠隔重洋的東方大都市上海，也曾喧騰一時，青年男女，聚談時都拾作話題，一致的意見是：為了戀愛，竟肯敝棄王位，直是古往今來多情第一。對於這套不愛江山愛美人的見解，郁仁長頗不以為然，當年力排眾議，直覺另有隱情。十四年後，上海雖已易幟，王室風波猶存，公爵的回憶錄印證了郁仁長當年的臆測不假，當下便有意翻譯出來[47]，作為投稿《拾穗》的首篇文章。

與此同時，《拾穗》出版委員會也在擘畫新氣象，眾人討論著雜誌要能長久經營，一來稿源要充足，二來讀者要滿意，兩者缺一不可。在讀者方面，或許可以增加漫畫、運動等軟性內容，並舉辦讀者意見調查，務求投其所好。經過一個多月的整頓，《拾穗》第四期氣象一新，刊出了兩幅「小淘氣」的單格漫畫，其中一幅是小淘氣腳踩垃圾桶踏板，雙手敲擊家中鍋碗瓢盆，橫批「交響樂團」；另一幅是母親將小淘氣領至百貨公司的「問詢

小淘氣漫畫

處」，千叮嚀萬囑咐：「孩子，你留在這裡問你的問題好了，媽一會兒就回來」，令讀者會心一笑。此外，第四期還多了「棒球幻局」專欄，譯者董世芬，署名忱鐸，內容描述棘手的賽局，讓讀者動動腦，想想看裁判應該怎麼判，專欄的介紹寫道：

> 這裡收集的幾則大部分是從《星期六晚郵》(*Saturday Evening Post*)上間續登載的「棒球解疑」脫胎而來。場面是假設的，為求逼真起見，特襲用本省球隊及球員稱號，與各

隊實際比賽情形及結果無關。球規則根據中國體育社編譯三民圖書公司出版之「棒球規則」。

《拾穗》第五期刊載的「棒球幻局」，便是由臺南電力隊出戰臺北石炭隊，兩隊都是臺灣戰後史上數一數二的棒球強隊，臺南隊有王牌投手戴嘉忠，石炭隊則有後來成為知名教練的張朝貴，幻局內容則寫道：

第一局台南主攻，林阿雄和黃丙丁先後安全進佔二壘及一壘。戴嘉忠擊出一飛球，石炭左外野陳良臣接球時故意將球墮地，惟隨即撿起，傳球三壘守張朝貴轉傳二壘守王錦竹。林阿雄仍佔二壘未動，戴嘉忠則已跑進一壘與黃丙丁同立一壘上，你以為應該判那一個人出局？

拾穗　五一

棒球幻局（連載）　忱鐸

初次看賽棒球的，往往有那麼幾個印象：第一裁判多，正式比賽有四個裁判，比較緊張的場面還得再添上兩個，第二爭吵多，除了講謙客氣的友誼賽外，不時會看到球員和裁判間臉紅耳赤的演出。甚至在棒球最稱發達的美國裡。棒球裁判員經過嚴格考試僱級升遷，而且接受棒球協會薪酬以裁判為終身職業的，所下判定不但同樣的常引爭疑，有時還會因為引用球規錯誤而受處罰。因為在球類運動中，棒球可以算是比較著重於體力和智力的一種，球規繁雜，變化不多，有許多特殊場面，一時既難於引用適當球規，發展過程也足以構成頗堪玩味的球謎。

這裡收集的幾則大部是從星期六晚郵(Saturday Evening Post)上陸續登載的「棒球解疑」脫胎而來。場面是假設的，為求情景逼真起見，特暫用本省球隊及球員稱號，與各隊實際比賽情形及結果無關。球規則根據中國體育社編譯三民圖書公司出版之「棒球規則」。

（一）

石炭與高電在第二屆全省棒球冠軍賽中，第二局(Inning)終了時，分數為一比一。第三局前半場高電主攻，蕭邦讓擊一飛球為石炭左外野所接而出局，許天賜安全擊進一壘，許滿木空擊(Strike)二次，石炭投手盧傳明續發一球，許滿木空擊不中，該球經過許滿木球衣後為石炭捕手傅俊乃所接，許天賜於盧傳明開始投球時即離一壘往襲二壘，傅俊乃傳球於石炭游擊方少伯，方少伯於許天賜未抵二壘前即將球觸及許身，石炭隊員紛紛準備退場，假如你是裁判，你應該馬上命令石炭隊員返場繼續比賽，為什麼？

董世芬譯〈棒球幻局〉，署名忱鐸

「棒球幻局」刊出之時，正是棒球極盛之時，「呷飽看野球」是臺灣日常生活的小確幸，加上戴嘉忠是響叮噹的好手，短短百字的篇幅，想必引起廣泛討論，若想知道解答，則必須再往後翻二十多頁：

戴嘉忠應被判出局。因為球規第四十九條第二節A項規定：「在兩個跑壘員出局以前，跑壘員已佔據一壘及二壘或一二三各壘時，擊球員擊出之飛球如為守方球員所故意漏接，裁判應即判定該球已被接獲。」石炭隊可能因戴嘉忠跑壘較慢，擬故意讓戴嘉忠上壘將林阿雄或黃丙丁擠出，不幸此計並未得售。

《拾穗》新增的兩個專欄，都在第五期的讀者意見書中獲得正面迴響，郁仁長讀著馮宗道歸納整理的讀者意見，心中無比欣慰：

（一）百分之九十的讀者對科學或工程的文字有興趣。

（二）百分之七十以上的讀者喜歡音樂方面的介紹。

（三）有一半的讀者對橋戲專欄和棒球幻局發生興趣。

（四）大多數的讀者認為漫畫的篇幅要增加。

（五）讀者們最喜歡的文字是短篇文藝作品，科學醫藥小品，世界名著，和輕鬆幽默的故事。[48]

眼見《拾穗》的編務漸漸步上軌道，郁仁長心中的大石落了地。還記得五月初時，《拾穗》一息奄奄，先是創辦人賓果廠長過世，隔月韓戰爆發，世局板蕩，人心波瀾，出版委員會的成員又都是工程技術出身，文墨本來就是外行，流落異地，悽悽惶惶，更是無心辦刊。值此風雨飄搖之際，《拾穗》大可說斷就斷，幸虧馮宗道倔強、郁仁長硬氣，到底是挺了過來，兩人雖然非文學出身，但都才高八斗、博古通今，當年中油公司要論能文能詩者，南部首推馮宗道，北部則非郁仁長莫屬，「南馮北郁」之名，從此不脛而走[49]。

郁仁長的文名，奠定於《溫莎公爵回憶錄》。溫莎公爵是英國女王伊莉莎白二世（Elizabeth II，1926～2022）的伯父，一九三六年一月二十日登基成為愛德華八世，任內執意迎娶有過兩段婚姻的美國名媛華麗絲・辛普森（Wallis Simpson，1896～1986），遭到教會、王室、內閣竭力阻撓，同年十二月十一日，愛德華八世順勢遜位，將王位禪讓給弟弟（即喬治六世），並透過廣播發表遜位演說，演說結尾提到：「得不到愛人的輔佐，吾難以肩負重任，克盡國王職責。」短短一席話，在朝野間掀起軒然大波。喬治六世繼位後，愛德華八世獲封溫莎公爵，一九三七年六月三日與華麗絲．辛普森在法國成婚，婚後住在巴黎。此時遠東煙硝再起，七七事變揭開了中日戰爭的序幕，兩年後第二次世界大戰爆發，喬治六世發表宣戰演說，鼓舞英國上下對抗納粹德國。隨著戰事場場制勝，喬治六世的健康江河日下，或許是復位之心蠢蠢欲動，溫莎公爵在二戰結束後接受《生活》雜誌委託，對於王室生活大書特書。鑑於此舉有違王室禮儀，公爵在正文前寫了一段前言，遣詞立意四平八穩，為整部《溫莎公爵回憶錄》奠定基調，譯者郁仁長評論道：

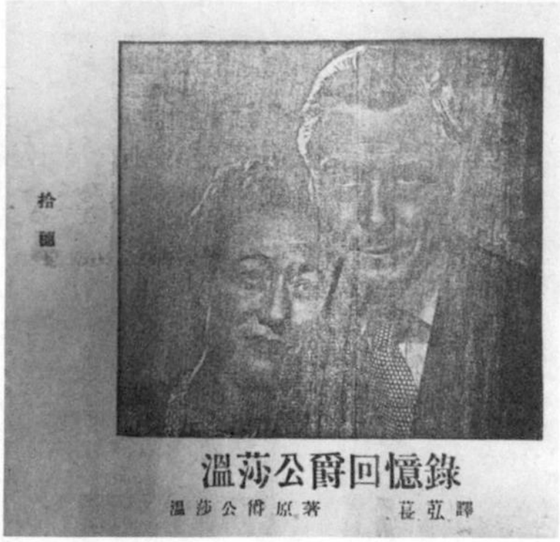

郁仁長譯〈溫莎公爵回憶錄〉，署名萇弦

> 公爵底筆鋒，具有含蓄的犀利，全文溫文雅馴，一點也沒有謾罵的意味，可是寓貶辭於微言，凡是他所不滿的，連他底父親，母親，弟弟在內，都不曾放過一個，但是在敘述中，却仍充滿了尊敬友愛之情，對於當時的對頭，鮑爾溫首相，言辭雖然十分客氣，但任誰也覺得出他抒寫時心情底憤慨。50

公爵得了這麼一位知音識趣的譯者，中文翻譯自然是文采風流：

緘默是立憲君主國王子們所不便輕易違背底準則，祗是，骨鯁在喉，一吐為快，無論國王或是平民，都會有如此強烈的企望，我的統治在分裂和爭擾中結束，直至如今，還不曾有人聽到過屬於我這一方面底事實。多少年消逝了，誤解和猜測與日俱增，與日俱增的更有我那逐漸顯露的感覺，將我所知道的事實敘述出來是我的責任。一九四八年，我開始追記少年生活，在生活雜誌上刊出了「王子的教育」一文，這鼓勵我繼續寫述，此刻我貢獻了這顆果實：「一個國王的故事」。三年來認真工作，說來也非易易，如果沒有別人的協助，我也很難獨力完成，為準備這幾段回憶錄，我得感激生活雜誌底編者，尤其應該感激的是却爾斯．茂斐，在寫作此文時，他常和我在一起。

這段〈前言〉的中文翻譯字字珠璣，「骨鯁在喉，一吐為快」（the desire to be heard）令人驚艷，「果實」（the results）、「易易」（easy）也是神來之筆，連用「與日俱增」的頂真修辭替整段文字增色不少。

《溫莎公爵回憶錄》不僅散文段落譯筆出色，其中幾首韻文也翻譯得工緻精妙，其中一首是公爵以王儲身份出訪北美洲，在英國殖民地加拿大採集了一首短詩，回國後呈報給父王，藉以觀風俗、知得失、自考正：

返抵英倫之後，從不曾履及新大陸的父親諄諄地問我美國的事物，從摩天樓的高聳，到街道上汽車行駛的擾攘，水汀管熱氣裝置功能，以及白宮中辦事人員的數目，最使他驚異的是那裡的禁制生活（譯者按：指當時美國禁酒）。他本人——雖也是個竭力自制的人，但卻認為任何政府企圖如此約束人民的行為未免近乎虐害。我帶回來種種報導之中，最能使他欣喜的，我想是在加拿大邊境小鎮上拾來的一支歌謠：

二十四個老美唷，
渴得發慌，
走過了邊界唷，
打開酒缸，
缸蓋子打開唷，
齊聲歌唱：
美國萬歲唷，
不如帝佑吾王。

Four and twenty Yankees,
Feeling very dry,
Went across the border
To get a drink of rye.
When the rye was opened,
The Yanks began to sing
"God bless America,
But God save the King."

公爵這段文字使用春秋筆法[51]，一來以平實的敘事展顯自己見多識廣，二來借父親之口針砭美國政府，三來採集「打油詩」（doggerel）褒英貶美，詩末將〈天佑美國〉(“God Bless America”)與〈帝佑吾王〉(“God Save the King”)並立，前者是美國詞曲作家柏林(Irving Berlin，1888~1989)在第一次世界大戰期間創作的愛國歌曲，後者是英國國會一八二五年決議的英國國歌，中間以「但」(But)字轉折，褒揚國王之意，呼之欲出。郁仁長的譯文與原文相得益彰，他自幼在上海租界成長，對於外國事物耳濡目染，信手拈來便是妥貼的按語，至於譯詩則自鑄韻腳，格律不拘，用字俚俗，口吻諧謔，有別於正文公爵典雅莊重的措辭，呈現出兩種截然不同的筆調。

溫莎公爵以王儲身份遊歷各國，除了在加拿大抄錄了頌揚英國國王的打油詩，還在書中摘錄了公爵所到之處都能聽見的〈上帝祝福威爾斯親王〉(“God Bless the Prince of Wales”)。依照傳統，「威爾斯親王」是英國君主冊封給王儲的頭銜，而且只限男性，女性無份，溫莎公爵十六歲便以嫡長子身份受封「威爾斯親王」，寫作《溫莎公爵回憶錄》的當下，姪女伊莉莎白二世雖然身為王儲，但卻無從受封為「威爾斯親王」。溫莎公爵選在弟弟喬治六世風燭殘年之時出版《溫莎公爵回憶錄》，英文原名「A King's Story」，顯然仍以「國王」(King)自居，書中特地節錄〈上帝祝福威爾斯親王〉一詩，頗有與伊莉莎白二世決一雌雄之意。郁仁長將公爵摘錄的詩歌譯為〈上帝祝福王儲〉，將「威爾斯親王」(the Prince of Wales)意譯為「王儲」，一來淡化了整首詩在書中的挑釁之意，二來顯見其對英國王室傳統瞭若

從我們古老的崇山峻嶺
到那可愛的幽谷深處
處處響澈了祈禱辭的回音
「願上蒼祝福我們的王儲」

是往昔的淺唱低吟
滲和了明朗的節奏和清新的心情
海岸連接着海岸
到處傳播着不列顛光榮的聲名

從我們古老的崇山峻嶺
到可愛的幽谷深處
處處響澈了祈禱辭的回音
「願上蒼祝福我們的王儲」

Among our ancient mountains and from our lovely vales,
Oh! Let the prayer re-echo, 'God bless the Prince of Wales!'

With hearts and voice awaken, those minstrel strains of yore,
'Till Britain's name and glory,
Resounds from shore to shore.

Among our ancient mountains and from our lovely vales,
Oh! Let the prayer re-echo, 'God bless the Prince of Wales!'

指掌。整首譯詩典麗彬彬，不似打油詩那般俗氣。

然而，公爵有心戀棧，卻無力扭轉政局。一九五二年二月六日，喬治六世駕崩，伊莉莎白二世即位。同月出版的《拾穗》第二十二期預告：

我們籌備多日的『拾穗譯叢』，不久就可以問世了。『拾穗譯叢』是我們準備出版的一套綜合性的叢書，其中包括刊載於拾穗月刊而頗具永久性價值的譯文和未曾在拾穗月刊上發表過的長篇名著。[52]

隔月一日，《拾穗》第二十三期便刊出「拾穗譯叢」第一種《溫莎公爵回憶錄》單行本的廣告，三月十日出書，「每冊定價五元，即日起徵求預約，預約及拾穗訂戶特價每種四元」。廣告內容緊扣時事，激發讀者對於英國王室的好奇：

> 從二月七日的報章上，誰都會看到英王喬治六世逝世和女王伊麗莎白即位的消息。這本回憶錄的作者便是喬治六世的長兄，伊麗莎白的伯父。如果不是溫莎公爵在一九三六年十二月十一日遜位卸下他的皇冕，解除了英王愛德華八世的尊號，喬治六世就不可能登基，伊麗莎白更不可能有此幸運。但英國的帝王是幸運的嗎？真是值得令人稱羨的嗎？如果你要知道一個君主立憲國家中帝王生活的真正情形，請你讀一讀這本由一位被迫遜位的英國國王所寫的一本動人的書籍。

拾穗譯叢廣告《溫莎公爵回憶錄》

《溫莎公爵回憶錄》的出版時機正好搭上英國王室熱潮，加上郁仁長譯筆精湛，更是錦上添花，連主編馮宗道都說：「銷路很好。我記得當時臺灣曾出現二、三種不同的譯本，我都曾細讀比較過，以仁長兄的譯作最為忠實而不失原文的典雅詞采。」[53]

譯作風光問世之時，卻是譯者患疾養病之日，《溫莎公爵回憶錄》單行本的〈譯者自序〉寫道：

當拾穗出版社通知我重校本文，以便作為譯叢之一，刊行單行本的時候，正好在醫生斷定我患了肝疾之後，養病期內，所謂校閱，無非衹是改正了幾個錯字，就此草率了事，原有的譾陋舛誤，如果要逐一細校，心情和體力都不容許我如此做。

儘管如此，郁仁長對於《拾穗》的關切卻始終如一，自從《拾穗》創刊之初，郁仁長在臺北總公司便傾力支持[54]，短短兩年的時間內，就以筆名「蓑弦」替《拾穗》翻譯了三種作品，第一種《溫莎公爵回憶錄》從第七期（一九五〇年十一月）連載至第十二期（一九五一年四月）。接著又替《拾穗》第十三期「週年紀念特大號」翻譯了《石油世家》，介紹洛克斐勒家族勤儉的生活，從第十三期（一九五一年五月）連載至第十六期（一九五一年八月）。十七、十八期韜光養晦，休養了兩期，十九期（一九五一年十一月）至二十四期（一九五二年四月）則連載了《西歐烽火見聞錄》（*A Soldier's Story*），內容是美國陸軍五星上將布萊德雷元帥（Omar Nelson Bradley）的自傳。自第二十五期（一九五二年五月）開始則應讀者要求，開始翻譯《雪萊詩選》（*The Complete Poetical Works of Percy Bysshe Shelley*）。

所謂讀者要求，其實來自《拾穗》第二十四期隨附的「拾穗創刊兩週年紀念讀者意見調查表」，表單正面寫道：

> 五月一日是《拾穗》月刊創刊的兩週年紀念，在這不算太短的兩週年中，我們為讀者們究竟做些什麼工作？讀者們對《拾穗》的印象怎麼樣？讀者們對《拾穗》的最高期望，和最需要的是什麼，我們都十分需要知道。

翻過表單背面，表頭須填寫姓名、性別、

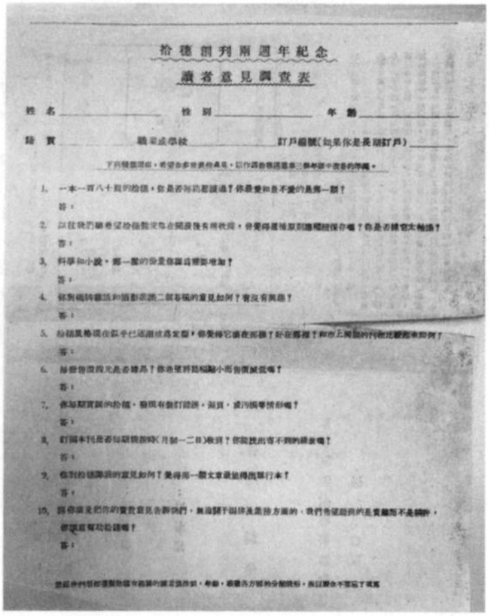

拾穗創刊兩週年紀念

讀者意見調查表

姓名＿＿＿＿ 性別＿＿＿＿ 年齡＿＿＿＿

籍貫＿＿＿＿ 職業或學校＿＿＿＿ 訂戶編號（如果你是長期訂戶）＿＿＿＿

《拾穗》創刊兩週年讀者意見調查表

年齡、籍貫、職業（或學校）、訂戶編號，底下則是十道問題，針對《拾穗》的內容、編排、裝訂、業務、售價，一一徵詢讀者的意見，並叮嚀讀者「多發表些高見，以作為《拾穗》邁進第三個年頭中改善的準繩」。此外，編輯部也準備了書籤作為紀念品，以報答讀者不吝賜教的盛情厚意。根據《拾穗》第二十五期〈茫茫大海中的燈塔——拾穗徵詢讀者意見的綜合〉，《拾穗》的讀者已達到一萬人，從一千多封意見書中，可歸納出十六點針對內容方面的建議，其中第四點「應增加小說的份量以及刊登名著文藝作品」和第九點「要增加詩和散文等譯作」，聯合促成了郁仁長翻譯《雪萊詩選》的契機。

在郁仁長的青春年歲裡，雪萊（Percy Bysshe Shelley，1792～1822）是聞名中國的英國浪漫主義詩人，詩作文采斑斕、熱情奔放，詩風自由不羈，詩心永垂不朽，名作〈西風頌〉（"Ode to the West Wind"）那句「冬天來了，春天還會遠嗎？」（If Winter comes, can Spring be far behind?），堪稱家喻戶曉的名言佳句。雪萊雖然貴為男爵之子，但卻不惜衝撞體制、挑戰權威，在當時宗教氛圍濃厚的英國發表〈無神論之必要〉（"The Necessity of Atheism"），因此遭牛津大學開除學籍。十九歲時與妹妹的十六歲同窗哈麗葉（Harriet Westbrook，1795～1816）私奔，生下一雙子女。一八一四年，雪萊拜訪《政治正義》（*Political Justice*）的作者——激進哲學家威廉・戈德溫（William Godwin，1756～1836），愛上戈德溫的十六歲閨女瑪麗（也就是後來寫出《科學怪人》〔*Frankenstein*〕的作家），雪萊棄哈麗葉於不顧，與瑪麗共赴瑞士，哈麗葉在倫敦海德公園的九曲湖投水自盡。三週後，雪萊與瑪麗正式結褵，婚後旅居義大利。一八二二年七月，雪萊的帆船「唐璜號」在斯佩吉亞灣突遇風暴，船沉人亡，雪萊夫人矢志為亡夫作傳揚名，卻遭到公公阻撓反對，只好退而求其次，為亡夫編撰《雪萊詩選》，並透過批註略敘詩人生平，這番苦心都寫進了序言裡，並由郁仁長翻譯出來：

> 種種阻礙一直存在着，使我不能把全部雪萊底詩，公之於世人。最後可以欣幸的是，它們終於消除了，我趕着去履踐一項重要的任務——儘可能正確地把一個崇高天才者底作品，交與這個世間，同時縷述伴隨這些作品的史實，它們怎生在詩人底心坎上，腦海中生長，活動，以至於成熟。我禁制自己去述及他私生活的細節，但有些情感的產生影響到他底詩篇的却又當別論。這還不是傾吐實情的時候，我更不願把實情加以塗抹渲染。

郁仁長翻譯的雪萊夫人序言翻譯得有多麼謹小慎微，翻譯雪萊的詩歌就翻譯得有多麼大開大闔，追求神似而非形似，完全不顧英文原詩的詩行、格律、韻腳，只顧翻譯詩中的深意。例如雪萊的名作〈雲雀之歌〉（"To a Skylark"），原文每節五行，一、三行同韻，二、四、五行另押一韻，前四行採「揚抑三音步」（trochaic trimeter），第五行採「抑揚六音步」（iambic hexameter），郁仁長的譯詩則每節行數不一，押韻不定，格律不拘，以自由詩表現雪萊對雲雀的盛讚，起句便將雲雀昇華成形而上的存在，頌揚其不朽的「精魂」（Spirit）。

除了自由詩之外，郁仁長也嘗試用古詩詞體來翻譯雪萊，例如刊載於《拾穗》第三十二期的〈西風頌〉，原詩共五節，每一節都是一首十四行詩，詩人以秋風摧枯拉朽之勢，

我稱頌你，
歡樂的精魂！
你從天國中降臨！
或來自它的左近，
又豈是俗羽凡禽！
你的心泉迸湧，
自然地化作亮轉清音。

凌空復凌空，
恰似一朵彩雲，
從地上飛起；
翱翔巧囀，巧囀翱翔，
直破入天的蔚藍深處。

Hail to thee, blithe Spirit!
Bird thou never wert,
That from Heaven, or near it,
Pourest thy full heart
In profuse strains of unpremeditated art.

Higher still and higher
From the earth thou springest
Like a cloud of fire;
The blue deep thou wingest,
And singing still dost soar, and soaring
ever singest.

比喻浪漫主義時期破舊立新的革命力量。郁仁長先用自由詩翻譯一遍，再用詞體翻譯一遍，並選用了「玉樓春」和「浣溪沙」兩個詞牌[55]，每一節前八行是「玉樓春」、後六行是「浣溪沙」，合起來一共十四行，讀起來音韻悠揚、鏗鏘響亮，第一節寫道：

西風起兮秋光露
落葉盤旋空中舞
嬰兒姹女下梵宮
慘綠淒紅難卒覩

飄零憔悴身無主
載向隆冬淒冷路
殘枝暗裡茁新芽
凝佇春風情無邪

雲滿山丘綠滿疇
人間處處動閒愁
落紅遍地少人收

大地沉酣渾不覺
溫存肅殺兩無由
聽君吹徹一聲秋

O wild West Wind, thou breath of Autumn's being, a
Thou, from whose unseen presence the leaves dead b
Are driven, like ghosts from an enchanter fleeing, a

Yellow, and black, and pale, and hectic red, b
Pestilence-stricken multitudes: O thou, c
Who chariotest to their dark wintry bed b

The winged seeds, where they lie cold and low, c
Each like a corpse within its grave, until d
Thine azure sister of the Spring shall blow c

Her clarion o'er the dreaming earth, and fill d
(Driving sweet buds like flocks to feed in air) e
With living hues and odours plain and hill: d

Wild Spirit, which art moving everywhere; e
Destroyer and preserver; hear, oh hear! e

郁仁長翻譯〈西風頌〉大破大立，澈底揚棄原文的詩行、格律、韻式、典故，改以中文原有的詞牌重新填詞，並點染愁緒，平添悲秋之意，可說是首開「創譯」（transcreation）[56]風氣之先，只是難免以韻害辭、以辭害義，因此，郁仁長另以自由詩翻譯〈西風頌〉，語意上更貼近原文：

曠野的西風依稀是秋氣底吞吐
催趕起隱藏著的片片落葉
似竄出魔宮的精靈在漫天飛舞

它們都是深黑枯黃慘白與暗紅
揉合起憔悴而凋敝的顏色
卻被一車滿載駛向陰暗的嚴冬

種籽觳觫地在陰冷土壤裏潛身
恰似逝去的人在墓中安息

佇候和悅的春風再來再來給予溫存
夢酣的大地上響起了她底畫角
色和香壟罩起平地與高岡
含苞未吐的蓓蕾也被紛紛吹落
聽　聽曠野的西風向各處躑躅
有情無情地掌握著人間苦樂

雪萊的〈西風頌〉雖然是十四行詩，但是韻式卻刻意避開傳統十四行詩的韻腳[57]，看似標新立異，實則採用了但丁《神曲》的「參韻體」(aba bcb cdc ded ee)，每三行為一節，每一節的第二行與下一節的一、三行押韻，韻式新中有舊、舊中有新，正好呼應全詩主題——西風吹落枯葉、吹散了種子，每逢春日，生生不息——生中有死，死中有生。郁仁長的譯詩韻式與原詩大異其趣，自然顧不到詩韻和詩義之間的呼應。然而，誠如馮宗道的評述：「詩是最難譯的，詩人的原意本來就含蓄難明，何況又要用另一種文字把它闡述出來而保留詩的原味。但仁長兄在雪萊詩選上卻兼而得之，他在譯詩中所用的詞彙之豐富，使我欽佩無已。」[58]都說是文人相輕，南馮北郁卻相知相惜，賓果的凋零若似秋氣之肅殺，南馮北郁的情誼便似春風之溫存，滋養著《拾穗》，日漸茁壯。

註釋

38 詳見張綺容（2018）。〈他們在島嶼翻譯：戒嚴初期在臺譯者研究〉。《翻譯學研究集刊》，二十二期。
39 詳見馮宗道（1990）。〈從40年前的文化沙漠走出來：拾穗雜誌的誕生過程與傳播理念〉。《拾穗》，四六九期。
40 詳見未署名（1950）。〈中國石油公司的哀悼〉。《拾穗》，第二期。
41 詳見姚振彭（1971）。〈一段慘痛的回憶〉。《石油人史話》。
42 管事為雜務總管，負責管理絲行庶務。
43 宋子良出身民國四大家族「蔣宋孔陳」的宋家，父親宋嘉澍金援孫中山革命，姊姊宋靄齡、宋慶齡、宋美齡即著名的「宋家三姐妹」。中日抗戰期間，宋子良擔任滇緬公路總辦，負責採購和運輸補給。
44 關於郁仁長生平，詳見馮宗道（1992）。〈斯人雖往文藻猶存——懷倜儻儒雅的知友郁仁長先生〉。《石油通訊》，四九二期。
45 詳見馮宗道（1992）。〈斯人雖往文藻猶存——懷倜儻儒雅的知友郁仁長先生〉。《石油通訊》，四九二期。
46 詳見馮宗道（1992）。〈斯人雖往文藻猶存——懷倜儻儒雅的知友郁仁長先生〉。《石油通訊》，四九二期。
47 引自莨莖（1952）。〈譯後綴語〉。《溫莎公爵回憶錄》。高雄：拾穗月刊社。
48 詳見未署名（1950）。編輯室。《拾穗》，第八期。
49 詳見林歌（1991）。〈十步芳草集——「南馮北郁」解說〉。《石油通訊》，四七九期。

50 引自萇弦（1952）。〈譯後綴語〉。《溫莎公爵回憶錄》。高雄：拾穗月刊社。
51「春秋筆法」意指文筆曲折而意含褒貶的文字。
52 詳見佚名（1952）。編輯室。《拾穗》，二十二期。
53 詳見馮宗道（1992）。〈斯人雖往文藻猶存——懷倜儻儒雅的知友郁仁長先生〉。《石油通訊》，四九二期。
54 同上。
55 詞牌意指詞調的名稱，詞調則是填詞用的格式，例如「玉樓春」是詞牌，其詞調是七言、八句，共五十六字，上闋四句、下闋四句，三仄韻，一韻到底。郁仁長譯詩大致合於此詞牌，但「邪」字不合韻，且有多字平仄不合。後六句則平仄與韻腳皆合於「浣溪紗」。
56「創譯」一詞源自英文「transcreation」，由「翻譯」（translation）和「創作」（creation）兩個字組成，意指透過翻譯重新創作與原文具有相同目標和情緒效果的內容。
57 英文十四行詩（sonnet）顧名思義長十四行，依照傳統，每行的韻腳大多採用莎士比亞韻式（abab cdcd efef gg），或是採用佩特拉克韻式（abba abba cde cde）。
58 詳見馮宗道（1992）。〈斯人雖往文藻猶存——懷倜儻儒雅的知友郁仁長先生〉。《石油通訊》，四九二期。

四　鄉愁是一篇篇譯作

不管是朱杰翻譯的拜倫、曼殊斐兒、吳爾芙，還是郁仁長翻譯的溫莎公爵和雪萊，都是一九四九年之前風靡中國的英國名人。

出場人物

《拾穗》早年翻譯的英國文學作品，大半源自譯者的成長記憶，當時中國流行的浪漫主義和現代主義，隨著郁仁長等人飄洋過海來到臺灣，例如翻譯拜倫、曼殊斐兒、吳爾芙的朱杰，一九二三年一月十七日出生於浙江省菱湖鎮，一九四七年畢業於浙江大學化工系，隔年進入中油高雄煉油廠，後以筆名師坎、斯美為《拾穗》翻譯英美詩歌、小

朱杰，《拾穗》出版委員

說、戲劇，一九五八年赴美深造，於威斯康辛大學麥迪遜分校取得化工碩士、博士，畢業後進入美國石油產業，並於加州大學洛杉磯分校（UCLA）任教。

「南馮」馮宗道編輯的不只是《拾穗》，而是兒時的夢；「北郁」郁仁長翻譯的不只是《溫莎公爵回憶錄》，而是青春的歌。余光中的名詩〈鄉愁〉寫著：「小時候／鄉愁是一枚小小的郵票／我在這頭／母親在那頭／長大後／鄉愁是一張窄窄的船票／我在這頭／新娘在那頭／後來啊／鄉愁是一方矮矮的墳墓／我在外頭／母親在裡頭／而現在／鄉愁是一灣淺淺的海峽／我在這頭／大陸在那頭」對於《拾穗》的編輯和譯者而言，鄉愁或許是一篇篇譯作，字在此岸，意在彼岸。

《拾穗》創辦初期的編輯和譯者，大多成長於一九二〇、三〇年代的中國，第二次世界大戰結束後因緣際會渡海來到臺灣，誰也沒想到一九四九年兩岸易幟，故鄉成異鄉，年復一年，春風依舊拂江南，千里赤紅何時還？郁仁長在一九五三年四月的〈送春辭〉中寫道：

> 江南無處不逢春，豈止杭州一地？鄧蔚的香雪海，無錫的黿頭渚，那一處不都洋溢着春意？如今呢，這許多好所在，好去處，都被遺落在海的那一邊，果然春也還是照

常向那裡駐足的話，不知尚有幾多人，能有賞春，遊春，以至惜春，送春的雅興？

在島上，多情而又無情的春之女神，居然也借陽明山巔幾樹櫻花，倉卒地顯現一次色相。於是，路上游人，踵趾相接，大家爭着去探索一下春底蹤跡。筆者一來是方在病中，二來是曾經滄海，覺得僅憑幾株櫻花杜鵑，未必盡吐露了春底消息，所以祇是安坐寓中，面對瓶花，竟辜負了這瞬息春光。我想擁塞在松本花園中的遊客，甘冒驟雨淋漓之厄，在紅白繽紛之下，搶得一時片刻的低徊，其目的恐也未必是尋求賞心樂事，祇是緬懷故國沃野，已然是赤地千里，江南冷落，必定是春去無蹤，藉此一趟跋涉，正好排遣心中塊磊，看似遊春賞春之行，實是弔春惜春之意。職是之故，我雖不曾趕着熱鬧，但握筆草此送春短文，也可說是與在山諸君，同樣地別有一番懷抱。

這篇〈送春辭〉送的儘管是寶島之春，所惜、所弔的，卻是江南之春。文中的鄧蔚山、黿頭渚都是江蘇名勝，鄧蔚山位於光福古鎮，素有十里梅花香雪海之譽，黿頭渚則在無錫市太湖濱，春櫻穠豔冠江南。〈送春辭〉下文又說：「若到江南趕上春，千萬和春住！我們侷促在那裡，春來了，卻又去了，幾時能趕向江南，和春同住呢？」[59]字裡行間，盡是侷促在臺灣的憾恨、鄉關何處是的春愁。

故鄉是回不去了。然而，正如同陽明山的疏影橫斜櫻吹雪，擾動著記憶裡的落英繽紛香雪海，如今書桌前的暗香浮動，勾引著那曾經醉人的墨香，一絲絲，一縷縷，在回憶的長廊裡千迴百轉，終歸到達了彼岸——一九二〇、三〇年代的中國——那時流行的是歐陸文學，讓民初才子徐志摩一見傾心的曼殊斐兒（Katherine Mansfield，1888～1923），更是當年的話題人物。曼殊斐兒出生於紐西蘭[60]，一九〇三年赴英國求學，同時開始投稿、主編校刊，學成歸國後筆耕不輟，陸陸續續在文學期刊上發表作品。一九〇八年定居倫敦後專職寫作，一步步成為現代短篇小說大家，與俄國的契訶夫（Антон Павлович Чехов，1860～1904）、愛爾蘭的喬伊斯（James Joyce，1882～1941）、美國的舍伍德・安德遜（Sherwood Anderson）齊名。一九一八年，曼殊斐兒嫁給了英國作家兼編輯穆瑞（John Middleton Murry，1889～1957），在丈夫的牽線之下，曼殊斐兒與徐志摩有了一面之緣。

那是一九二二年七月中旬，倫敦大雨滂沱，徐志摩正在英國求學，曼殊斐兒則剛從瑞士養病回來。在瑞士時，曼殊斐兒與英國學者羅素（Bertrand Russell，1872～1970）比鄰而居，羅素一九二〇年曾出訪中國，因此兩人相聚時，話題自然時常圍繞著遠東。此次曼殊斐兒與徐志摩相會，除了談談哈代（Thomas Hardy，1840～1928）、康拉德（Joseph Conrad，1857～1924）、韋絲（Rebecca West，1892～1983）、薇兒薰（Romer Wilson，1891～1930）……等當代英國作家，曼殊斐兒也表達了對中國詩歌的景仰，尤其欽慕英國漢學家韋利（Arthur Waley，1889～1966）翻譯的漢詩，徐志摩趁機詢問日後可否翻譯曼殊斐兒的作品？曼殊斐兒欣然答應[61]。

半年後，一九二三年一月九日，曼殊斐兒肺結核病逝，徐志摩既賦詩〈哀曼殊斐兒〉悼念，又寫作散文〈曼殊斐兒〉追思，並信守承諾，一連翻譯了四篇曼殊斐兒的短篇小說：〈一個理想的家庭〉（"An Ideal Family"）、〈園會〉（"The Garden Party"）、〈巴克媽媽的行狀〉（"Life of Ma Parker"）、〈金絲雀〉（"The Canary"），一九二四年十一月由商務印書館出版單行本《曼殊斐兒》，除了收錄徐志摩翻譯的〈一個理想的家庭〉，以及陳西瀅[62]翻譯的〈太陽與月亮〉（"Sun and Moon"），此外還有沈雁冰[63]撰述的〈曼殊斐兒略傳・附錄〉。之後，徐志摩又翻譯了〈毒藥〉（"Poison"）、〈一杯茶〉（"A Cup of Tea"）、〈夜深時〉（"Late at Night"）、〈幸福〉（"Bliss"）、〈颳風〉（"The Wind Blows"）、〈蒼蠅〉（"The Fly"），並從譯作中挑選了八篇，集結成《英國曼殊斐兒小說集》，一九二七年四月由北新出版社發行，曼殊斐兒自此在中國文壇流行開來，直到一九三一年徐志摩空難離世，這股流行仍然不見退燒。

曼殊斐兒的文魂由徐志摩擺渡到中國時，朱杰還是浙江菱湖的少年，就算是想破了頭，也想不到自己將來會率先將曼殊斐兒擺渡到臺灣。這段文緣始於一九四七年，朱杰剛從浙江大學化工系畢業，聽說未來中國各省的油料都要依賴高雄煉油廠供應，朱杰也想去施展抱負，於是先赴上海通過中國石油公司的筆試，再經高雄煉油廠廠長賓果面試，最後順利錄取，由金開英派任到高雄煉油廠擔任甲種實習員。填寫員工資料時，朱杰與高采烈在通訊處寫下「浙江菱湖鎮東寧里朱斯美堂」，一心想著等實習結束之後就要回鄉探望。誰曉得兩年過後，通訊處成了不通音訊之所，心中儘管酸楚，但日子總是要過，值班還是得值，抬頭一看，只見兩位當班同仁對坐打盹，朱杰詩興大發，隨手在記事簿寫下打油詩：「今夜好菜式：清蒸鴨子，走油雞！」曹君曼一讀，寥寥數語，便將同仁瞌睡的樣貌勾勒得維妙維肖，當場拜倒，力邀朱杰加入《拾穗》出版委員會，與馮宗道、胡新南、邱慈堯、江齊恩、陳耀生、夏耀、

《拾穗》出版委員會

胡紹覺、姚振彭、蔡思齊、董世芬、李熊標、李成璋、鄧世明、楊增榮、趙宗彝，一起以筆為劍，在那形勢瞬息萬變的年代，刻下臺灣出版史上精彩的一頁。

朱杰刊登在《拾穗》上的第一篇譯作，便是曼殊斐兒的短篇小說〈一杯茶〉，女主角羅思曼莉・費爾（Rosemerry Fell）是個貴婦，生得並不美，依照慣例，貴婦在家不操家務、在外不事生產，生活就是買精品、跑派對。某個冬日午後，羅思曼莉在倫敦克松街（Curzon Street）逛古董店，看中了一只精巧的琺瑯盒，但是要價不斐，便請店主留貨，回家先請示丈夫。她走出店外，只見天色昏沉，一位黑黑瘦瘦的小姐在雨中上前來跟她討錢買茶，羅思曼莉想起平時看戲時，劇中常有扶弱濟貧的橋段，於是決定帶這位落魄的小姐回自家宅邸喝一杯下午茶，這便是題名〈一杯茶〉的由來。原文首見於一九二二年英文通俗小說雜誌《說書人》（*Story-Teller*），一九二三年收錄在曼殊斐兒的短篇小說集《鴿巢》（*The Dove's Nest and Other Stories*），而臺灣首見的中文譯本，似乎就是一九五〇年五月《拾穗》創刊號登載的朱杰（署名師坎）譯本。

曼殊斐兒筆觸細膩，以簡潔的文字羅織繁瑣的日常，對於羅思曼莉這樣的貴婦而言，

趙宗彝，《拾穗》文學譯者

日常就是看貨、買貨，曼殊斐兒不厭其煩，以工筆細細描繪。朱杰的譯筆也同樣考究，將倫敦克松街那爿古董店裡——做工細巧的琺瑯盒，逢迎色笑的店員，如癡如醉的貴婦，在在刻畫得躍然紙上：

拾穗

一杯茶

曼殊斐爾著　師坎譯

六〇

朱杰譯〈一杯茶〉，署名師坎

> 一個精緻小巧的盒子，塗着釉彩，美妙得像抹着乳酪似的，蓋子上面，有一個小人兒站在一棵繁花盛開的樹下，還有一個更小的小人兒用她的手臂抱住他的頸項，他的帽子，事實上不會比一片天竺葵花瓣來得大些，正掛在一個樹枝上面，還綴着碧綠的帶子呢。在這兩個人的頭頂，飄浮着一朵粉紅色的雲彩，就像一個謹慎防衛著的小天使一般，羅思曼莉雙手脫去了長手套，她要觀察什麼的時候總是把手套脫掉的，是的，她非常喜歡它，她愛好它，這真是一個很好的玩意兒，她一定要得到它，並且，當她把這乳酪色的盒子轉來旋去一開一關的當兒，她不得不注意到，她的一雙手襯著藍色天鵝絨的背景時是如何的迷人，那店員，說不定在他模糊的心靈深處，也敢于這樣想

呢，他拿起一枝鉛筆，斜倚著櫃台，他的蒼白而無血色的手指卑怯地伸近這些玫瑰色的光彩奕奕的手指，一面溫和地喃喃着：「太太我想大膽地指給你看，這小女郎的緊身衣上還綴着花朵呢！」

曼殊斐兒不僅擅於描物，寫人的功力也是了得，一九一七年的短篇小說〈畫頁〉（"Feuille d'Album"）描寫巴黎某位不近女色的少年畫家，某夜遠望見對門的同齡少女抱著黃水仙走上陽臺，雖是驚鴻一瞥，卻已一往情深。一連觀察數日，發現少女週四傍晚都會挽著籃子出門，少年一路尾隨，跟著少女去了食品店、肉鋪、布店，最後少女在酪農店裡精挑細選了一顆棕色的雞蛋，離開後少年也進了酪農店，再跟著少女返抵家門。正當少女將鑰匙插入鑰匙孔，少年一個箭步上前，漲紅了臉，說：「對不起，小姐，您丟了這個」，並交給少女一顆雞蛋。《拾穗》出版委員趙宗彝翻譯了

一個雞蛋

凱塞琳‧曼斯費爾著
彝 譯

他眞是個廢物，太懦弱了，幾乎連話都不會說，而且老是那麼沉甸甸地，一旦他跨進你畫室的門，他就不知道什麼時候該走，祇是一味地坐下去，直到你耐不住性子，幾乎要拿起東西來把他吆喝出去的時候，他臉[illegible]像只發紅的火爐般跑開去。但奇怪的是第一眼看到他，他就惹人愛憐。大家都這麼說。你若在一天晚上偶然走進一家咖啡館你多半會看見，坐在一個角落裡，面前放着一杯咖啡，形容消瘦，膚色發黑的大孩子，身上穿了一件藍色內衣，外面套件[illegible]絨灰茄克。茄克的袖子太短，十足一付[illegible]然要流浪海上的派頭。這孩子活像剛由他的家鄉出來，馬上就準備動身遠去似的：[illegible]衣和他母親照片的包袱懸掛在一棵棍上，向夜色中走去，在夜色的漫花下消隱了……是[illegible]？唉，誰見了心裡都會難過。這似乎還嫌不夠，誰[illegible]他那[illegible][illegible]的[illegible]兒吧……每逢侍者打身邊走過時，他就臉紅一[illegible]剛由監獄裡出來的犯人，瞞不過侍者的眼睛……

「這孩子是誰呀？你知道嗎？」

「他的名子叫依安‧弗蘭支。是個作畫的。聽說很聰明。有個女的曾經懷着慈母般的心腸來照管他。她問他家裡常有信來沒有，他一天喝多少牛奶，被窩夠不夠暖，可是她卻幾次跑到他畫室的那兒去，想替他補襪子，把門鈴按了又按，竟沒人來應門。雖然她[illegible]當時明明聽到屋子裡有人聲。……毫無辦法！」

另一個女的認定他需要談戀愛。她把他召喚到身邊，喊他「孩子」，把他摟在懷裡，讓他聞聞她[illegible]迷人的香[illegible]

趙宗彝譯〈一個雞蛋〉，署名彝

這篇青春小品，標題便是〈一個雞蛋〉，刊於《拾穗》第十二期，故事一開頭便活靈活現描摹出這位少年畫家的膽怯：

他真是個廢物。太懦弱了。幾乎連話都不會說，而且老是那麼沈甸甸地。一旦他跨進你畫室的門，他就不知道什麼時候該走，祇是一味地坐下去，直到你捺不住性子，幾乎要拿起東西來把他喲呵出去的時候，他纔臉像只發紅的火爐般跑開去。但奇怪的是第一眼看到他，他就惹人憐愛。大家都這麼說。你若在一天晚上偶然走進一家咖啡館你多半會看見，坐在一個角落裡，面前放着一杯咖啡，形容消瘦，膚色發黑的大孩子，身上穿了一件藍色內衣，外面套件法蘭絨灰茄克。茄克的袖子太短，十足一副毅然要流浪海上的派頭。這孩子活像剛由他的家鄉出來，馬上就準備動身遠去似的：裏著寢衣和他母親照片的包袱懸掛在一根棍上，向夜色中走去，在夜色的濛茫下溺斃了……是上船時在碼頭邊上失腳摔下海的……密短的黑髮，睫毛很長的灰色眼睛，白的面頰，噘起要哭的嘴……受得了嗎？哎，誰見了心裡都會難過。這似乎還嫌不夠，瞧他那股害臊的勁兒吧……每逢侍者打身邊走過時，他就臉紅——像剛由監獄裡出來的犯人，瞞不過侍者的眼睛……

刊載〈一個雞蛋〉和〈一杯茶〉的時節，正值寶島逢春，春風又綠江南岸，明月皎潔半屏山。朱杰初讀曼殊斐兒，是在風光明媚的江南，再讀曼殊斐兒，則在半屏山麓的高雄煉油廠。朱杰藉著曼殊斐兒文字裡的餘溫，在燈下沏了〈一杯茶〉，茶香裡氤氳著年少，循著回憶，想起了大學裡讀過的英國現代主義作家吳爾芙（Virginia Woolf，1882~1941），那篇一九四四年出版的〈遺物〉（"The Legacy"），既是吳爾芙留給世人的遺物，也是小說女主角安琪拉留給讀者的遺物。小說開場時，安琪拉已經車禍逝世，遺囑裡將日記本留給了丈夫吉勃，透過吉勃的閱讀，小說歷時呈現安琪拉生前在婚姻中的壓抑與逃避，最後與情夫一前一後殉情。吳爾芙運用安琪拉的日記與吉勃的內心獨白，揭發夫妻兩人各自的過往與內在的想法，並讓兩人的意識突破時空的限制、在小說的過去時間與現在時間之間流動，揭示了吉勃對妻子的知與不知、安琪拉對自身的識與不識。朱杰的中文翻譯讓男女主角的意識溢出原文的時空，流入一九五〇年的臺灣島，

遺物

佛吉尼亞・吳爾芙著
師坎譯

「給賽西・密勒。」吉勃，克爾登從他太太的接待室裏一張小桌子上的一堆指環和胸針中間，拿起了一根珍珠胸針，讀着那上面的題辭：「給賽西・密勒，並寄以厚愛。」

安琪拉的爲人就是這樣，就像她的女秘書賽西・密勒這樣的人罷，她也不會把她置之腦後的。不過，最奇怪的是——吉勃，克爾登再度地想到，——她竟會把每一件事物都安排得如此井然有序——對於她生前每一個友好，她都有一點小小的紀念遺留下來。看起來，就像她預先知道她會死去似的，然而，就在六星期前那天早晨她離開這屋子的時候，她的身體卻還是健壯如昔，誰知在畢加狄鎏她竟會跨下了台階，讓路過的車子輾死了她。

他這時正在等待着賽西・密勒。是他特爲請她來的，他覺得，她既然和他們相處了那麼多年，他應該把這一點表示關懷的紀念品贈送給她。是的，——正當他坐在那兒等待的時候他繼續這樣想——安琪拉竟會把一切事物都安排得如此有條不紊，這確實有一點怪。每一個朋友她都給

圈啦，小巧的中國出品的小盒子啦——她對小盒子有特別的癖好——那上面竟無一不寫着一個名字，而每一件東西，都能引起他對於往事的回憶。這是他送給她的，而這個，——琺瑯質的海豚，用紅寶石鑲做眼睛的——則是她某一天在威尼斯一條僻巷裏所找到的。到現在，他還記得起她低微的因爲驚喜而發的喊叫呢。對於他，她當然沒有什麼特別的紀念品遺留下來，有之，當要算她的日記本了。有十五本包着綠色皮面的小冊子，直立在他身體後面的她生前用的寫字檯上，就從他們結婚的時候開始，她就記日記了。在他們間很不常有的那些小小的口角裏面——他不能過甚其辭而稱之爲爭吵——有好幾次就爲了那日記而起。當他走進房來而她正在寫日記的時候，她總是把日記本閉了起來，或者用手攔在那上面。「不，不，不，」他彷彿還能聽見她在說話，「等我死了—或許可以讓你看。」—就是這樣，她把日記本作爲遺物，留給了他。這是在她生前他們倆惟一不共同享有的東西。但他還常以爲，她會比他後死呢。唉，那一天

朱杰譯〈遺物〉，署名師坎

流暢的譯筆保留了吳爾芙的意識流筆法[64]，不著痕跡地進出角色內心，不輕易增譯「吉勃心想」、「安琪拉認為」等字眼，例如以下譯文，便恰如其分再現吉勃和安琪拉對於秘書雪西・密勒的看法迥異：

雪西・密勒這樣的人又何慮千萬！——毫無神采的小婦人，穿一套黑衣服，提一個公事皮包，這樣的人實在太多了。但安琪拉卻由於天賦的同情心，竟在雪西・密勒身上發現了百般的好處。她處事謹慎，沈默寡言，忠誠可靠，你儘可對她推心置腹，等等。

朱杰的翻譯除了再現吳爾芙的筆法，也敏銳地掌握了原文長句短語錯落的節奏，並透過增譯「這樣的人實在太多了」，讓譯文的語氣完足。依據目前可考的史料，這篇刊於一九五〇年七月《拾穗》第三期的〈遺物〉，應該是最早譯介給臺灣讀者的吳爾芙作品。朱杰並未以序跋去揄揚吳爾芙的文學成就，只平實揀選了這篇代表作，透過細緻的翻譯，將歐美的現代主義文學，帶進了臺灣讀者的視野。翻譯雖然不像寫作那樣直抒胸臆，但藉由選譯作品、推敲字句，迂迴曲折、一點一滴閃露出譯者文思的點點流光，正如朱杰雖然不曾寫過思鄉的文字，但藉由翻譯英國浪漫主義詩人拜倫（George Gordon Byron，1788～1824）的

〈吉隴之囚〉（"The Prisoner of Chillon"），卻也抒發了坐困臺灣的苦悶，以及戰火無情、家破人亡的悲壯。（見下頁）

這首〈吉隴之囚〉刊於一九五〇年八月《拾穗》第四期，原文則作於一八一六年，正值拜倫與雪萊同遊瑞士日內瓦湖，遊湖途中經過「吉隴」（Château de Chillon，今以法文音譯為西庸古堡），兩人下船遊歷這座曾經囚禁民族英雄波尼伐（François Bonivard，1493～1570）[65]的古堡。拜倫遊歷後有感而發，意隨筆至寫下〈詠吉隴十四行〉（"Sonnet on Chillon"），後來又加以渲染，寫成這首三百九十二行的敘事長詩〈吉隴之囚〉，讓波尼伐以第一人稱自述遭遇，從入獄緣由寫到獲釋出獄，歷經與父兄的生離死別，全詩收在「我甚至重獲了自由，以一聲太息」。朱杰雖然只是翻譯拜倫原句，但或多或少也夾雜著滯留臺灣的心聲，更唯恐自由來得太遲、太晚、太孤單，只換來澀澀的鄉思和長長的嘆息。

不管是朱杰翻譯的拜倫、曼殊斐兒、吳爾芙，還是郁仁長翻譯的溫莎公爵和雪萊，都是一九四九年之前風靡中國的英國名人。自從一九〇二年梁啟超翻譯了拜倫的〈哀希臘〉（"The Isles of Greece"），中國便掀起了拜倫熱，光是〈哀希臘〉一曲，就得馬君武[66]、蘇曼殊[67]、胡適等名士爭相翻譯。原詩作於一八一九年，當時希臘已經被鄂圖曼土耳其帝國統治了三百餘年，璀璨一時的古希臘文明光芒黯淡，拜倫起心動念、賦詩哀悼。兩年後，希臘爆發

我的頭髮斑白了，並不是由於累累的歲月，
也不是突然的驚恐，
在短短的一夜之中，
讓縷縷青絲轉眼化成了白雪：
我的四肢屈曲了，却不是為了工作的艱苦，
朽腐了，乃由於可恨的止息，
因為我的軀體是地牢中委棄的塵土，
我的命運是無上的悲悽，
禁錮着，久矣我見不到大地的溫馨，
幽閉着，久矣我聞不到空氣的清新。
但這是為了我父親的信仰，
我忍受着鐵鍊，我追求着死亡：
我父親在火刑裏焚斃，
因為他不願放棄他所持的教義，
也為了同一緣故，他直系的後裔
在黑暗中覓得了居留地。
我們原來是七個——只有一個遺留到如今，
有六個是年輕的，一個已經衰邁，
他們終結時還像開始時一樣的堅定，
始終傲然於瘋狂的迫害，
一個死於火，兩個死於田壠，
他們的信仰以鮮血來彌封，
當老父死去時他們也同樣喪身，
因為他們的仇敵否認了有神，——
另外三個被拋進了地牢，
其中最後的一個殘存到今朝。

My hair is grey, but not with years,
Nor grew it white
In a single night,
As men's have grown from sudden fears:
My limbs are bow'd, though not with toil,
But rusted with a vile repose,
For they have been a dungeon's spoil,
And mine has been the fate of those
To whom the goodly earth and air
Are bann'd, and barr'd—forbidden fare;
But this was for my father's faith
I suffer'd chains and courted death;
That father perish'd at the stake
For tenets he would not forsake;
And for the same his lineal race
In darkness found a dwelling place;
We were seven—who now are one,
Six in youth, and one in age,
Finish'd as they had begun,
Proud of Persecution's rage;
One in fire, and two in field,
Their belief with blood have seal'd,
Dying as their father died,
For the God their foes denied;—
Three were in a dungeon cast,
Of whom this wreck is left the last.

獨立戰爭，拜倫自願為希臘出征，但還來不及作戰，便因高燒不治，在希臘的邁索隆吉翁病逝。拜倫的民族英雄形象，在清朝末年備受革命青年愛戴，梁啟超寫作《新中國未來記》時，便安排了一位二十來歲的中國美少年用英文吟唱〈哀希臘〉，並附上漢詩格律的譯詩，以鄂圖曼土耳其帝國統治下的希臘，比喻清朝末年積弱不振的中國，兩國都曾經是「藝文舊壘，技術中潮」，期盼中國自立自強，不要步入希臘的後塵、淪為外邦的領土。

西詩點滴
萇弘譯
一、喬治・戈登・拜倫勛爵
(George Gordon, Lord Byron, 1788—1824)
小傳

郁仁長譯〈西詩點滴〉，署名萇弘

梁啟超以漢詩格律翻譯拜倫詩歌，並藉此喻彼，以希臘的命運警醒中國的前途，這樣的翻譯手法，後輩譯者多有傳承。一九五四年十月，《拾穗》第五十四期「西詩點滴」刊載的拜倫詩歌，便以五言古詩翻譯，譯文藉此喻彼，譯者是思鄉情切的郁仁長，選譯的是拜倫的〈憶別離〉（"When We Two Parted"）。

這首〈憶別離〉是拜倫緬懷舊愛的情詩。拜倫男女通吃，自從上學後就鬧出無數風流韻事。一八一六年，傳聞拜倫與同父異母的姊姊亂倫，鬧得滿城風雨，拜倫從此離開英國，

When we two parted
In silence and tears,
Half broken-hearted
To sever for years,
Pale grew thy cheek and cold,
Colder thy kiss;
Truly that hour foretold
Sorrow to this.
The dew of the morning
Sunk chill on my brow—
It felt like the warning
Of what I feel now.
Thy vows are all broken,
And light is thy fame;
I hear thy name spoken,
And share in its shame.
They name thee before me,
A knell to mine ear;
A shudder comes o'er me—
Why wert thou so dear?
They know not I knew thee,
Who knew thee too well—
Long, long shall I rue thee,
Too deeply to tell.
In secret we met—
In silence I grieve,
That thy heart could forget,
Thy spirit deceive.
If I should meet thee
After long years,
How should I greet thee?—
With silence and tears.

猶記別離時，無言共涕泣，
別離年復年，兩心寸寸裂。
蒼涼顏色改，一吻尤淒絕；
此日固黯淡，彼時已先訣。

額際晨露濡，悚然覺凜冽，
促我一夢醒，長此懷憂戚。
舊誓已成空，卿名方藉藉，
每聞相傳告，吾心終切切。

芳名偶入耳，砉然似鐘鳴，
震慄不能已，佳人詎可親？
相知有幾許，他心異吾心——
痴情深且永，何以寄卿卿！

密約荀可期，仍難止鬱悒，
吾心固善忘，卿意尤叵測。
別離年復年，驀地還相結，
積愫如何傾？無言共涕泣。

並作了這首〈憶別離〉。郁仁長跟拜倫說有多不像就有多不像，郁仁長與夫人鶼鰈情深，之所以為《拾穗》讀者選譯拜倫詩歌，是因其詩作「複雜而模糊的眩惑性」[68]，例如這首〈憶別離〉，字面上寫的是拜倫與情人訣別的痛心、再見已無語的悵惋，但字句間的淡淡哀傷，或許也參雜著去國懷鄉、身處異地的悒鬱，與郁仁長所作的〈送春辭〉遙相呼應。郁仁長的翻譯繼承了民初文人以譯抒懷、藉此喻彼的傳統，讓譯者在熟悉的文字裡，再做一回故鄉的夢。

註釋

59 詳見郁仁長（1953）。〈送春辭〉。《石油通訊》，二十二期。

60 當時紐西蘭仍然是英國殖民地，因此將曼殊斐兒歸類為英國小說家。一九四七年，紐西蘭獨立，今日多稱曼殊斐兒為紐西蘭文學的奠基者。

61 詳見徐志摩（1923）。〈曼殊斐爾〉。《小說月報》，十四期。

62 陳西瀅（1896~1970）本名陳源，江蘇無錫人，一九一二年在表叔吳稚暉的幫助下赴英國留學，一九二二年獲倫敦大學博士學位，一九二三年應北京大學校長蔡元培聘請，回國擔任英文系主任。

63 沈雁冰（1896~1981）本名沈德鴻，筆名茅盾，浙江桐鄉人，一九一三年考入北京大學預科，畢業後無力升學，進入上海商務印書館工作。

64 意識流（stream of consciousness）是一種寫作技巧，目的在於描寫角色的意識流動，特點包括絮語不止的內心獨白跳躍無序的自由聯想，並以「心理時間」取代「物理時間」。

65 波尼伐是薩伏依公國（1416～1713）的貴族，在薩伏伊公爵褫奪其財產後，波尼伐逃到日內瓦，當時日內瓦也是薩伏伊公爵的領地，波尼伐主張日內瓦獨立卻遭到朋友出賣，被薩伏伊公爵關押在西庸古堡的地下牢房。

66 馬君武（1881～1940）本名馬道凝，廣西桂林人，一九〇六年獲日本京都帝國大學化學學士，一九一〇年獲德國柏林工業大學工學士，一九一一年進入德國柏林大學研究院，一九一五年獲得工學博士，精通日、德、法、英四國語文。

67 蘇曼殊（1884～1918）本名蘇戩，出生於日本橫濱，一八九〇年回廣東，入家塾，一八九六年赴上海，師從西班牙牧師學英文，一八九八年入日本橫濱大同學校，一九〇二年畢業入東京早稻田大學高等預科，一九〇三年加入拒俄義勇隊，次年歸國在蘇州教書。

68 引自葚弦（1954）。西詩點滴。《拾穗》，五十六期。

五 以文會友，相濡以沫

各學校機關團體福利社及學生私人願與本社合作經銷拾穗者，請速函高雄左營四十六號信箱，敝社即可寄奉經銷申請卡二份，手續異常簡便，請勿失之交臂。

出場人物

《拾穗》創辦初期，中文尚未在臺灣普及，本省人與外省人存在心結未解，想要將《拾穗》推廣給本省人，倘若沒半點商業手腕，談何容易？虧得業務經理邱慈堯出生在經商世家，不僅替《拾穗》翻譯《天才推銷家》等美國小說，更倡議選材切合時事、鼓勵學

邱慈堯，《拾穗》出版委員兼業務經理

生經銷《拾穗》、設立讀者購書服務部、舉辦全省橋牌聯賽，成功為《拾穗》打開通路，一九六五年自行創業，一九六九年創立臺北南區扶輪社，個性熱心，廣結善緣。

《拾穗》創辦之初，編輯和譯者全是中國來臺青年，初履寶島，人地兩疏，樣樣不慣，直到抵達高雄煉油廠，認識了其他來自中國的大學畢業生，這才倍感親切。其中幾位喜愛搖筆桿的，透過翻譯以文會友，相濡以沫，而個性外向的《拾穗》業務經理邱慈堯，便是優游其中的一條自在魚。

一九四七年六月，邱慈堯從上海私立大同大學化工系畢業，日子過得無憂無慮，時常三五好友相約，或是看電影，或是喝咖啡，消消閒、解解悶，邱父、邱母冷眼旁觀，心裡十分著急，平日裡問兒子有沒有交女朋友？白天裡都去了哪裡？兒子的回答一律避重就輕、不著邊際，只說：「和同學隨便聊聊，大家都是學化工的，應該可以辦一個化工廠，做肥皂，化妝品，或是乾脆開一個餐廳，作蛋糕麵包。」[69]

糊裡糊塗之間，時序來到八月，邱慈堯的叔叔邱式鱗偕長官朱謙來訪。朱謙是浙江吳興人，德國柏林工業大學礦科學士，跟邱父是同鄉兼摯友，時任資源委員會湘江、中湘、湘南三礦總經理，剛剛去德國考察了一趟回來，聽說摯友的兒子剛從大學畢業，特地前來道喜。一碰面，只見父子二人面容極像，都是圓圓臉、胖胖身，生得一團和氣，朱謙看了十分高興，便問邱慈堯今後要做什麼工作？邱父乘機拜託引薦，朱謙滿口答應。

翌日，朱謙領著邱慈堯來到上海江西路一三一號中國石油公司，去見時任協理的金開英。金開英叼著雪茄，站在一張大辦公桌前，仔細聆聽朱謙介紹邱慈堯的出身和學歷，一聽見邱父的大名，金開英哈哈大笑，道：「這下子石油公司要多一名湖州人了！」緊接著便細問邱慈堯想往哪一方面發展？邱慈堯毫不考慮回答：「化學方面！」金開英拍案叫妙，道：「中油正要增添工程師，上個月已經招考了百餘名大學生，送往臺灣，慈堯願否去臺灣？還是耽在上海總公司？」朱謙一聽，立刻替邱慈堯回答：「去高雄煉油廠，可以學習很多東西，不要耽在上海，無聊。」70

當天夜裡，邱公館召開了家庭會議。儘管邱老太太十分守舊，捨不得身為長房長孫的邱慈堯被送到路遙千里的蕞爾小島臺灣，但眼看上海物價飛漲、經濟蕭條，邱父的長江輪船公司也已不復經營，家中食指浩繁，放一個家人到外埠，總是好事，雖然看似險棋，但未嘗不是一著活棋！

一九四七年八月二十七日，邱慈堯從上海啟程，坐上中國石油公司預購的中興輪二等艙，帶著一份前途茫茫之心抵達基隆港。上岸休息一宿後，次日搭火車南下，儘管搭的是平快車，但從臺北到高雄，中途還是要停靠十餘站，車廂裡又悶又熱，全是破板座，開了窗，涼風習習，煤煙撲面，一路熏了八、九個鐘頭，抵達高雄車站時頭臉俱灰。時序已近黃昏，站上旅客稀少，邱慈堯一眼就瞧見一位蓄短髮的少年引頸翹望，身旁是一輛淺黃色的吉普車，原來是高雄煉油廠派員來接。邱慈堯上了車，聽說煉油廠位在左營，是個鄉下小鎮，離高雄市尚有五十分鐘的車程，不禁自嘆命乖運拙。

正想著，卻見金烏西墜，映照著高雄煉油廠的斷牆殘垣，吉普車由東門駛入，穿過慘遭砲火蹂躪的工場，出西門，駛進宿舍區，正值晚餐時分，宿舍建築一棟一排，整齊而勻稱，樣式雖舊，但花木扶疏、環境幽美。邱慈堯走進宿舍、卸下行囊，想著自己從小到大都是走讀生[71]，不曾經歷校園住宿生活，也不曾與家人分離，這是自己單槍匹馬、赤手空拳打天下的第一天，不由得抖擻起精神，找左鄰右舍串門子去，看看單身宿舍裡住的都是什麼人。

一九四七年這一屆進入煉油廠的中國大學畢業生，大約有六十餘人，包括邱慈堯在內，都是各校菁英，人文薈萃，聲勢驚人，加上一九四五年、一九四六年兩屆，高雄煉油廠裡的大學畢業生，竟多達百餘人，各個來自不同學府、口操不同方言，年齡相仿，相處融洽，既有運動健將，也有文弱書生，有書蠹蟲，也有酷愛蓬拆蓬拆的洋場少年，人人朝氣蓬勃，個個精神十足，將那開往高雄市區的交通車，每晚都擠得水泄不通，一路上引吭高歌，語笑喧闐，哪裡顧得上汗臭沖天？交通車駛到了高雄市，其實也沒什麼去處，七賢三路熱鬧歸熱鬧，兜一圈也不過半個小時，店家看見來了一幫小伙子，由不得眼睛一亮，多問上一句：「煉油廠的？」邱慈堯往往帶頭回答道：「是呀！」老闆娘一聽，立刻大獻殷勤，使出渾身解數來招攬客人，直呼：「待遇卡好！錢卡濟喔！」[72]

高雄煉油廠確實待遇好、環境佳，偏偏時運不濟，碰上國共內戰如火如荼開打，臺灣孤懸海外，看似世外桃源，卻也膽戰心驚了好幾回。邱慈堯剛到煉油廠不久，就聽大一屆的前輩張德真說：

> 上班不到三個月就碰上二二八事變。起因是臺北菸酒公賣局與稅警取締私煙小販所引起，一個晚上馬上就波及全省，演變成了外省人與本省人之爭。實則事有蹊蹺，若非有組織嚴密的暴徒滲透入全省基層幹部，何以能如此迅速的集結滋事，這是國共內戰的延續，明眼人心知肚明。第二天早上上班時，總辦公廳大樓前集結了百來人的群眾，頭綁白布條，大聲喧嚷。廠區大門關起，只留小門通行。（……）門口掛了一面長條旗，上書台灣人煉油廠。[73]

當時局勢混亂，上海總公司購買的五千八百噸原油方運抵高雄港，引起各方勢力覬覦，賓果廠長向鄰近的海軍司令部請求派兵保護，但卻遭到拒絕，廠區維安的礦警也一心求去。廠內本省籍員工為維持廠內的秩序與安全，於三月四日組成「高雄煉油廠臺灣人守備隊」，五日更名為「煉油廠義勇隊」，一來抵禦覬覦廠區的群眾，二來守衛廠房免遭祝融，三來保護外省籍員工及其家眷。三月七日，軍方決定派兵維安，義勇隊當場解散。十日，軍方攻進煉油廠，三名大門守衛在軍方掃射下遇害，義勇隊成員被當成叛亂份子關押，經諸多本省籍員工說情後，廠長賓果派副廠長胡新南將其中三名成員保釋出來[74]。事件落幕後，高雄煉油廠內的外省籍員工回去了不少，上海總公司這才又招攬了一批大學畢業生來替補。

邱慈堯到差時，二二八事件已經過去半年，心想既來之，則安之，只管煉油便是，豈知竟親身碰上飛災橫禍。一九四八年某日，邱慈堯在化學實驗室裡忙進忙出，忙到一半，發現某項化學品需要秤量，便起身走向另一端的天秤室，正準備將化學品放上天秤，實驗室那頭卻傳來震天價響和奄奄哀號，邱慈堯探頭一看——化學實驗室的窗口竄出滾滾濃煙，邱慈堯掛念實驗室裡製造安全炸藥的同仁，趕忙奔回去察看，只見實驗室裡濃煙密佈，爆炸威力震毀了所有儀器，同仁血肉橫飛，天花板上掛著鮮血淋漓的肉塊，窗外後院橫著斷裂的手指，現場一片死寂，邱慈堯劫後餘生，嚇得心驚膽跳。

大難不死，必有後福。在邱慈堯與眾人的努力下，高雄煉油廠的日煉量達到一萬桶，可惜遭時不遇，既沒有足夠的原油可以煉，煉了也沒有中國市場可以賣，國民黨政府又左支右絀，匀不出經費修復廠內設備。賓果廠長擔心年輕人精力無處宣洩，因此不遺餘力提倡業餘活動，同仁們有橋牌社、音樂社、話劇社，廠內有游泳池、網球場、籃球場、彈子房、乒乓室，每逢周三還在空地放映露天電影，遇雨則改在大禮堂。邱慈堯加入了員工勵進會學術組，組員抽暇勤讀、勉勵進修，在鄉思鬱鬱的日子裡，燈下披卷，不失為破愁的妙法。當時國外書刊罕見，藝文叢書鳳毛麟角，組員齊聚一堂，公餘之暇涉獵多種外文書刊，烹茶論文、縱橫天下，迫切感受到應該開闢一片屬於自己的園地[75]，於是推舉馮宗道呈請賓果，賓果再奏請金開英，恰逢天時地利人和，蔣中正責成張道藩推行戰鬥文藝，動員文藝人士口誅筆伐、剿匪抗俄。一九五〇年三月一日，張道藩在臺北成立中華文藝獎金委員會，馮宗道則在高雄組建《拾穗》出版委員會，邱慈堯受命為業務經理，頭銜響亮，但是無給職，惟與性情相符，甘願做，歡喜受。

為使讀者常保新鮮，《拾穗》每半年更換一次封面，並且視讀者喜好調整內容，除了定期舉辦讀者意見調查，也藉由讀者來信時時虛心檢討，更於一九五二年五月《拾穗》第二十五期增設「讀者來鴻」專欄，「使讀者編者之間有着更密切的聯繫」，並且「選刊有關拾穗的批評、建議、和指導，我們在能力所及的範圍內，也負責給讀者解答一些疑難問題」。

《拾穗》創刊頭五年，編者和讀者多為中國來臺人士，雖然小小一本，對讀者而言卻是大大的熟悉，編者不僅延續民國以來的翻譯傳統，並審時度勢為讀者挑選合適的譯文，早年甚至提供代郵、代問服務。例如一九五〇年六月《拾穗》第二期便刊出〈代郵〉：「某君：前致王寶森君一信業已代轉，請示真實姓名及地址以便作復。」一九五四年一月《拾穗》第四十五期的〈讀者來鴻〉，則可見讀者黃友德的提問：

> 貴刊廿四期載有『治療恐怖與焦慮的新藥』一文述及有一種藥品名叫『托爾喜樂』（Tolsero）或『買安心』（Myanesin）治療焦慮極為有效。但我曾走訪各藥房均稱不知，請問此藥本省何處有售？

同期〈編者覆〉則寫道：

> 該文係譯自『皇冠』雜誌，台灣藥房是否有售，未知，如讀者中有知悉此藥，或知在省內何處有出售者，請告敝社以便轉告黃君，但任何藥品，在使用前，務請先商諸

醫師，以免引起其他不良後果，拾穗極願將歐美之醫藥進步情形介紹給讀者，但在服藥治療時，仍請遵守醫師之指導，因為最近歐美新出的萬靈藥太多了，不一定可靠。

此外，鑑於一九五〇年克難養雞風靡全臺灣，《拾穗》於一九五一年一月第九期增設「業餘談養雞」專欄，並於〈編輯室〉刊出以下介紹：

在本省如火如荼的『養雞運動』中，或許會對有『此』興趣的讀者不無些微啟迪之功，同時我們也極願代為解答各項養雞方面的技術問題，只要我們能力所及，無不樂於相助。

當時從軍公教人員到一般民眾，家戶養雞蔚然成風，但家禽傳染病猖獗，雞瘟肆虐，養雞人家損失慘重，養雞風氣一落千丈，同年五月《拾穗》第十三

鷄毛的用途

Lee S Elson著
程志新譯

在臺灣的養雞風氣由特盛時代走向下坡路的今日，來介紹一下鷄毛的用途，雖可給養鷄者一種新的鼓勵，在以前養鷄的目的，總不外生蛋和食肉，鷄毛一向是無甚大用的，本文說明它可以製成肥料，泡沫滅火劑，硬質纖維，和可塑體等物質，有很大的經濟價值，同時告訴我們美國有些地方正在試驗新的飼養方法，以增加羽毛的產量，我們可以想像不久的將來會有一種新的以毛爲目的的鷄種出現，這種新的鷄種一定可以爲養鷄事業開闢一個新的領域。——譯者附誌。

取一袋小鷄毛，一鍋滾水，混合，徐徐攪拌再加入一點藥品，像就可成爲一個羽毛的製造商了。

這是美國農業部在加州阿爾朋尼（Albany）西部地區實驗站的工作，科學家將羽毛煮了一個很長的時間之後，產生了一種成品，爲美國創造了一種新的工業。

舊金山新成立了一家化學公司，可以稱謂美國最早的

以後，每袋都附了標明價值的標籤，可以立刻賣出去，增加這家公司在銀行的存款。

最大的困難是鷄毛的收集，它不可能大量的在任何地點或任何市面得到，而且因爲它們容易腐爛，還發出一股比陰溝水更壞的臭味，儲存起來也不太容易。

程志新譯〈雞毛的用途〉

程志新，《拾穗》初期譯者

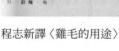

期刊出〈雞毛的用途〉，譯者程志新[76]附識寫道：

在臺灣的養雞風氣由特盛時代走向下坡路的今日，來介紹一下雞毛的用途，該可給養雞者一種新的鼓勵，在以前養雞的目的，總不外生蛋和食肉，雞毛一向是無甚大用的，本文說明它可以製成肥料、泡沫滅火粉、硬質纖維，和可塑體等物質，有很大的經濟價值，同時告訴我們美國有些地方正在試驗新的飼養方法，以增加羽毛的產量，我們可以想像不久的將來會有一種新產的以毛為目的的種雞出現，這種新的種雞一定可以為養雞業開闢一個新的領域。

為了推廣《拾穗》業務，邱慈堯所做的努力不僅於此。根據《拾穗》創刊兩週年讀者意見調查的結果，讀者籍貫八成是外省籍、兩成是本省籍，出版委員會對此深感失望，從此想方設法，希望爭取到更多本省籍讀者，果然皇天不負苦心人，終於在一九五四年打開通路。該年三月，《拾穗》第四十七期刊出「拾穗業務部重要啟事」，內容寫道：「各學校機關團體福利社及學生私人願與本社合作經銷拾穗者，請速函高雄左營四十六號信箱，敝社即可寄奉經銷申請卡二份，手續異常簡便，請勿失之交臂」，而其目的在於「便利學校機關團體人士訂購本刊，並鼓勵學生私人經銷，培養工讀精神」。

中國理工青年創辦的雜誌要接觸到臺灣大眾讀者，透過學校機關團體及個人直銷最能奏效，為了培養這批直銷團隊，《天才推銷家》（*The Fabulous Saga of Alexander Botts and the Earthworm Tractor*）於一九五四年五月上市，列為「拾穗譯叢」第八種，譯者署名岳兒，其實就是《拾穗》業務經理邱慈堯，原文一九二七年四月十六日在《星期六晚郵報》（*The Saturday Evening Post*）問世，譯文則從一九五一年十一月《拾穗》第十九期連載，邱慈堯在《拾穗》第二十期寫了一篇〈編者附識〉作為簡介：

亞歷山大．包茲和他的蚯蚓牌曳引機車是威廉．河潑遜筆下創造的業務天才，這一位勇往直前、詼諧風趣、在美國特殊商業自由競爭的制度下所產生的令人捧腹絕倒的人物，自從二十多年前聞世以後，讀者們對他的愛護與親切的程度並不亞於西班牙塞萬提斯筆下的唐吉訶德先生，但在中國的讀者，包茲先生似乎還是一位生客，所以我們從十九期起將他生平的那些最有趣味的事蹟在拾穗上介紹與讀者們相識，希望包茲先生在中國也能找到他的愛護人。

致：歐士洪城，伊利諾斯州
農友曳引機車公司

先生：我深知貴公司是國內最優良的一家曳引機公司，所以當然我要把最先的機會給予你們，以便雇用我為貴公司的推銷員，在這地區內銷售曳引機車。

我是一個天生的推銷家，有一副靈活的腦筋，年齡廿八歲，誠實可靠，如果需要的話，並可交納證件。我對於推銷機器已有相當經驗，而且蚯蚓牌的曳引機，我早就很熟悉，因為我一度是駐於法國的摩托化砲兵團的一員。我能詳加說明曳引機的性能像推銷它一般的簡易。

什麼時候我可以開始工作呢？

你忠實的亞歷山大包茲上
史東威爾傑克遜旅館
孟斐斯城，田納西州
一九二〇年三月十五日

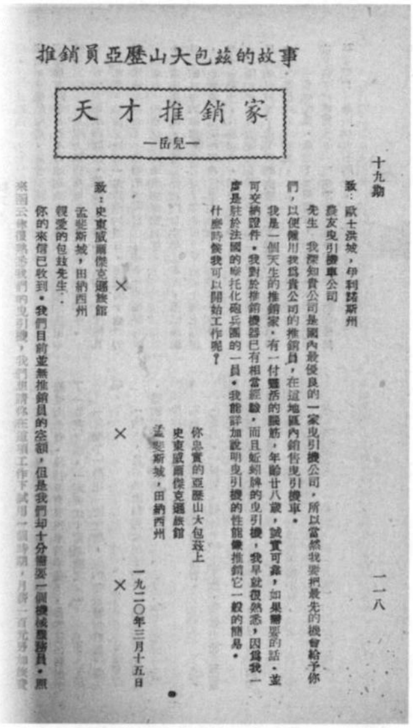

推銷員亞歷山大包茲的故事

十九期 一一八

天才推銷家

—岳兒—

致：歐士洪城，伊利諾斯州

農友曳引機車公司

先生：我深知貴公司是國內最優良的一家曳引機公司，所以當然我要把最先的機會給予你們，以便僱用我為貴公司的推銷員，在這地區內銷售曳引機車。

我是一個天生的推銷家，有一付靈活的腦筋，年齡廿八歲，誠實可靠，如果需要的話，並可交納證件。我對於推銷機器已有相當經驗，而且蚯蚓牌的曳引機，我早就很熟悉，因為我一度是駐於法國的摩托化砲兵團的一員。我能詳加說明曳引機的性能像推銷它一般的簡易。

什麼時候我可以開始工作呢？

你忠實的亞歷山大包茲上

史東威爾傑克遜旅館

孟斐斯城，田納西州

一九二〇年三月十五日

× × ×

致：史東威爾傑克遜旅館

孟斐斯城，田納西州

親愛的包茲先生：

你的來信已收到。我們目前並無推銷員的空額，但是我們卻十分需要一個機械服務員。照[illegible]

推銷家亞歷山大包茲的故事之二

間接推銷法

岳兒譯

致：亞歷山大包茲先生

茂萊旅館，堪薩斯市，密蘇里州

親愛的包茲先生：我們聽到堪薩斯州，歐利加郡的公路建設廳正在考慮購進一輛曳引機，用以修築路面。請你即往州廳的所在地，沙叉口去試銷我們的蚯蚓牌曳引機。

也許別家公司的推銷員也會在那邊的。此外，你可能在推銷時遭到一點小々的阻礙，因為有位斯懇夫李被萊先生是該郡的富農，正好他有輛蚯蚓牌曳引機，發生了障故——這完全應歸咎于他自己的疏忽所致——因此他正在對我們公司肆意的攻擊。

無論如何，我們深信你對這件事，一定能勝任愉快的。請將你的工作日報，按日地寄給我們。

你赤誠的吉擇脫韓雅孫

農友曳引機車公司業務經理

農友曳引機車公司

推銷員工作日報

日期：一九二〇年六月三日

地址：堪薩斯州，沙叉口。

亞歷山大．包茲和他的蚯蚓牌曳引機車[illegible]

邱慈堯譯〈天才推銷家〉，署名岳兒

STONEWALL JACKSON HOTEL,
MEMPHIS, TENNESSEE.
MARCH 15, 1920.

THE FARMERS' FRIEND
TRACTOR COMPANY
EARTHWORM CITY, ILLINOIS.

GENTLEMEN: I have decided you are the best tractor company in the country, and consequently I am giving you first chance to hire me as your salesman to sell tractors in this region.

I'm a natural-born salesman, have a very quick mind, am twenty-eight years old, am honest and reliable and can give references if required. I have already had considerable experience as a machinery salesman, and I became familiar with your Earthworm tractors as a member of the motorized field artillery in France. I can demonstrate tractors as well as sell them.

When do I start work?

Very truly yours,
ALEXANDER BOTTS

《天才推銷家》原文推出之時，曳引機（tractor）等機器正為人類社會帶來天翻地覆的變化，全書以此為主題開展劇情，並以書信體小說為體裁，透過主角亞歷山大．包茲（Alexander Botts）與蚯蚓牌曳引機公司（Earthworm Tracotr Company）往來的信件和電報，敘述推銷員包茲半哄半騙將一臺又一臺的蚯蚓牌曳引機賣給一位又一位的老實人，老實人看似受騙上當，但終究在曳引機的幫助下解決了生活中一道又一道的難題。小說一開場，便是包茲毛遂自薦寫給蚯蚓牌曳引機公司的求職信，譯者邱慈堯維持原文的書信體裁，並將包茲一本正經、自吹自擂的口吻翻譯得入木三分。

邱慈堯翻譯的求職信中西合璧，兼具中文和英文的書信格式，例如「你忠實的亞歷山大包茲上」，就包含了英文書信的結語「你忠實的」（Very truly yours）和中文書信的末啟詞「上」。此外，臺灣一九五〇年代找工作時還不太流行寫「推薦信」（references），因此譯文以「交納證件」來置換。

《天才推銷家》在《拾穗》上連載到一九五三年十二月，共計十三篇，一九五四年五月趁著「《拾穗》經銷啟事」推出單行本，誠可謂一石二鳥之計：一方面透過包茲先生愈挫愈奮的推銷故事，鼓勵更多讀者加入經銷《拾穗》的行伍；二方面《拾穗》的經銷團隊也是《天才推銷家》的潛在買家，從而帶動買氣。事實上，《天才推銷家》自從連載以來，就深受《拾穗》讀者喜愛，如同單行本的〈代序〉寫道：

自從兩年以前，《拾穗》月刊登載第一篇〈亞歷山大．包茲故事——天才推銷家〉以來，這一位精力充沛、勇往直前、自信力極強的包茲先生已成為數以萬計的《拾穗》讀者的寵兒了。

亞歷山大．包茲，無疑的，只是美國經濟社會下的特殊人物，也只有在那一種熱烈競爭的商業制度下，才能發揮他那推銷的天才。但是他的勇氣，他的自信，他的樂觀，卻會使他贏得世界任何各地讀者們對他的敬愛，即使對中國的讀者也不會是例外。

兩年來我們曾接到過無數讀者的來函，要求我們把這些包茲故事刊印單行本，也有好多讀者要求我們每期刊載一篇包茲故事，不要中斷，更有一位好心的讀者給我們寄來一冊英文包茲故事的單行本。這些熱誠的鼓勵，不但使譯者所費的精力受到最高的酬償，同時也使《拾穗》的編輯同人覺得無限欣慰，如同我們給無數以《拾穗》交流友情的讀者們介紹了一位共同的好朋友。

邱慈堯不僅藉由《天才推銷家》以文會友，更藉此打開《拾穗》的銷售通路。《天才推銷家》是《拾穗》第一次與書局合作，由《拾穗》提供文稿，萬象書局負責發行，邱慈堯借重萬象書局廣大的發行網，將《天才推銷家》和《拾穗》帶到更多讀者面前。事後證明銷量確實不俗，初版和再版皆銷售一空，邱慈堯的筆名因此頗受大學生青睞[77]，經銷《拾穗》的做法也大獲讀者好評。一九五四年五月《拾穗》第四十九期便刊出一封省立臺南師範學校的學生來函：

拾穗是我最喜歡看的一種刊物，我願意讓他能與大家見面，但平時除了一些口頭上的介紹外，却沒有盡到多大義務，並且因為父親身為軍人，沒有餘錢讓我可以訂什誌，所以我不是拾穗長期訂戶，但雖如此，我仍斷斷續續的已積存了二十多本，現在看到貴刊徵求學生經銷拾穗的啟事，使我躍躍欲試……這樣不但使我每期能和拾穗見面，還可以補足一些零用錢，減輕一點家庭負擔，拾穗推行這種辦法，實在是一個極有意義的行為，不但鼓勵同學們嘗試自力的生活，還使人認明勞動的意義，我相信一定有許多人都像我一樣的贊同……

南師學生　張立青

眼看《天才推銷家》大賣，《拾穗》經銷辦法又卓有成效，邱慈堯與《拾穗》出版委員都想再接再厲。鑑於橋牌賽在臺灣十分盛行，陸軍上將何應欽也是個中好手，臺北橋藝研究會還以將軍之名於一九五三年舉辦「應欽杯」，現場高手如雲，何將軍到場觀戰並親自頒獎，從此橋牌風氣大開，高雄也在一九五四年六月舉辦了「高港杯」，場上許多參賽者都希望《拾穗》也舉辦一次橋牌比賽。出版委員會思忖：何不順勢而為，試辦一次全臺灣的橋牌聯賽？《拾穗》自創刊號起即開闢「橋戲專欄」，又從第九期開始連載〈橋戲雜話〉、〈橋牌探案〉，後來鑑於《棋橋雜誌》（*Bridge and Chess*）於一九五一年十一月創刊，《拾穗》的橋牌專欄才於隔年四月第二十四期收鑼罷鼓。既然《拾穗》對於提倡橋牌也算出過力，高雄煉油廠內有「KOR橋社」[78]，不如大家商量看看？

《拾穗》出版委員找來各方集思廣益，「拾穗金穗獎」橋牌聯賽就此誕生，並於一九五四年十月《拾穗》第五十四期公布比賽辦法：

> 地區分為南、中、北三地，分別預賽，每區產生冠軍一隊，然後由各區冠軍隊集合高雄決賽。預賽北部委託棋橋雜誌社代辦，中部委託石油公司台中供應站及嘉義溶劑廠代辦，南部由本社自辦。決賽定於民國四十四年元旦，在高雄市立圖書館連續舉行

三天。決賽舉行時，各區冠軍隊之來回火車票（快車不包括臥鋪）及三天內比賽時之膳費（每天中晚兩餐）全部由本社供給。

辦法公布之後，各界報名踴躍，共計一百三十一隊報名，如果以每隊平均六人計算，參賽橋友總計七百八十六位，誠可謂盛況空前。《拾穗》月刊社特製金穗獎一座、金獎章六枚，做為冠軍隊伍和隊員的獎品。另有海軍總司令梁序昭、岸內糖廠、高雄港務處等機構捐贈優勝錦旗，新生報社等機關行號捐贈鏡框一面，大林糖廠捐贈毛巾半打，《暢流》半月刊社捐贈《林肯外傳》十冊。經過兩個月的廝殺，最後由臺大橋藝社（Bridge at Taiwan University，BTU）勝出，一九五五年一月九日舉行頒獎典禮，由臺灣省立工學院化學工程系系主任萬冊先教授頒獎。

就在「拾穗金穗獎」比賽辦法公布隔月，一九五四年十一月一日，全

拾穗讀者購書服務部啓事

本部己正式成立自即日起以特廉價格供應優良讀物惟存量無多希勿失之交臂（長期訂戶再按特價九折優待）

目錄一覽

書名	原價	特價	書名	原價	特價
茵夢湖	3.50元	2.50元	萬劫歸來	8.00元	5.60元
離魂記	6.00元	4.20元	愛的教育	16.50元	11.60元
媽媽的鞋子	7.00元	4.90元	續愛的教育	12.80元	9.00元
葬曲	6.00元	4.20元	小婦人	9.50元	6.70元
火眼睛子	6.[illegible]0元	4.20元	小男兒	8.00元	5.60元
提灯的人	7.00元	4.90元	小公子	7.50元	5.30元
地層下	10.00元	7.00元	俠隱記	11.50元	8.10元
危城記	12.00元	8.40元	悲慘世界	8.00元	5.60元
三合雜貨鋪	7.00元	4.90元	盧騷懺悔錄	9.50元	6.70元
海燕集	16.00元	11.20元	大地	9.50元	6.70元
秦西三十軼事	8.00元	5.60元	分家	9.50元	6.70元
格林童話全集	9.00元	6.30元	東風西風	7.00元	4.90元
賣花女	7.50元	5.30元	兒子們	9.50元	6.70元
木偶遊歷記	9.60元	6.70元	苦兒流浪記	8.50元	6.00元
少奶奶的扇子	4.50元	3.20元	人與超人	8.50元	6.00元
茲撒夫婦	7.50元	5.30元	哈夢雷特	8.50元	6.00元
鄉情	5.50元	3.90元	茶花女	8.50元	6.00元
娜拉	5.00元	3.50元	黛絲姑娘	14.00元	9.80元
莎樂美	4.50元	3.20元	鄧肯自傳	7.00元	4.90元
重見天日	23.00元	16.10元	諾曼第登陸戰	5.00元	3.50元
三十三年落花夢	6.00元	4.20元	廣州3月29革命史	18.00元	12.50元
中國書古史[illegible]	25.00元	17.50元	小樓春畫	7.50元	5.30元
愛的復活	6.00元	4.20元	訴衷情	6.00元	4.[illegible]0元
愛河逆浪	4.00元	2.8[illegible]元	殘缺的愛	4.00元	2.80元
狂瀾	8.00元	5.60元	黑格爾哲學概要	5.00元	3.50元

購書辦法

（一）讀者購書務請用正楷詳細填寫姓名地址及欲購書名

（二）購書在十元以下者可將郵票代作書款十元以上者請赴郵局填寫郵政劃撥儲金第二五八七號，可免匯費，並可免另寫信，如需本社以掛號寄書請另加掛號費一元二角

(183)

拾穗讀者購書服務部啟事

新策劃的「拾穗讀者購書服務部」正式成立，目的在於替讀者代選讀物，減少讀者到書店買書的麻煩，並以「特廉價格供應優良讀物」，「長期訂戶再按特價九折優待」。從《拾穗》第五十五期刊出的「目錄一覽」中，不僅可見《茵夢湖》（*Immensee*）、《愛的教育》（*Cuore*）、《茶花女》（*La Dame aux Camélias*）等民國初年流行一時的名家名譯，還包括一九五〇年代初期在臺灣出版的創作，例如張漱菡[79]主編的女作家小說選《海燕集》、馬各[80]短篇小說選《媽媽的鞋子》、邱七七[81]散文集《火腿繩子》、潘壘[82]中篇小說《葬曲》……等，充分顯現《拾穗》以文會友，讓編者與讀者在那風聲鶴唳、杯弓蛇影的動盪不安中，相呴以溼、相濡以沫，最終得以相忘於江湖。

註釋

69 詳見邱慈堯（2006）。〈才疏學淺誤一生〉。《中油人回憶文集（第二集）》。
70 詳見邱慈堯（2006）。〈才疏學淺誤一生〉。《中油人回憶文集（第二集）》。
71 「走讀生」是「通學生」的舊稱，意指未寄宿在校舍、每天從自家到學校上課的學生。
72 詳見邱慈堯（1981）。〈烙在心中的中油〉。《石油通訊》，三五八期。
73 詳見張德真（2006）。〈念中油的磨練——八十仍為青壯年〉。《中油人回憶文集（第二集）》。
74 詳見許雪姬、方惠芳（1995）。〈高雄市二二八相關人物訪問紀錄（中）〉。臺北：中央研究院近代史研究所。
75 詳見邵廷琥（1981）。〈卅年往事如烟雲〉。《石油通訊》，三五八期。

76 程志新（1923～1995），江蘇無錫人，一九四五年南京中央大學化工系畢業，一九四六年進入甘肅油礦局，一九四八年調赴臺灣高雄煉油廠，服務期間為《拾穗》翻譯十三篇文章，一九七四年於臺北創立能源航運股份有限公司，以油輪為營運核心服務國際石油公司。

77 詳見邱慈堯（2006）。〈才疏學淺誤一生〉。《中油人回憶文集（第二集）》。

78「KOR」即「Kaohsiung Oil Refinery」（高雄煉油廠）的英文首字母縮寫。

79 張漱菡（1929～2000），本名張欣禾，安徽桐城人，上海震旦女子文理學院肄業，一九四九年來臺，初來因水土不服，經年臥病在床，家中長輩見她久病寂寞，便轉述愛情故事替她解悶，張漱菡將故事寫成小說《意難忘》，成為臺灣一九五〇年代第一本暢銷書。

80 馬各（1926～2005），本名駱學良，福建南平人，中央幹部學校畢業，受到蔣中正「十萬青年十萬軍」號召，一九四九年來臺，擔任臺南《中華日報》編輯，同時創作散文和小說。

81 邱七七（1928～2020），生於南京市，南京金陵女子文理學院國文系肄業，一九四九年來臺，於岡山空軍子弟小學任教，並利用公餘寫作散文。

82 潘壘（1926～2017），本名潘承德，越南華僑，一九四一年太平洋戰爭爆發後隨家人遷居雲南，就讀昆明粵秀中學，一九四三年在昆明加入抗日志願軍，隨國軍遠征印度，後轉戰中印緬邊界，期間易名潘壘。一九四九年來臺，擔任百貨商場經理，利用公餘辦雜誌、寫小說。

六 譯出一片異域風光

此時韓戰已經爆發，美國深刻體悟到臺灣作為第一島鏈的戰略地位，再次將臺灣納入防堵共產勢力的一環。

出場人物

高雄煉油廠不僅將美援原油運輸到全臺，也將美國文學傳播到全島，其中孫賡年是最早系統化介紹美國文學的《拾穗》譯者，一九一六年出生於浙江省奉化縣蕭王廟，浙江大學畢業後考上公費留美，學成後進入高雄煉油廠服務，期間自學日文、德文，一九五五年考取西德的研究生獎學金，奉准赴德進

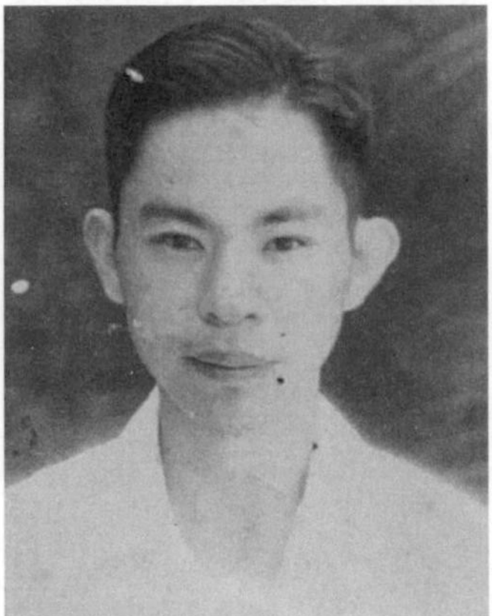

孫賡年，《拾穗》專欄譯者

修。《拾穗》創辦初期，孫賡年翻譯了《盲者之歌》、《柏林省親記》等德文作品，並開闢「西書評介專欄」介紹美國文壇。

翻譯可以寄情比興、意有所指，翻譯可以結交文友、聯絡感情，除此之外，翻譯還可以是一扇窗、一道牆，開窗的方向、築牆的位置，左右著臺灣島民望出去的異域風光。在那出國不易的年代，翻譯是一對想像的翅膀，縱然只能在窗內、牆內流連，但至少在那黯闇的時刻，曾見了些微島嶼天光。

起初，天是亮的。一九四五年八月十五日，日本裕仁天皇發佈《終戰詔書》，宣布日本無條件投降，中國對日抗戰告捷，蔣中正透過廣播宣讀〈抗戰勝利告全國軍民及全世界人士書〉：「全國軍民同胞們，全世界愛好和平的人士們，今天我們勝利了。」蔣中正濃重的浙江奉化鄉音，各省人民不見得聽得明白，但孫賡年是土生土長的浙江奉化人，不僅聽得入神，更是聽得熱淚盈眶，遙想當年從浙江大學機械系畢業，一出校門就碰上戰亂，大好青春付諸戰火，而今班師奏凱，大快人心，大有「白日放歌須縱酒，青春作伴好還鄉」之感。

只不過，孫賡年並未選擇還鄉。從美國密西根大學取得工程碩士後，孫賡年於一九四七年六月接受中國石油公司調派，從上海搭乘中興輪渡海來臺，以副工程師的身份南下高雄煉油廠，負責修復日本人遺留下來的煉油裝置。第二次世界大戰期間，美國對日本實施石油禁運，日本的儲油不足以長久應戰，因而南進奪取南洋、爪哇、婆羅的油田，並全力將原油運至高雄煉油廠煉製成航油、汽油、煤油、柴油等油料。高雄煉油廠作為日軍重要的戰爭後勤補給基地，慘遭美軍空襲轟炸，孫賡年到廠時，加熱爐和煙囪不是東倒西歪，就是七零八落，加上那一年颱風來得特別勤，全臺灣從六月下旬就浸泡在雨裡。孫賡年每天穿著雨衣，與修理技工在斷垣殘壁之間鑽進鑽出，下雨時鑽進去躲雨，雨住了又鑽出來修理，就連使用的修理工具，也是日本人遺留下來的，非但簡陋，而且殘缺不全，就連拆卸螺帽用的扳手，東拼西湊也湊不齊一組，常常拆完一根螺帽準備要拆下一根，卻翻來覆去找不到大小適中的扳手，不得已，只好將大一號的扳手放進爐中燒紅，再取出改小後湊合著用，也算是急中生智了。

為了拆裝和修復煉油設備，孫賡年必須查閱日本人遺留下來的圖樣。當年想購買外文參考書籍難如登天，一來缺乏經費，二來沒有門路，縱使是高雄煉油廠內的技術圖書室，典藏圖書也以日文書籍為主。因此，孫賡年不得不利用公餘時間拚命學日文，殊不知引來反對聲浪，有人說：「抗戰八年，受盡了日本人的侵略與凌辱，我們應該討厭日本人，從而也應該討厭日文。」還有人說：「就科學與工程技術的研究成果而論，日本並不是世界上最出類拔萃的國家，所以也不必去研讀日文。」對於這些批評，孫賡年頗不以為然，總是振振有詞、據理辯駁道：「第一，討厭日本人與討厭日文是兩回事，更何況日本出版事業的發達，幾乎佔世界的第一位，從日文中可以看到的資料與文獻，十分齊全，世界上任何一個國家的名著，幾乎都有日文的譯本，而且在本省購買日文書籍，又是十分方便而迅捷。第二，日本作者著書的態度十分嚴謹，肯花費許多工夫去搜集詳細的資料，又都肯面對現實問題，作深入的研究，所以他們的作品，往往都很有實用的價值。」[83]

於是，孫賡年一面修、一面學，終於在一九四八年三月，將日軍遺留下來的煉油設備修復完畢，高雄煉油廠的日煉量達到一萬六千桶，但仍然不足以應付國共內戰所需的油耗。當時美國（及其代表的資本主義）與蘇聯（及其代表的共產主義）對抗升溫，美國所支持的國民黨政府與蘇聯所支持的共產黨解放軍，在滿目瘡痍的中國大陸上搏命交戰，為了穩住國民黨在中國的政權，美國總統杜魯門（Harry S. Truman，1884~1972）於一九四八年二月十八日向國會提出「經濟援華法案」，四月三日正式通過，當中包括石油援助計畫，除了航空汽油、車用汽油、燃料油、潤滑油等石油產品，也將原油運抵臺灣交由高雄煉油廠煉製，廠內上下歡聲雷動、忙得不亦樂乎。誰也沒想到，美國國務院竟然於一九四九年八月五日發表《美國與中國之關係——特別著重一九四四年至一九四九年之一時期》（*United States Relations with China: With Special Reference to the Period 1944～1949*，今稱《中美關係白皮書》），內容批評蔣中正所領導的國民黨政府，而且從此逐步縮減美援，終至原油供應枯竭。

巧婦做不得無麵餺飥，煉廠煉不出無油油品，眼看孜孜矻矻修好的大煙囪不再冒煙，孫賡年心中不免惆悵，可是轉念一想：煉廠歇工，不正是做學問的大好時光？憑著一本英文版的《日本語會話文典》（*Complete Course of Japanese Conversation-Grammar*），再加上廠內同仁的幫

上｜1941年中期，孫賡年留美
中｜1955至1960年，孫賡年留德
下｜孫賡年留德，與寄宿家庭合影

忙，孫賡年刻苦自學日文，並且想效法日本人一絲不苟的治學態度和翻譯精神，將重要的域外新知全盤翻譯出來讓國人知曉。趕巧廠長賓果囑託學術組總幹事馮宗道籌辦綜合性翻譯月刊《拾穗》，孫賡年手邊恰恰就有旅美歸國前購買的德文小說《盲者之歌》（*Der Blinde Geronimo und Sein Bruder*）[84]，不妨翻譯出來、投稿練筆看看[85]？

《盲者之歌》的作者席尼茲勒（Arthur Schnitzler，1862~1931）生於維也納猶太醫生世家，十七歲受父親影響開始習醫，一八八五年取得醫學博士學位，與佛洛伊德（Sigmund Freud，1856~1939）同時投入催眠和暗示研究，並於一八八九年發表醫學論文，後來棄醫從文，以意識流獨白創作德文小說，成為十九世紀、二十世紀之交重要的奧地利德文作家，佛洛伊德對席尼茲勒甚為推崇，視他為自己在文學界的分身。席尼茲勒的創作以小說和戲劇見長，民國初年便已揚名中國。一九一八年十月十五日，《新青年》第五卷第四號刊載北京大學宋春舫教授羅列的〈近世名戲百種目〉，上頭可見席尼茲勒的連環戲《阿那托爾》（*Anatol*），這齣由七部獨幕劇組成的連環戲以主角阿那托爾貫穿，七部劇既可各自獨立、也可合併演出，十分精巧。〈近世名戲百種目〉一問世，沈雁冰和郭紹虞[86]便爭相從英文譯本轉譯[87]，沈雁冰先選譯了〈界石〉（"Milestones"）刊於一九一九年八月二十八日《時事新報》的副刊《學燈》，郭紹虞的全譯本則由商務印書館於一九二二年出版單行本。一九二七年夏天，施蟄存[88]翻譯了席尼茲勒的小說《多情的寡婦》（*Frau Berta Garlan*），一九二九年由上海尚志書屋出版。席尼茲勒在中國文壇從此文名大開、名噪一時。

無奈中原板蕩、砲火連天，沈雁冰、郭紹虞、施蟄存的譯本幾乎灰飛煙滅，縱使逃過戰火，也難以在戒嚴時期的臺灣流傳，畢竟沈、郭、施三人都沒選擇跟隨蔣中正渡海來臺，因而被國民黨政府劃入附匪與陷匪份子，其著作和譯作屬於禁書，依法不得在臺灣傳播。儘管如此，孫賡年對席尼茲勒依然念念不忘，不僅翻譯其中篇小說《盲者之歌》，更鄭重其事寫了一篇〈譯者引言〉介紹其人其作，成為率先將席尼茲勒介紹給戰後臺灣文壇的譯者：

拾穗　六八

盲者之歌

阿瑟許尼勒著　孫賡年譯

譯者引言

阿瑟許尼勒（Arthur Schnitzler）是近代最聞名的奧大利作家（1862—1931）。最初他在維也納學醫，但是他對病症的興趣，時常敵不過他對文學的深愛。

維也納的劇藝與音樂是很有名的，因此奧大利的劇作家非常之多。許尼勒有多方面的才能，他的作品不僅限於劇本，而且包含有詩與「小小說」（Novelette）。許多文藝批評者稱贊他在這方面的成就，甚至超過他在劇本上的成就。所謂「小小說」這一個名詞，自從波加修（Boccaccio）以及西萬提斯（Cervantes）以來，一直就存在着。它與長篇小說的不同是：後者着重於人物的發展，而前者則着重於情節的發展。換句話，說它具有固定的「動作的統一」（Action-Unity）。在這方面，它是有些近似於戲劇性的。至於它與短篇小說較量，也稍有細微的分別；尤其是與典型的英國短篇小說相比，覺得它的描寫，深入人物的內心生活。換句話說，「小小說」是具有更多的抒情，與更深的詩意。

讀者對於許尼勒所創造的人物，切勿以通常的理性去分析。因爲他往往喜歡創造這樣的人物：男的或女的，爲了不能報答的愛，被損傷了的自尊心；或是爲了身體上的缺陷及悔恨，以致發展成爲不健全及不平衡的心理。

孫賡年譯《盲者之歌》

阿瑟・許尼勒（Arthur Schnitzler）是近代最聞名的奧大利作家（1862~1931）。最初他在維也納學醫，但是他對病症的興趣，時常敵不過他對文學的深愛。

維也納的劇藝與音樂是很有名的，因此奧大利的劇作家非常之多。許尼勒有多方面的才能，他的作品不僅限於劇本，而且包含有詩與「小小說」（Novelette）。許多文藝批評者稱贊他在這方面的成就，甚至超過他在劇本上的成就。

孫賡年〈譯者引言〉所稱的「小小說」，今人多譯為「中篇小說」，篇幅在短篇小說（short story）之上、長篇小說（novel）之下，《盲者之歌》便是其中一例，孫賡年讚賞「『盲者之歌』是一篇德國『小小說』中最好的代表作品」。然而，席尼茲勒是奧地利人，《盲者之歌》的場景設在義大利北部，怎麼能說是「德國小小說」呢？對此，孫賡年在〈譯者引言〉中解釋道：

自古以來，德國對於奧義二地，素來就有密切的關聯和興趣；尤其是在名詩人歌德和海涅的詩集中，更常常能發現如此的情形。

這就好比英國曾經是日不落帝國，帝國各地以英文創作的小說，都曾冠以英國小說之名；又好比中國對於東亞影響廣泛，從古到今以中文寫成的作品，也有不少歸類為中國小說。孫賡年的《盲者之歌》直接從德文譯出，「譯句力求忠實」，一字一句都保留了翻譯的痕跡，小說開篇從主角的行止帶出故事的場景，轉場乾淨俐落，配上孫賡年的譯筆，讀起來頗富異國情調：

盲者喬羅尼摩從椅上站起身來，將那已經放在棹上的，靠近酒杯邊的吉他，拿在手中。他已經聽到了遠遠的，第一輛駛來的車輪聲。現在，他沿着走得熟透了的老路，摸索着走向開着的門，然後走下狹窄的木梯，到了蔭蓋着的庭院。他的哥哥跟隨着他，二人在木梯近旁站住，轉背向牆，使得那從潮濕而污穢的地面上吹向開着的門底冷濕的風，不致於直接吹到他們的身上。

凡是要越過史帝塞要隘的車輛，都必須在這個古舊旅社的陰鬱拱道下面經過。從意大利到鐵羅爾的旅客們，在抵達最高峰前，此處是最後一個休息的地方。這個失明的意大利人和他的哥哥卡羅在夏季的幾個月中，就宿在此處。

孫賡年以精準的譯筆，為臺灣讀者介紹了卡羅和喬羅尼摩這對難兄難弟。哥哥卡羅小時候不慎用彈弓射瞎弟弟喬羅尼摩的眼睛，從而心生內疚，決定要終生愛護弟弟，不惜荒廢學業陪弟弟去學唱歌。兄弟二人在父親過世、家道中落後浪跡天涯，在義大利北部靠著弟弟的歌藝行乞度日。作者席尼茲勒利用意識流手法，讓哥哥卡羅在看到德國小男孩施捨時，突然回想起弟弟喬羅尼摩失明的往事，孫賡年的譯文相當不凡：

卡羅注視着這個男孩子。每當卡羅注視着這種小孩子的時候，他總是不由自主地連想起來：當喬羅尼摩遭受不幸而失去了視覺的時候，喬亦正是在這樣大小的年齡。然後，卡羅又回憶到不幸的那一天，雖然到如今已有二十年左右的光景，但仍然歷歷如在目前。那小時的喬在草地上跌倒時的孩童的慘呼聲，至今猶嗚繞於耳際。他至今仍看到那在白色的花園圍牆上跳躍而閃爍着的陽光；仍聽到在那不幸的一刻間正巧響亮着的星期天的教堂鐘聲。小時的卡羅，老是愛用弓箭射那牆邊的槐樹。當那天他聽到了慘呼聲的時候，他就立刻想到他的弟弟一定是受了傷，因為他弟弟剛從那兒經過。他從手中拋下吹笛，跳過窗子到了花園，跑向他弟弟的地方。他弟弟正倒臥在草地上，双手掩著臉號啕大哭，從右頰及頸間，留下血來。這時他們的父親穿過花園小門，剛從田間回家，見此情狀，二人手足無措地在哭着的小孩身邊蹲下。隣人們都趕了來，其中樊乃地老伯是第一個將小孩的双手從臉上板開。接着又趕來了施密特先生，他是卡羅的牧師，同時又略知一點醫理，他看到小孩的右眼已失去。那天晚上，從波却伏趕來的醫生，也是無能為力，但他卻又指出另一眼睛亦有失明的危險。他的預言不幸而中。在一年以後，喬就沈淪於黑暗世界之中。

這對相依為命的難兄難弟，因為一位陌生男子的挑撥離間，導致弟弟對哥哥心生疑忌，認為哥哥獨吞了街頭賣藝的賞錢——二十法郎，為了消除猜嫌，哥哥只得行竊，偷了旅人的二十法郎交給弟弟，鋌而走險證明自己的手足之情，終於獲得弟弟的諒解。

《拾穗》的德文譯者不多，出版委員會接到孫賡年的來稿，又驚又喜，立刻採用。一九五〇年五月一日，孫賡年翻開《拾穗》創刊號，看見「盲者之歌」四個大字刊在目錄上，驚喜交加，決定一鼓作氣，將另一部流行於美國的德文小說也翻譯出來。原作於一九二九年出版，書名依原文直譯為《小偵探愛彌兒》（*Emil und die Detektive*），作者是現今人稱「德國兒童文學之父」的凱斯特納（Erich Kästner，1899～1974）。故事講述愛彌兒獨自搭火車到柏林找阿姨玩，火車搖搖晃晃，愛彌兒沉沉睡去，醒來之後大吃一驚：口袋裡的錢不見了！這可是媽媽辛辛苦苦幫人家洗頭、省吃儉用留給外婆的錢，愛彌兒非得逮到扒手、把錢討回來不可！孫賡年將這部作品譯為《柏林省親記》，並歸類為「家庭倫理小說」，認為「可以作為中學生的具有教育意義的課外讀物」[89]，正文前同樣以〈簡短的介紹〉交代作者和作品：

柏林省親記（*Emil und die Detektive*）在美國流行的德文傑作中，占有很高的地位。自從一九三八年在美國出版以來，已經印行了十萬冊左右，同時在法國和西班牙也都有相似的譯本問世。

這本書流傳的廣泛，並不是無因的：第一，書中的語句和文字，都是活潑生動而現代化。第二，故事的本身是現實而動人的，動作多而說理少，自始至終吸引住讀者的注意力。

孫賡年翻譯這部作品時，兒童文學尚未普及臺灣，作者凱斯特納在孫賡年的筆下是「詩人兼小說家」，而不是「德國兒童文學之父」，因此，孫賡年並未將這部作品當成兒童文學來翻譯，而是視之為「動作多而說理少」的長篇小說，小說開頭就是一連串的動作，一邊敘事、一邊寫景，讀來歷歷在目、十分生動：

拾穗　八七

柏林省親記

（簡短的介紹）

凱斯納原著
沙金譯

柏林省親記（Emil und die Detektive）在美國流行的德文傑作中，占有很高的地位。自從一九三八年在美國出版以來，已經印行了十萬冊左右，同時在法國和西班牙也都有相似的譯本問世。

這本書流傳的廣泛，並不是無因的：第一，書中的語句和文字，都是活潑生動而現代化。第二，故事的本身是現實而動人的，動作多而說理少，自始至終吸引住讀者的注意力。

作者艾立凱斯納（Erich Kaestner）的風格，是歸屬於所謂「新現實主義」（Die Neue Sachlichkeit）的一類，這一類作家的主要目標，是要將十九至二十世紀間的各種精神，用韻句或散文表現出來。正如凱斯納所說的：「我們要在頹廢腐朽的園地中做園，而不忘記散播笑料和勇氣……」。他們對詩歌的看法是：所有的作品，都應該對讀者的大衆有教育的意義，因此稱他們自己的詩歌為「有實用的詩句」（Gebrauchslyrik）。

凱斯納是詩人兼小說家，他於一八九九年出生於德國的德來斯頓（Dresden）。最初他希望成為一個好教師，後來他在來布錫（Leipzig）研究醫學，得到博士學位，一九二七年到了柏林方始開始他的著作生活。

第一章

「那末」，孀居的提是夫人和她的兒子艾密說，「現在你把水瓶和熱水一起拿來！」她自己也拿了另外一只水瓶，和一只盛洗臉水肥皂的小曲藍色的色缸，從廚房走到

客室裏已經坐滿一位女賓，彎着身子，把臉對着白色的洗臉缸。她的頭髮披散着，看上去好像有三條毛線從她的頭上掛下來一樣。艾密的母親把

孫賡年譯《柏林省親記》，署名沙金

「那末」，孤寡的机足夫人和她的兒子艾密說，「現在你把水瓶和熱水一起拿來！」她自己也拿了另外一只水瓶，和一只盛放藥水肥皂的小而藍的皂缸，從廚房走到客室。艾密拿着他自己的水瓶，跟在後面。

客室裏已經坐着一位女賓，彎着身子，把頭對着白色的洗臉缸。她的頭髮披散着，看上去好像有三磅毛線從她的頭上掛下來一樣。艾密的母親把藥水肥皂倒在金黃色的頭髮上，開始替客人洗頭。

孫賡年的譯文緊貼著原文，縱使是對話的段落，也是維持德文的語序——先聞其聲（「那末」）、再現其人（「孤寡的机足夫人」）。不過，為了幫助讀者瞭解對話雙方的關係，孫賡年增譯了「她的兒子艾密」，此外，當時洗髮精在臺灣仍屬罕見，孫賡年省譯了「flüssigen Kamillenseife」（洋甘菊洗髮精）和「schäumte」（搓出泡泡），前者以「藥水肥皂」簡單帶過，後者則只譯出「開始替客人洗頭」。

《柏林省親記》由孫賡年以筆名「沙金」發表，一九五〇年七月從《拾穗》第三期開始連載，中間時斷時續，總共刊了八期，一九五一年八月第十六期刊出時，碰巧改編電影在燈塔電影院開映，《柏林省親記》得到電影加持，在臺灣的名氣更加響亮，讀者紛紛致信

《拾穗》編輯部分享讀後感想。孫賡年備受鼓舞，一心想要繼續搖筆桿、爬格子，偏偏國際間風雲詭譎、德國情勢撲朔迷離——依據一九四五年八月二日波茨坦會議的決議，德國戰後由美、英、法、蘇分區佔領，然而，民主陣營（美、英、法）與共產陣營（蘇）的理念迥異，雙方矛盾日增，前者於一九四九年五月二十三日獨立成為西德，後者則於同年十月七日宣佈成立東德，並立即承認同年十月一日成立的中華人民共和國政權，雙方於一九五〇年建交。相較之下，西德對於海峽兩岸主權之爭採取中立態度，國民黨政府每每嘗試恢復邦交，屢屢遭到德國碰軟釘子，這連帶影響了《拾穗》刊登德國文學的意願，孫賡年不得已，只得擱筆。

一九五一年十月，《柏林省親記》在《拾穗》上連載完畢，孫賡年先前翻譯的兩篇德國作家史篤姆（Theodor Storm，1817～1888）小說——《復活節前後的懺悔》（*Veronika*）和《天涯海角覓芳菲》，也先後在《拾穗》上刊出。孫賡年閒來無事，晚飯過後到副廠長胡新南公館走動，無意間看見客廳茶几上躺著一本美國《生活》雜誌，順手拾起翻閱，翻到一篇論及美國當代文藝作家的文章，內容通俗有趣，既有評論，亦有介紹，當場向胡副廠長借回家仔細拜讀，越讀興味越濃，借來的參考書籍越堆越高。讀著讀著竟然也讀出了一點心得，便效法日本譯者融會貫通的精神，將所有讀過的素材編譯成〈略論當代美國作家〉投稿到

《拾穗》，主編馮宗道一讀，正中下懷——此時韓戰已經爆發，美國深刻體悟到臺灣作為第一島鏈的戰略地位，再次將臺灣納入防堵共產勢力的一環，國民黨政府看見這絕處逢生的大好機會，趕緊趁此國際情勢與美國建立聯盟關係，並大力支持美方的文化外交政策，而支持方法之一，就是透過翻譯介紹美國文化及文學。

馮宗道身為《拾穗》主編，第一篇翻譯的作品就是美國作家迦特納的長篇偵探小說《歸輪風雨》，第二篇則翻譯自美國《大眾機械》（*Mechanic Illustrated*）一九五〇年四月號介紹的〈安全的雷達堡壘〉（"Rubber Fortresses for A-Bomb Defense"），內容談及當時「康奈爾防空研究所」（Cornell Aeronautical Laboratory Inc.）最新研發的軍事設備「雷達天線罩」（Radome），可用於保護雷達天線，防止環境對雷達天線的干擾，馮宗道幾乎零時差將整篇文章翻譯出來，刊在一九五〇年六月《拾穗》第二期與臺灣讀者分享。此外，《拾穗》選刊的文章，大量翻譯自美國雜誌，包括《紐約客》、《皇冠》、《君子雜誌》（*Esquire*）、《好家事》（*Good Housekeeping*）、《大西洋月刊》、《週六晚郵報》、《生活》、《柯里爾週刊》（*Collier's Weekly*）、《大船》（*Argosy*）、《佳麗雜誌》（*Pageant*）、《讀者文摘》（*Reader's Digest*）、《真實告白》（*True Confessions*）、《婦女家庭雜誌》（*Woman's Home Companion*）、《哈潑》（*Harper's*）、《柯夢波丹》（*Cosmopolitan*）、《紅皮書》（*Redbook*）、《艾勒里．昆恩推理雜誌》（*Ellery Queen's Mystery Magazine*）、《麥考爾雜誌》（*McCall's*）、《拾慧雜誌》（*Omnibook Magazine*）、《國家地理雜誌》（*National Geographic Magazine*）……等，內容雖然廣博，但對於美國文學缺乏有條有理的介紹，因此，馮宗道接到孫賡年譯述的〈略論當代美國作家〉，大喜過望，決定在《拾穗》開闢「西書評介」專欄，由孫賡年擔任專欄譯者，以新出版的西洋書籍為評論對象，讓臺灣讀者瞭解西方出版動態。

自從接獲馮宗道囑咐之後，孫賡年一連寫了數十篇〈西書評介〉，介紹了福克納（William Faulkner）、海明威、史坦貝克、艾略特（T. S. Eliot）、傑克・倫敦（Jack London）等美國作家，其中甘苦，孫賡年真是嚐個了透。每篇〈西書評介〉的原文作品都厚厚一冊，為了在書中找靈感、挑眼兒，孫賡年非得反覆瀏覽。眼看截稿期限將至，偏偏文思枯竭，真是日日焦躁不安、夜夜睡臥不寧。然而，每當與作者心有靈犀一點通，文思泉湧、下筆萬言，縱使通宵達旦，孫賡年也甘之如飴，更為《拾穗》該翻譯哪些美國作家的作品出了好些主意，其中最為人津津樂道的，便是海明威的《海上漁翁》（今多譯為《老人與海》）。

西書評介
第二十三期
海上漁翁
・細雨・
原　名：The Old Man And The Sea
作　者：海明威（Ernest Hemingway）
出版者：Charles Scribners' Sons N. Y.
頁　數：一四〇頁
定　價：美金三元
在本年八月三十日的美國「星期六評論週報」封面裏頁上，刊載了一段「生活」雜誌經銷們致該「週報」讀者的一封公開信，其內容如下：
「在這一個星期的「生活」週刊裏面，我們刊載了二萬七千字的全部海明威新作。在這以前，這部小說，從未在全世界任何一個地方發表過。（註一）
到了九月八日，這部小說，將由Charles Scribner's Sons出版單行本，並已經「每月讀書會」選爲九月份的二種「月選」之一。
(152)

孫賡年譯〈西書評介－《海上漁翁》〉，署名細雨一九五二年十二月一日，孫賡年（署名細雨）於《拾穗》第三十二期「西書評介」譯介了海明威的背景、個性和寫作風格，並簡介其著作《海上漁翁》。隔月，一九五三年一月一日，《拾穗》開始連載《海上漁翁》，二月一日續完，譯者署名「辛原」，本名董世芬，廣東南海人，一九三九年畢業於中山大學化學工程系，一九四〇年任航空委員會航空研究所副研究員，後來進入資源委員會動力油料廠從事研究，一九四一年任甘肅油礦局技術員、副工程師，一九四六年轉任中油公司工程師，一九四八年來臺擔任高雄煉油廠煉務組長，聽說《拾穗》要翻譯美國文學巨擘海明威的大作，董世芬當仁不讓，以信實的譯筆詮釋海明威簡潔的文風，並於讀者有疑處加註，頗見理工男特有的嚴謹風格：

第三十二期　海上漁翁

海上漁翁
(The Old Man & The Sea)
海明威原著　辛原譯

海明威這位美國作家，在中國讀者眼中看來已不能算是陌生的了，戰地鐘聲、戰地春夢、等書在中國和在全世界各國的情形一樣都是受人熱烈歡迎的。

海上漁翁一書在今年八月間在美國出版，是海明威最新問世的一部作品，據作者自己聲明，這是他最心愛最滿意的一部作品，他認為「歷年來我所得到的任何東西，都已包含在這部小說裡面了。」

這篇小說風格特殊，文筆簡練，文字中充滿了潑辣，辛酸，堅忍，搏鬥的氣息，任何人讀完這篇小說以後，一定會對「生命」有了新的估價與更深的認識。

(164)

董世芬譯《海上漁翁》，署名辛原

董世芬，《拾穗》出版委員，
1961年為中油公司協理、
1972年為中化公司總經理。

他是一個老人，孤零零地駕著一艘小漁艇在灣流*捕魚，最近却已經接連八十四天沒有釣上一條魚了。最初的四十天裡，還有一個小孩跟着幫忙。四十天釣不到魚以後，小孩的父母對他說，老頭子如今已是老定了，那是最壞不過的霉運，便叫小孩改跟另外一艘漁船。小孩換了船，第一個星期便捉到三尾好魚。

* 灣流（Gulf Stream）發軔於墨西哥灣，經佛羅里達海峽及古巴海岸。故事發生地點即為古巴哈瓦那（Havana）附近一漁港。

董世芬並非《老人與海》的唯一譯者。那一年，海明威獲得諾貝爾獎的呼聲高漲，美國又大力推廣美國文學外譯作為軟性外交，藉此輸出美國文化、向世界各國鼓吹自由民主。一九五二年八月三十日，《老人與海》在《生活》雜誌上一次刊完、九月八日發行單行本。美國新聞處譯書部登報徵人翻譯，張愛玲當時剛從上海流亡至香港，人生地不熟，粵語也不太會說，看見美國新聞處的徵人啟示，便投了履歷過去，經宋淇[90]面試後開筆迻譯，花了兩個月譯畢，一九五二年十二月以筆名「范思平」發表，由香港的中一出版社發行，是《老人與海》第一本中譯本。

《老人與海》是張愛玲第一次翻譯美國文學，將其譯文與原文對照，可見其謹小慎微，幾乎是字字照譯，看來下筆時顧慮頗多。張愛玲自己在譯序中也說：「因為我太喜歡它了，所以有這些顧慮，同時也擔憂我的譯筆不能傳達出原著的淡遠的幽默與悲哀，與文字的迷人的韻節。」由於張譯亦步亦趨貼緊原著，讀來富於洋味兒，頗見中西合璧的張氏小說風格：

他是一個老頭子，一個人划著一隻小船在墨西哥灣大海裡打漁，而他已經有八十四天沒有捕到一條魚了。在最初的四十天裏有一個男孩和他在一起。但是四十天沒捕到一條魚，此後那男孩的父母就告訴他說這老頭子確實一定是晦氣星——那是一種最走霉運的人——孩子由於父母的吩咐，到另一隻船上去打魚，那隻船第一個星期就捕到三條好魚。

張愛玲的《老人與海》是香港首譯，余光中的《老人和大海》則是臺灣首譯，一九五二年十二月一日至一九五三年一月二十三日在臺北《大華晚報》上連載，一九五七年十二月由重光文藝出版社發行單行本。這種先在報章雜誌上發表、而後集結為單行本的作法，在當時十分常見。相較於張愛玲的洋腔洋調，余光中的譯文是道地純熟的中文，行雲流水，音韻鏗鏘，頗見詩家文采：

那老人獨駕輕舟，在墨西哥灣流裡捕魚，如今出海已八十四天，仍是一魚不獲。開始四十天，有一個男孩跟他同去，可是過了四十天還捉不到魚，那男孩的父母對他說，那老頭子如今已是老定了，而衰老就是最糟的惡運。於是男孩聽了他們的話，到別一條船上去。第一個星期，那條船便捕到三尾好魚。

無論是張愛玲的《老人與海》，還是余光中的《老人和大海》，兩者都是名家名譯，董世芬雖非文人出身，但《海上漁翁》卻是獨樹一格，三人三譯，各有千秋，其中《海上漁翁》出版單行本的時間較余光中譯本更早，在當年流通較廣。

自從孫膺年的〈略論當代美國作家〉起了個頭之後，《拾穗》開始一五一十介紹美國作家和作品，至停刊之前總共譯介了六百六十八篇，不僅數量可觀，而且譯介積極、譯文精湛，從《老人與海》的三家譯本爭雄觀之，《拾穗》的譯介時間不僅並未落後余光中和張愛玲，而且譯筆嚴密周延，並不遜於名家名譯，對於當時國民黨政府親美的外交政策，《拾穗》以長年的堅持及一流的品質，讓全臺譯者執起譯筆，在臺灣島上譯出一片異域風光。

註釋

83 引自孫賡年（1966）。〈廿年一覺高雄夢〉。《石油通訊》，一七八期。

84 芝加哥大學出版社（The University Of Chicago Press）曾於一九二九年發行德文版《盲者之歌》，書中附普萊斯（Lawrence M. Price）教授編纂的註釋和英德對照單字表，收錄「芝加哥大學（兩年學制）系列叢書」（The University Of Chicago Press Junior College Series），是當時常見的德語教材，推測為孫賡年的原文來源。

85 孫賡年精通英文、日文、德文，一九五六年留學西德，就讀卡爾斯魯爾理工學院（Karlsruher Institut für Technologie），修習化工機械，到校未及兩個月，該系實驗室助教便囑咐孫賡年翻譯日本《化學工學》雜誌的文章。詳見孫賡年（1956）。〈旅德雜感〉。《石油通訊》，五十八期。

86 郭紹虞（1893~1984），原名郭希汾，江蘇蘇州人，家境清寒，蘇州工業中學肄業，一九一四年至商務印書館的子弟學校尚公小學任教，一九二一年與周作人、許地山、沈雁冰等十二人發起「文學研究會」，以商務印書館的《小說月報》和《時事新報》副刊《學燈》作為機關刊物，大量譯介西洋文學。

87 兩人選用的是一九一七年紐約出版商「邦尼與李佛萊」（Boni and Liveright）出版的《阿那托爾及其他》（*Anatol and Other Plays*），英文譯者是葛蕾絲．伊莎貝爾．柯布隆（Grace Isabel Colbron，1869~1943）。

88 施蟄存（1905~2003），原名施德普，浙江杭州人，一九二二年考入美國長老會在杭州開設的之江大學，次年轉入上海大學，一九二六年轉入震旦大學法文特別班，畢業後專事寫作、編輯、翻譯。

89 引自孫賡年（1966）。〈廿年一覺高雄夢〉。《石油通訊》，一七八期。

90 宋淇（1919~1996），浙江吳興人，筆名林以亮，燕京大學西語系畢業，一九四九年移居香港，曾任香港中文大學翻譯研究中心主任。

七 艾丹舊夢中的女郎

漫長的海程中，艾丹解開珍妮用紫色絲線繫妥的包裹，起初不明白：在浩瀚的英國文學中，為什麼珍妮獨挑《白衣女郎》？

出場人物

美援原油陸續運抵高雄港後，金開英也突破封鎖、向海灣石油公司購買原油，高雄煉油廠煉務驟增，《拾穗》開始向外徵稿。外部譯者在投稿時，常常不經意將人生軌跡印在《拾穗》裡，例如關德懋與朱于炳。關德懋是臺德關係的推手，為《拾穗》翻譯《西德聯邦總理——阿德諾傳》，成為關德懋拜候西德總理阿德諾的門票。朱于炳筆名艾丹，福建

關德懋，《拾穗》德文譯者

林森人，中華民國海軍學校造艦班，一九三九年赴英國接艦，當年那場纏綿悱惻的異國戀，羽化為「拾穗譯叢」的《白衣女郎》。

一九五四年，時序入秋，艾丹看著舷窗外的青天碧海，心思飄渡重洋，回想起十年前遺落在英國康伯蘭（Cumberland）金秋的愛戀，伊人的臨別贈物仍在眼前，艾丹顫抖著手指，解開了褪色的紫色絲線，打開了又皺又破的封紙，取出那滿是吻痕和淚痕的《白衣女郎》（*The Woman in White*），翻開扉頁，上頭用別針夾著一圈金髮，艾丹撫摸著金髮圈起的一行小字：「給艾丹，這原是蘿娜給華爾特的禮物，現在，它是珍妮給你的。」[91]艾丹怔了怔，拿起了筆，在稿紙上寫下：「獻給珍妮——我舊夢中的女郎」。[92]

在舊夢裡，珍妮．亞當是金髮碧眼的英國少女，艾丹是英俊挺拔的中國海軍，兩個看似無緣的陌生人，卻因著戰火而有了交集。艾丹這一生似乎總擺脫不了戰爭的糾纏，兒時生長在山明水秀的蘇州，經歷了軍閥割據，及長碰上中日抗戰，烽火捲江南，艾丹流亡重慶。一九三八考入中國海軍，一九三九年派赴英國受訓接艦，一九四二年秋天結訓，不巧太平洋戰爭爆發，艾丹奉命留在英國，意外獲得十天假期，想著親戚不久前從重慶來信，請託艾丹代為探望住在康伯蘭的亞當牧師，又聽英國友人說，康伯蘭的湖光山色極美。艾丹立即動身，去看那湖水漫遠山，順道見見在江蘇住了二十年的亞當牧師。

北行快車從倫敦駛出，艾丹在康伯蘭的克西克鎮（Keswick）下了車，滿眼煙波雲樹，不由得心蕩神搖，在鎮上找了間旅館，便到湖上泛舟。秋天是康伯蘭最美的季節，楓紅、水綠、靄紫、天青，層巒疊嶂阻隔了煙硝，艾丹寄情山水，不知不覺過了三天。第四天，艾丹一個人划著一條小船，搖槳划過溫德美爾湖（Windermere Lake）來到彼岸，岸邊有一條小溪，溪水潺湲。艾丹繫了舟，上了岸，順著溪水蜿蜒，轉過白樺林，迎面跑來一條棕色鬈毛狗，狺狺狂吠，艾丹正想找根小樹枝防衛，耳邊卻傳來蒼老的聲音。

艾丹抬頭一看——一位五十來歲的長者，白髮蕭蕭，佝僂而立在十步之遙，望著艾丹說：「不要緊。這是黛比迎客之道。」

艾丹整衣斂容，黛比搖著尾巴回到主人腳邊，艾丹歉然道：「初來乍到，多有驚擾。」

長者緩緩走來細細端詳，平和的語氣裡泛起了漣漪：「你是中國人？」

艾丹回答：「是的。」

長者多年沒見過中國人，熱情邀約艾丹回舍下喝茶，並用中文說：「我愛中國，我在中國住了二十多年……」

艾丹驚詫道：「如果晚輩猜得不錯，您就是亞當牧師了。您的老友——東吳大學胡教授──囑託晚輩向您致意。」

亞當牧師樂呵呵領著艾丹穿過白樺林，來到一幢紅磚房屋，屋前是冬青圍成的花園，亞當牧師朗聲道：「我帶回來了一位出色的客人，艾丹先生來自我們第二故鄉蘇州，特地從倫敦來看望我們。」

亞當太太敞開雙臂迎客，聽說艾丹下榻在克西克鎮，便直罵這太不夠交情，亞當牧師也在一旁幫腔，艾丹連聲道歉，答應隔天就搬來短住，亞當太太這才進廚房準備茶點，兩位男士在客廳落了坐，亞當太太端著茶具走進客廳，這時，門外傳來了腳踏車鈴響，亞當牧師含笑開門道：「珍妮．亞當小姐！」黛比搖著尾巴迎了出去，艾丹拘謹起身，在逆光中看見那天使般的金色鬈髮和閃動著瀲灩湖光的湛藍雙眸，亞當牧師摟著珍妮道：「幫妳介紹一位小同鄉。這位艾丹先生也在蘇州長大，你們儘管話話舊，談談觀前街，說說香雪海。」

珍妮在蘇州土生土長，中學時到上海念教會學校，高二那年，中日抗戰爆發，上海、蘇州相繼淪陷，日軍指謫亞當牧師掩護中國人，將珍妮一家驅逐出日租界。亞當牧師帶著妻女回到英國，珍妮考入曼徹斯特大學，主修工程，但鍾愛音樂和文學，艾丹雖然是海軍，偏愛的也是文學，兩人年齡相仿，聲氣相投，珍妮朗讀康伯蘭詩人華茲華斯（William Wordsworth，1770~1850）的詩作，艾丹背誦王維和陶淵明的田園詩酬答，珍妮為艾丹彈奏貝多芬的《月光》奏鳴曲，艾丹帶珍妮泛舟湖上、進城共舞。恨只恨晚霞燒得太早、晨光起得太遲，轉眼間七日匆匆已過，珍妮開學了，艾丹的假期也結束了。

回艦隊報到後，艾丹經歷了腥風血雨，大西洋波濤萬頃，處處隱蔽殺機。艾丹受派到驅逐艦上，護航商船免受納粹潛艇攻擊，艾丹在每個港灣寄出相思，在每個碼頭收穫祝福。聖誕節前夕，一艘落伍的英國商船遭納粹潛艇襲擊，艾丹獲派前往救護，十二月二十八日返回普利茅斯軍港，接到珍妮來信、邀約共度佳節，心裡半是欣慰、半是惋惜，惋惜的是錯過了聖誕，欣慰的是趕上了新年。

一九四二年十二月三十一日，艾丹帶著禮物來到亞當牧師家裡，那本胡教授寄來的仿宋版陶淵明詩集，是艾丹送給珍妮的新年賀禮，珍妮抱著詩集驚嘆道：「多麼珍貴的禮物！我一定要好好讀，慢慢懂得『採菊東籬下，悠然見南山』的意境。」亞當牧師見女兒說得慎重，便打趣道：「詩人真幸運！想不到一千多年以後在英國還有一個知音呢！」一陣笑鬧過後，珍妮拖著艾丹去看自己親手佈置的客房，並相約到鎮上度歲。十二點鐘聲響過，滿鎮火樹銀花，艾丹與珍妮在燈火輝煌裡相擁長吻、徹夜共舞，隔天帶著牧師的祝福和少女的愛情搭上南行列車，把一顆年輕熾熱的心留在了康伯蘭。

一九四三年，戰局漸漸轉而對英美有利，英國配合美國在太平洋的反攻，撥了一支艦隊到印度，艾丹服務的軍艦也受派在這支艦隊裡。印度再過去就是中國，對於離家多年的艾丹來說，這原本應該是振奮人心的消息，但戰火一日不消停，死亡的魔爪便如影隨形，愛情的羈絆讓故鄉成了異鄉。啟程之前，艾丹再次來到康伯蘭的金秋，亞當牧師指著花園裡一株梅花道：「這是我從蘇州帶回來的，原先枯了，今年春天又復活了，我敢打包票，入冬後一定會花開滿樹。」艾丹一面替牧師開心，一面聽牧師往下說：「勝利已經在望，戰後我打算帶珍妮回蘇州，希望埋骨在鄧蔚的梅花林，你，能替我找塊地嗎？」

艾丹不自覺淚流滿面：「牧師，我不配您這樣疼我。」

「你是個幸運的孩子，」亞當牧師說：「記住一件事，好好照顧珍妮。」

「終我一生！」

艾丹沉醉在珍妮的愛情裡，徜徉在貝多芬的樂曲和華茲華斯的詩歌裡，兩人在火車開動前吻別，珍妮渾身顫抖、泣不成聲，艾丹坐在火車上，人影街景都蒙著淚光。漫長的海程中，艾丹解開珍妮用紫色絲線繫妥的包裹，起初不明白：在浩瀚的英國文學中，為什麼珍妮獨挑《白衣女郎》？熟知一晃眼，十年生死兩茫茫，千里孤墳，無處話心傷。

遙想一九四四年二月七日，艾丹服務的軍艦攻擊緬甸南部海岸，遭九架日本零式機轟炸，艾丹雙腿炸傷，同日珍妮在曼徹斯特死於德軍轟炸，連同艾丹的一片真心，埋葬在康伯蘭的湖濱。《白衣女郎》的場景就設在康伯蘭，年輕的英國畫家華爾特愛上了英國貴族蘿娜，兩人歷經波折，最終結為連理。艾丹每每捧讀此書，便重回此生最幸福的時光，遂決意將《白衣女郎》翻譯出來，祈願自己的康伯蘭之戀，能在譯文裡得到圓滿。

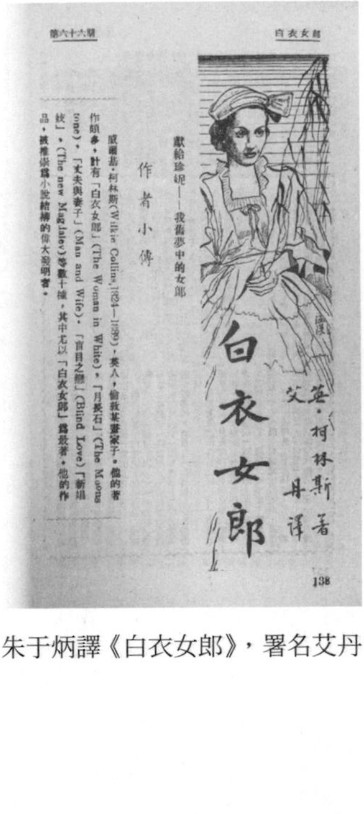
白衣女郎　第六十六期

白衣女郎

英·柯林斯著　艾丹譯

獻給珍妮——我舊夢中的女郎

作者小傳

威爾基·柯林斯(Wilkie Collins, 1824—1889)，英人，倫敦某畫家子。他的著作頗多，計有「白衣女郎」(The Woman in White)，「月長石」(The Moonstone)，「丈夫與妻子」(Man and Wife)，「盲目之戀」(Blind Love)「新娼妓」，(The new Magdalen)等數十種，其中尤以「白衣女郎」爲最著。他的作品，被推崇爲小說結構的偉大發明者。

138

朱于炳譯《白衣女郎》，署名艾丹

一九五五年十月，《拾穗》第六十六期刊載了《白衣女郎》，第一句就是艾丹的獻詞：「獻給珍妮——我舊夢中的女郎」，編輯在〈致讀者〉專欄中鄭重推薦，字裡行間洋溢著對作者、作品、譯者的推崇，這以《拾穗》而言實屬罕見：

我們敬以無上的榮幸，將「白衣女郎」一文，呈獻於《拾穗》讀者之前。這一部長達三十餘萬言的小說，是十九世紀英國大文豪柯林斯的不世之作，由艾丹先生費時數載精心譯出。當編輯同人審閱此稿時，因為其情節的撲朔迷離，結構的波譎雲詭，再加上文筆的美妙動人，描寫的細膩深刻，故往往愛不忍釋，一卷在手，當至於深夜不寐。但本文並不徒以情節取勝而已。我們看到文中為非作惡者能夠逞強於一時，但最後終為正義所伏；我們又看到手無寸鐵的弱者，在重重魔障中與惡勢力艱苦搏鬪，而最後終獲勝利。這種種使我們對於人生的看法，能獲得更深一層的啟示。閱讀本文後的收穫，又何止於消閒，何止於享受而已！作者柯林斯氏，生於一八二四年，歿於一八八九年，最初從事茶葉，後復改習法律，但卻以文學生涯終其生。他與「塊肉餘生錄」的作者迭更斯氏是莫逆交。「白衣女郎」一文，最初即發表於迭更斯氏所主編的「春秋」雜誌（*All The Year Round*）上，時為一八六〇年。柯氏的作品大率極富於戲劇性，能將讀者們的注意力緊抓不放，「白衣女郎」是他最成功小說中的一部，文中的幾位主角全都刻劃精微，堪稱絕品。本文譯者艾丹先生是一位優秀的海軍軍官，抗戰時期曾赴英國，目前又奉派赴美，與編者雖無一面之雅，但我們從其譯筆的優美流暢看來，相信其對於英美文學定有深湛的造詣。該文自本期起預計分十九期登畢，每期約登二萬字左右。文中並倩藝術編輯李涵瑛先生代作插圖，李先生的

朱于炳譯《白衣女郎》，署名艾丹

才華向為拾穗讀者所激賞，當能使文本收相得益彰之妙。

一如《拾穗》編輯所言，《白衣女郎》確實精彩，其文體是盛行於英國維多利亞時期的煽情小說（Sensation Novel），屬於哥德文學的分支，主題包括精神失常、遺產繼承、謀殺、身分認同等議題。《白衣女郎》不僅採用了煽情小說慣用的懸疑情節，更碰觸當時維多利亞時期的法律、性別……等議題，敘事主軸環繞在白衣女子引起的謎團和女主角蘿娜的身分失竊疑雲，隨著情節鋪展，煽情小說中常見的元素（例如身分造假、私生子、不可告人的祕密）一一上演，一連串的私下偵查和角色彼此互探情報就此展開，情節引人入勝，而且敘事手法創新。作者柯林斯（Wilkie Collins，1824～1889）採用第一人稱的限知視角進行多重視角轉換，總共選用八位角色進行第一人稱敘事，並在全書開篇揭示這樣的寫作手法，艾丹也一五一十翻譯出來：

1. 這個故事由華爾特．哈威開始述說，他是一個美術教師，寄住在倫敦克利門客寓。

這個故事是述說一個女子的忍耐力能夠承擔些什麼，男子的決心能夠有何成就。

如果我們能靠法律的「機器」而只用少許金錢的滑油為助，去探究每樁可疑的案情和進行一切審問的手續，那麼，本書中所發生的事情，能當在一個公正法庭中引起公眾的注視。

但是在某些不可避免的情形下，法律還依然是錢囊充裕者所預先僱就的忠僕；因此這個故事祇好在這裡談談了，如此的明白敘說，這還是第一次。凡是照理應該讓法官去聽的一切陳述，現在都讓讀者去聽了。

本書中從始至終所有重要關鍵，沒有一個係傳聽而來。在這裡所記載的許多案情，如果發生在華爾特．哈威身上較別人來得密切時，均由他本人自述；不然他則退出述說者的地位，從那中斷處起，讓那些親歷其境的當事人來繼續，他們的故事敘述也都明白肯定，與華爾特．哈威不分軒輊。

所以這個故事不單由一支筆來述說，正如一樁在法庭中違法的案件不只由一個證人來作證——這兩方面都有著一個共同的目標，那就是要把事實的真相用最最明白易曉的方式加以述說；而且，在案情的每一階段中由最密切有關的人一字不遺地來述說他的經歷，因此可使事情的來龍去脈和盤托出，絲毫不爽。

現在讓華爾特．哈威，這位年齡廿八歲的美術教師先開始他的敘說。

艾丹既非《拾穗》出版委員會的成員，也非中國石油公司的員工，之所以加入《拾穗》譯者行伍，是因為《拾穗》向外徵稿的緣故。一九五〇年初，金開英同意創辦《拾穗》時，正值原油短缺、無油可煉，為使高雄煉油廠員工消閒，遂鼓勵這批渡海來臺的理工青年提筆翻譯。一九五〇年五月，《拾穗》創刊，隔月韓戰爆發，美國為防堵共產主義擴張，恢復對國民黨政府的軍事和經濟援助，其中包括原油。一九五〇年七月《拾穗》第三期〈中國石油公司報導〉寫道：

> 六月份因為有適宜的原油供應，所以本月份開工日數較上兩月為多。美援第六期原油壹萬壹仟噸於二十四日抵高，又可供給十天的提煉，第七期原油也已批准，大約七月底可以運來第一船。[93]

隨著原油送抵，煉油廠同仁公務漸增，《拾穗》開始採用外稿，一九五一年五月創刊週年號刊出「徵稿簡則」，首次正式向外徵稿，起初並無稿酬，僅註明「來稿一經刊載當酌贈本刊若干冊為酬」[94]。隔年《拾穗》業務漸上軌道，一九五二年二月第二十二期〈編輯室〉對外徵求「拾穗譯叢」書稿，內文提及稿酬：

在這兒我們公開徵求合乎拾穗性質的七萬字以上十萬字以下的譯文（……）我們可以預先聲明的一點是，拾穗譯叢的原則是一次付給稿費收買版稅。雖然稿酬相當微薄，但我們保證可以在決定出版以後一次將稿費以現款付清。95

至於首次公佈計酬方式，則見於一九五三年三月《拾穗》第三十五期〈拾穗創刊三週年徵文啟事〉：「茲為紀念本社創刊三週年及提高讀者譯作興趣借資互相觀摩以達以文會友之目的起見，特舉辦譯作徵文，其辦法列明如下，尚祈愛好譯作同志源源賜稿為荷」96，徵稿範圍包括世界各國短篇小說譯文（五千字以下），致酬辦法為第一名三百元，第二名兩百五十元，第三名兩百元，其餘優良譯文凡經刊載每篇一百元；此外，同期〈致讀者〉刊出徵稿簡則：「來稿一經刊載，在十日內即致奉薄酬。為了鼓勵短篇稿件起見，我們的致酬辦法為五千字以下，千字二十元，

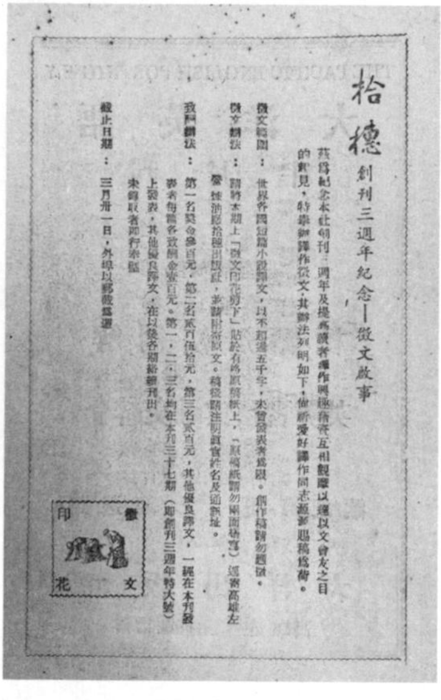

《拾穗》創刊三週年徵文啟事

五千字至一萬字部分，千字十五元，一萬字以上部分千字十元」[97]。在一九五〇年代，公務員一個月的薪水平均為一百至兩百元，《拾穗》稿酬優渥，吸引了眾多外部譯者投稿。[98]

艾丹不僅是投稿者之一，而且是一九五三年《拾穗》創刊三週年徵文冠軍，翻譯的是英國作家毛姆（William S. Maugham，1874～1965）的短篇小說〈春蠶到死絲方盡〉（"Gigolo and Gigolette"），故事講述一對苦命鴛鴦在賭場裡靠表演特技討生活，女主角史泰娜（Stella）夜夜搏命演出，從十八米高的跳臺跳進一米五深的水池裡，男主角考門（Cotman）則往灑滿汽油的水面點火，史泰娜在熊熊火光中一躍而下，場面驚心動魄，藉此替賭場裡的貴客助興，但貴客卻一面享用珍饈佳餚，一面討論表演弄虛作假，臺下臺上，一貴一賤，判若雲泥。艾丹以寫意的文筆，勾勒毛姆筆下的浮世悲歡。小說開場描寫貴客森弟．韋可特在賭場的酒吧裡等貴婦伊芙．巴雷共進晚餐，恰好男主角考門走進來，希望在上臺前先喝一杯，森弟．韋可特便找考門攀談起來：

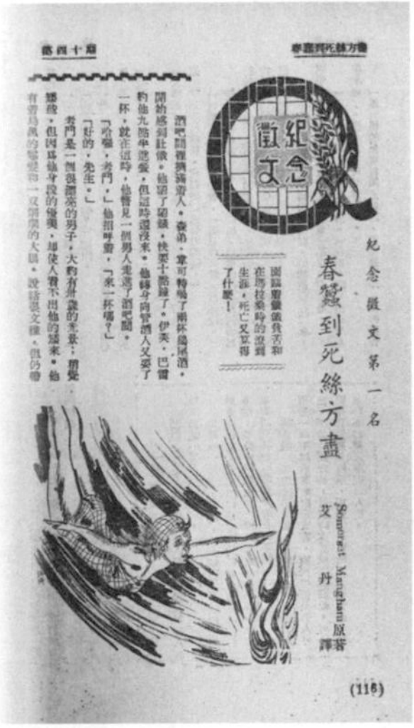
紀念徵文第一名
紀念徵文
春蠶到死絲方盡
Somerset Maugham 原著
艾丹譯
(118)

朱于炳譯〈春蠶到死絲方盡〉，署名艾丹

> 酒吧間裡擠滿著人。森弟・韋可特喝了兩杯雞尾酒，開始感到肚餓。他望了望錶，快要十點鐘了。伊芙・巴雷約他九點半進餐，但這時候還沒來。他轉身向管酒人又要了一杯，就在這時，他瞥見一個男人走進了酒吧間。
>
> 「哈囉，考門，」他招呼着，「來一杯嗎？」
>
> 「好的，先生。」
>
> 考門是一個很漂亮的男子，大約有卅歲的光景；稍覺矮些，但因為他身段的優美，却使人看不出他的矮來。他有着烏黑的鬈髮和一双炯炯的大眼。說話很文雅，但仍帶有一絲倫敦低級社會人的土音。

艾丹的譯文重視情節推展、省略無傷大雅的細節，例如原文「伊芙・巴雷老是遲到，倘若十點半前能吃到飯，就算是他運氣了」，這句怨言無關故事主線，艾丹略去不譯。又如考門的衣著和髮型十分講究，不僅「打扮入時，穿著雙排扣西裝外套（收腰略嫌太緊，蝴蝶結大得離譜）」，而且頭髮「油油亮亮往後梳，露出額頭」，但鑒於《拾穗》徵文希望以一萬字為上限[99]，艾丹不得不有所取捨，將描述角色外表的細枝末節刪去。

《拾穗》之所以能對外徵求譯稿，原因之一在於當時外國著作與翻譯在臺灣不受著作權法保護，譯者不須購買版權即可翻譯，出版者也可以自行在臺灣出版、翻譯與販售，換句話說，無論出版者也好、譯者也好，都是想翻譯什麼就翻譯什麼，譯者翻譯好了投稿到報章雜誌上，如獲採用，短篇一次刊完，長篇分次連載，倘若讀者反應佳，則連載至完結再出版單行本，《白衣女郎》便是如此。既然作品由譯者自行挑選翻譯，其中或多或少也反映出譯者的人生經歷，例如《白衣女郎》刊出之後，《拾穗》編輯便收到艾丹友人郭嗣汾[100]來函，內容寫道：

康伯蘭正是「白衣女郎」故事發生的地方。這本書又是珍妮小姐贈給艾丹先生的禮物。不幸珍妮小姐却於第二次世界大戰中遭受德機轟炸長辭人世。艾丹先生心碎回國，現在他終於譯出了這一部名著，讀者也許只看到他在文前寫下的一行字：「獻給珍妮——我舊夢中的女郎」。誰能想像得出他在執筆和繙譯時，付出了多少眼淚和歎息。[101]

《白衣女郎》與艾丹的人生休戚相關而且備受《拾穗》編輯推崇，關德懋翻譯的《西德聯邦總理——阿德諾傳》（*Konrad Adenauer: Die autorisierte Biographie*）也是如此。一九五八年九月，《拾穗》第一〇一期〈致讀者〉專欄介紹了這本阿德諾傳記：

一百另一期是一個新的開始，我們特別挑選了一篇最有價值的文章，在這一期開始連載，這便是「西德聯邦總理——阿德諾傳。」這一本傳記，出現於一九五五年，用最生動的文筆，最別緻的章法，寫出當代使西德從滿目瘡痍的廢墟中走上光芒萬丈的復興大道的第一位名人的故事。阿德諾一生中傳奇性的經歷更使這本書有著極大的魅力，我們謹在此向讀者作鄭重的推薦。

阿德諾（Konrad Adenauer，1876~1967）是締造西德經濟奇蹟（Wirtschaftswunder）的重要推手，二戰之前是科隆（Köln）市長，任內因公然反對納粹政權而遭希特勒拔官，並因莫須有的罪名多次入獄。二戰之後，納粹政權瓦解，阿德諾不向納粹政權妥協的風骨受到民主陣營的器重，首先恢復科隆市長一職，接著支持阿德諾角逐西德總理，在阿德諾總理的帶領下，西德逐步擺脫遭到美、英、法分區佔領的困境，一九五五年正式恢復主權，阿德諾責成包爾·魏瑪爾（Paul Weymar）為其作傳，與此同時，關德懋在國家安全局局長鄭介民的安排之下赴德，試圖恢復中華民國與西德的邦交。

關德懋是安徽六安人[102]，父親關運隆於第二屆國會議員選舉當選眾議員，關德懋隨父親坐花車進北京，就讀頗負盛名的私立正志中學。一九三〇年赴德留學，第一年在慕尼黑，後三年在德勒斯登（Dresden），一面教授中文、一面在高等工業學校深造，一九三四年八月學成歸國，在家侍奉父母、陪伴妻兒半年。一九三五年二月動身前往西安，在西北農業專科學校任教。此時正值德國軍事顧問團第三任總顧問塞克特（Hans von Seeckt，1866～1936）訪華，由關德懋的留德舊識齊焌擔任秘書，每每齊焌忙不過來，便商請關德懋協助，關德懋因此結識國防設計委員會秘書長翁文灝。一九三六年五月，翁文灝擔任行政院秘書長，關德懋跟著進入行政院，擔任萊希勞（Walther Von Reichenau，1884～1942）訪華的隨從翻譯。萊希勞此行係協助德國軍事顧問團第四任總顧問法肯豪森（Alexander von Falkenhausen，1878～1966）聯絡中德關係[103]，關德懋從而接觸到外交事務。

隨著中日關係漸趨緊張，日德關係日益親密，德國軍事顧問團於一九三八年六月二十七日接令停止在華活動，中德關係瀕臨斷絕。一九四〇年八月，關德懋到任駐德大使館一等秘書，試圖力挽狂瀾，無奈隔月二十七日，德、義、日簽署三國同盟條約，翌年七月一日，德國承認汪精衛政權，中華民國駐德大使館降旗撤館回國，直至一九四九年國民黨政府遷臺，中德關係遲遲未能正常化。一九五五年，關德懋銜命赴德，僑寓法蘭克福，但仍徒勞無功，一九五六年底返臺後，閒居近郊，有功夫細讀一九五五年初版的德文《阿德諾傳》，據其回憶：

愈讀愈感興趣，隨手翻譯，不計時間，斷斷續續譯完全書，並就書中所引用的人物無故實不易了解者，詳加註釋，但是，譯稿能不能出版，以公同好，成了問題。擱置了許久，有朋友提醒我，試投稿到「拾穗」雜誌社，該社的主編馮宗道先生居然未使我失望，而且寫了一封熱情洋溢的信給我：「他不忍釋手，盡一晝夜的功夫」讀完拙譯，對書中的人與事，十分激賞。但為測驗讀者的反應起見，先由「拾穗」半月刊分章連載，再決定能否發行專書。後來據馮先生來信，半月刊的讀者紛紛投書，要求發刊單行本。一九五九年，單行本終於問世了。[104]

一九五九年四月，《阿德諾傳》單行本初版，同年六月二十日，關德懋將單行本奉贈西德總理阿德諾，並寫信說明譯書與寄書動機，阿德諾於七月六日覆函，信函內容刊於《拾穗》第一一三期，編輯特於〈致讀者〉專欄介紹此信：「阿德諾傳譯者關德懋先生於譯竣此一巨著後，曾致函阿氏致敬，頃獲其覆函，特交由拾穗製版連同譯文刊出，亦以見阿氏對我國友好之一般也」，而從關德懋中譯的阿德諾覆函來看，阿德諾的態度確實親善：

關先生尊鑒：

> 接到您六月二十日來函，得悉您將魏瑪爾先生所著作的本人傳記譯成中文發表于中國國內，甚表誠意之欣慰。
>
> 因您停留我國國內甚久，必能將個人對此一忠于自由世界理想原則之新興民主國家所得印像，向貴國國人作綜合性之報導，無人可與倫比。本人因此對先生了解戰後德國情況之立場，為譯述工作而不辭勞瘁，特致感謝之忱。
>
> 本人企望此書之出版足以促進我們兩國人民之了解，謹致崇高之敬意。[105]

阿德諾覆函隔月五日，臺灣省礦業研究會聘請關德懋擔任顧問兼嚮導，陪同礦業考察團赴歐考察西德、法國、西班牙、美國等國之工礦生產技術與管理，抵達西德後，關德懋與考察團分道揚鑣，並致電阿德諾總理，希望榮獲召見。三天後，關德懋來到總理府大門口，站崗警衛立正行禮，老管家出門相迎，關德懋在前廳稍坐，由秘書引導進入總理辦公室，「一眼望見這位碩人頎頎的老者從寫字枱後面起身，走出來，含笑伸手，寒暄，讓坐在輕鬆舒適的沙發角落裡，好促膝清談」[106]，兩人暢談了四十分鐘，大談中國共產黨，但一談及建交一事，阿德諾顧左右而言他，臨別前阿德諾贈送關德懋玉照一禎，囑咐若有私事必定相助，一九六三年亦邀約關德懋參加其退休及新舊任總理交接典禮。以後見之明來看，儘管中德建交未果，但關德懋翻譯《阿德諾傳》，確實是以翻譯強化國際友誼的具體例證。

翻譯是委婉的書寫，是含蓄的表白，是永恆的懷念。在《阿德諾傳》裡，有著關德懋筆下「富貴不能淫，貧賤不能移，威武不能屈」[107]的西德總理，在《白衣女郎》裡，有著艾丹舊夢中金髮碧眼、彈琴賦詩的女郎。或許《拾穗》譯者不僅翻譯著別人的故事，也在字句裡蘊藏了自己的人生。

註釋

91 本章所述艾丹事蹟，主要參考郭嗣汾（1958）。《康伯蘭的秋天》。臺中：光啟。

92 引自艾丹（譯）（1955）。《白衣女郎》（原著者：Wilkie Collins）。《拾穗》，六十六期。

93 詳見佚名（1950）。〈中國石油公司報導〉。《拾穗》，第三期。

94 詳見佚名（1951）。〈徵稿簡則〉。《拾穗》，十三期。

95 詳見佚名（1952）。〈編輯室〉。《拾穗》，二十二期。

96 詳見佚名（1953）。〈拾穗創刊三週年徵文啟事〉。《拾穗》，三十五期。

97 詳見佚名（1953）。〈致讀者〉。《拾穗》，三十五期。

98 一九五三年四月《拾穗》第三十六期〈致讀者〉專欄提及：「從讀者對我們的批評和鼓勵，源源惠賜的各類譯稿，以及與日俱增的銷數上看，拾穗也的確在讀者的心目中留下了一個差強人意的印象。」

99 《拾穗》第三十五期〈拾穗創刊三週年徵文啟事〉明定稿件字數上限五千字，然因限制過嚴且為期倉促，未曾徵得理想的佳作，因此，第三十七期刊出〈續徵紀念譯文啟事〉，徵文範圍為「世界上各國短篇小說譯文，字數不限（能在一萬字以內最好）以未曾發表，及未曾為前人翻譯過者為限，創作稿請勿應徵」，艾丹因此得以〈春蠶到死絲方盡〉投稿。

100 郭嗣汾（1919~2014），四川雲陽人，陸軍官校第十六期步科畢業，一九四八年隨海軍來臺，任教左營海軍軍事學校，後轉任海軍出版社擔任總編輯。

101 詳見郭嗣汾（1955）。〈讀者來鴻〉。《拾穗》，六十七期。

102 關於關德懋生平細節，詳見沈雲龍、張朋園、林能士（1997）。《關德懋先生訪問紀錄》。臺北：中央研究院近代史研究所。

103 關於法肯豪森來華的活動，詳見周惠民（2001）。〈從法肯豪森（Falkenhausen）檔案看德國軍事顧問團（1934~1938）〉。《中華軍史學會會刊》，第六期。

104 引自關德懋（1976）。〈我與西德巨人的遇合〉。《掌故》，六十期。文中誤稱《拾穗》為半月刊，實為月刊。

105 詳見佚名（1959）。無標題。《拾穗》，一一三期。

106 引自關德懋（1976）。〈我與西德巨人的遇合〉。《掌故》，六十期。

107 同上。

八

公職人才，濟濟一堂

在綠島新生訓導處的那五年，張以淮除了抬石頭、修牆、挑水肥、種菜、寫自白書、研究蔣中正言行，並靠著一本英漢字典，日以繼夜研讀英文。

出場人物

上｜張以淮（右四）。
烏蔚庭、臺大校史館提供
下｜姚公偉。文訊雜誌社提供

自從《拾穗》向外徵稿以來，軍公教人士成為《拾穗》的翻譯主力，隨著譯者群逐步擴大，讀者群也漸漸增廣，遂有轟動一時的「拾穗百期紀念展覽會」。本章介紹兩位公職譯者，一位是譯作等身的張以淮，一位是暗夜中的掌燈者姚公偉，兩位都曾蒙冤入獄，出獄後張以淮翻譯不輟，譯作破百種，文理兼擅，姚公偉也先藉著翻譯排遣煩懣，一九五七年至國立藝術學校（今國立臺灣藝術大學）兼課講授戲劇，劇場人士推崇為「一代導師」。

一九五八年八月五日，臺北市博愛路一一四號美而廉（Rose Marie）西餐廳高朋滿座，雲集的賓客並非食客，而是來參觀「拾穗百期紀念展覽會」的新聞文化界貴賓。展覽辦在餐廳四樓畫廊，現場備有雞尾酒及茶點招待，與會者除了獲贈《拾穗》百期紀念卡及「拾穗譯叢」優惠券，亦可參加「拾穗文虎」，猜中者可獲得獎金。隔日拾穗月刊社應讀者要求對外開放參觀，緊接著南下高雄，八月十日於高雄市中正四路二四九號新生報社三樓對外展出，同場增加摸獎活動，包括頭獎一名（瑞士名錶一只），貳獎一名（派克21型鋼筆及鉛筆一套），此外獎項眾多，吸引《拾穗》讀者圍觀。兩小時的展覽吸引了近兩千名賓客到場，將展場內外擠得水洩不通。

像這樣的紀念展覽會，在臺灣雜誌界應是首創，其意義在於「公開展覽《拾穗》的一些資料使讀者能進一步的了解《拾穗》」，並且「希望能藉這一個機會多明瞭一點讀者對《拾穗》的期望和意見」[108]。為此，《拾穗》出版委員會於第九十八期附了一張「幸運劵」，正面右下角填寫姓名、性別、籍貫……等基本資料，背面則是讀者意見調查表，填妥寄回即可參加抽獎。根據《拾穗》一〇二期「百期紀念讀者意見書的小統計」，三成五的《拾穗》讀者為本省籍，較創刊兩週年時增加了一成五，讀者職業以學生、教師、公務員為主，佔六成，最受歡迎的專欄為科學新知（九十六％），最受讀者喜愛的文章類別為珍聞軼事（九十七％）、風

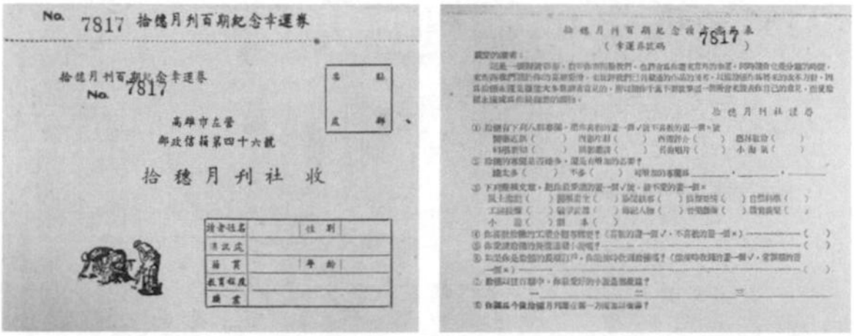

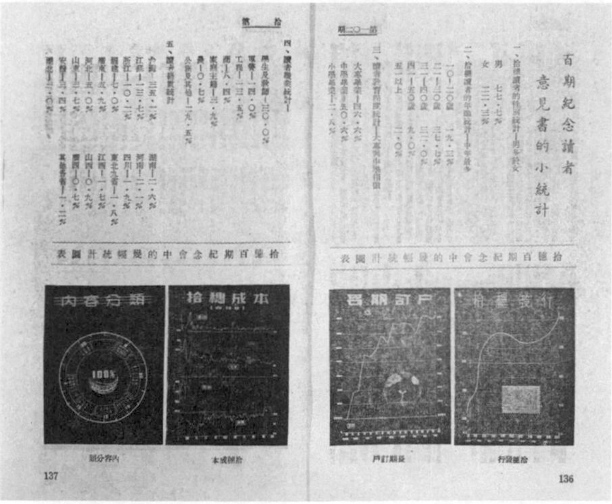

上｜百期紀念幸運劵（正反面）
下｜百期紀念讀者意見書的小統計

土遊記（九十六%）、小說（九十六%），從而反映出《拾穗》作為綜合性翻譯刊物確實滿足了各類讀者的需求。

《拾穗》的翻譯內容包羅萬象，眾家譯者功不可沒，若要論誰的翻譯文類跨度最大（包括科學、珍聞、風土、小說）、供稿時間又長，張以淮要說第二、沒人敢自稱第一。張以淮是福建莆田仙遊人，一九四六年六月高中畢業後渡海來臺，考取國立臺灣大學工學院，成為電機工程學系首屆學生，一九五〇年六月畢業，考入台灣電力公司擔任甲種實習員。一九五一年十月二十二日轉為工務員，任職於經理處外購課[109]，十二月三十一日上班時遭憲兵司令部逮捕，依《懲治叛亂條例》第九條判刑，送至綠島新生訓導處接受感化教育，一九五六年十二月三十一日出獄，回到台灣電力公司復職，終其一生翻譯不輟，譯作至少一百四十六種，共計五十八種以筆名張時於《拾穗》發表，其

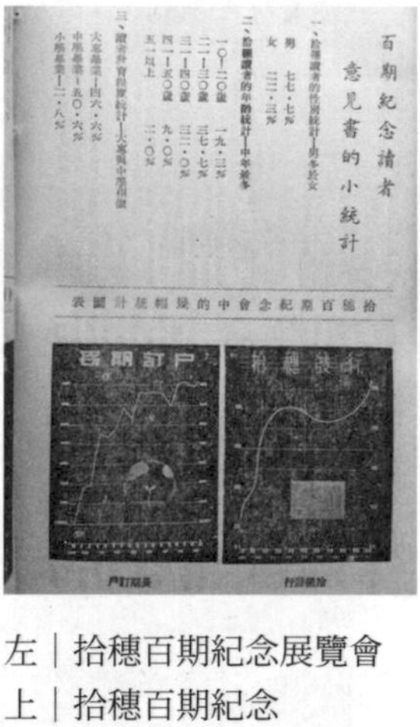

左｜拾穗百期紀念展覽會
上｜拾穗百期紀念讀者意見書

中八種收錄進「拾穗譯叢」，包括三本科普書——《湯先生奇遊記》(*Mr. Tompkins in Paperback*)、《水：科學的鏡子》(*Water: The Mirror of Science*)、《幸運夫人》(*Lady Luck: The Theory of Probability*)，以及五本小說——《歡樂山莊》(*Kirkland Revels*)、《華莊煙雲》(*Nine Coaches Waiting*)、《柏林孤城錄》(*Armageddon*)、《黃寶石》(*Topaz*)、《七號法庭》(*QB VII*)。

張以淮與翻譯的淵源始於中學時期，其父張兆煥從事公職，因工作調派而舉家遷徙，張以淮從小跟著父親在福建省內四處轉學。十歲上，父親調職至南京教育部，張以淮轉學到南京小學。十一歲上，抗戰爆發，張以淮隨父母撤退到大後方，先在重慶念完小學，接著進入寧夏中學，再轉回重慶念中大附中，期間接觸到了五四時期的新文藝創作和翻譯文學，後者「大多是俄國作品，像是托爾斯泰、高爾基這些的」[110]。十六歲上，父親回福建仙遊創辦海疆專科學校，培養未來接收臺灣、佈政施教的師資。隔年張以淮隨父親回到福建，在莆田中學完成學業，後來父親獲派來臺擔任國民黨臺灣省黨部書記長，張以淮跟著來到臺灣。

當時臺灣只有四所大學，張以淮報考了臺灣大學和師範學院，前者錄取電機系，後者錄取物理系，因父親畢業自東京帝國大學[111]，張以淮選擇前身為臺北帝國大學的臺灣大學就讀，據其回憶：「在還沒畢業時，我就投寄翻譯稿，那時候什麼都翻，也到處都投」[112]，當時「本省同學有的連臺灣話都不見得講得好，更不要說是國語了」[113]。在國民黨政府的國語政策下，語言優勢不啻為張以淮等外省學生的發聲管道，這群唱〈黃河大合唱〉長大的學子，在一九四六年的臺大校園成立了「黃河合唱團」，翌年二二八事件過後，張以淮將「黃河合唱團」擴大為「麥浪歌詠隊」，隊名或許起緣於歐陽修的詩句：「鴉鳴日出林光動，野闊風搖麥浪寒」，張以淮從中得到靈感，拾起紙筆作了一首詩：

陣陣春風吹起麥浪，
麥浪、麥浪、夾帶著芬芳，
把金黃色的歡樂帶給大地的兒女……

隊員樓維民將這首詩譜成了四部合唱曲，並成為「麥浪歌詠隊」的隊歌。

麥浪歌詠隊巡迴演出。張以淮（最後排右一）。烏蔚庭、臺大校史館提供

這時節，張以淮的父親隨著陳儀人馬遭到撤換而調職天津，張以淮隻身留臺，正好碰上學生運動風起雲湧，張以淮對社團活動十分上心，親自擔任麥浪歌詠隊的隊長兼指揮，在成立不到一年的時間裡，便籌辦了十餘場演出，但凡碰上學校慶典，幾乎都由麥浪歌詠隊登臺表演。一九四八年十二月二十七日，國立臺灣大學各學院學生自治會聯合會（簡稱臺大自聯會）動員麥浪歌詠隊在中山堂賣票演出，一方面「為了民歌的普及」，二方面「增進同學們的福利」[114]，結果大獲好評，一連演出三天。臺大自聯會趁勢加演，於一九四九年寒假安排麥浪歌詠隊巡迴演出，從臺中、南投、臺南、高雄到屏東，風靡一時。

麥浪歌詠隊在臺灣紅透半邊天，既埋下了張以淮日後繫獄的禍根，也種下了提筆翻譯的種子。巡迴結束回到臺北後，張以淮經歷了「三二〇單車雙載事件」和「四六事件」[115]，並兩度參與營救遭警方逮捕的學生。五月十九日戒嚴令頒布後，警方拘捕行動變本加厲，根據張以淮回憶：「從一九四九年的『四六事件』後，特務就經常晚上來宿舍抓人；臺大及師院，每隔幾天就有學生被抓去；再後來，一方面抓學生，一方面也開始抓社會人士了」[116]。張以淮便是進入台電工作後才遭到逮捕的社會人士，被以「匪諜叛亂案」羅織入罪，並以違反《懲治叛亂條例》第五條「參加叛亂之組織或集會者，處無期徒刑或十年以上有期徒刑」起訴，罪證之一便是「參加共匪的外圍團體麥浪歌詠隊」[117]，幸得公設辯護人開脫，最終以思想不正判處感化教育。

在綠島新生訓導處的那五年，張以淮除了抬石頭、修牆、挑水肥、種菜、寫自白書、研究蔣中正言行，此外還畫壁報、演話劇、擔任籃球隊代表，並靠著一本英漢字典，日以繼夜研讀英文，同時憑著同鄉同學吳鑄德寄送的英文小說和書報雜誌苦學，一九五六年起開始替《拾穗》翻譯文稿[118]，包括愛倫坡（Edgar Allan Poe，1809~1849）的短篇小說〈紅死〉（"The Masque of the Red Death"）、康拉德（Joseph Conrad）的短篇小說〈故事〉（"The Tale"）、海明威的短篇小說〈風暴〉（"The Three-Day Blow"），皆在囹圄中完成。出獄後張以淮復職台電，期間特務騷擾不斷，升遷之途不順，索性繼續利用公餘翻譯貼補家用。

〈紅死〉是張以淮首見於《拾穗》的譯作，作者愛倫坡多才多藝，身兼詩人、評論家、小說家，其作〈莫爾格街兇殺案〉（"The Murders in the Rue Morgue"）首開偵探小說先河。〈紅死〉則是經典的恐怖小說，故事講述紅死病為禍地方，盛隆王子（Prince Prospero）避居鄉間

張以淮譯〈紅死〉，署名張時

寺院（abbey）[119]，院外瘟疫猖獗，院內金碧輝煌，大開化裝舞會，千名賓客徹夜共舞。午夜鐘聲方響，「紅死」驀然現身，盛隆王子殞命，「紅死」統治全國。愛倫坡以濃墨重彩描寫院內廳室與舞會盛景，全文短短兩千多字，節奏張弛有度，猶如長篇散文詩，張以淮的譯文抑揚頓挫、入耳動心，例如描寫寺院內各式娛樂一應俱全的文字：

王子備有所有遊樂的工具：有歌手，有詩人，有芭蕾舞，有音樂家，有美人，有醇酒，還有安全。城堡中應有盡有，缺乏的，只是「紅死」。

「紅死」在原文中象徵瘟疫，但在張以淮的譯文中或許也象徵著赤禍，代表了共產黨危害民主自由的禍患；而站在寺院藍色廳室裡的盛隆王子，則或許象徵著國民黨政府的領導人蔣中正。故事中王子避瘟鄉間寺院的敘述，猶如國民黨政府播遷來臺後實施戒嚴的所作所為，一方面杜絕赤禍，二方面限制人民出入境自由：

盛隆王子是快樂無畏而機智的。當他的子民減少一半之後，他從宮庭騎士和命婦裡召選了千名健康而樂天的朋友，和他們一同遠遠地避居到有堅固城堡的尖頂寺院去。

這所廣大莊嚴的建築是依照王子怪誕而高貴的癖好設計的。結實的高牆把它圍在中央。城門是鐵鑄的。朝臣們進去後，用大火爐和鐵鎚將門閂焊死。他們決定不讓突然的衝動，絕望或狂暴有出入的通道。寺院裡設備齊全。有了這些預防準備，朝臣們可以無慮於疾病的侵襲。外界一切，由它自生自滅，替它們憂愁掛念是極端不智的事。

愛倫坡的〈紅死〉是藏在煙花下的大砲，文字華美，意蘊悠長，譯者張以淮在獄中善於打暗號，以女犯人的辮子作為密碼讓獄友互通消息[120]，其譯作〈紅死〉是否另有弦外之音，目前雖然已不可考，但對於置人民於不顧的盛隆王子，原文和譯文皆以微言褒貶：

他自己的計劃是勇敢獨特的。有時他的想法近於野蠻殘酷。有人說，他是個瘋子，但他的手下却認為他清明得很。事實上，觀其行為，察其言語，也確實看不出他有分毫瘋狂的跡象。

不同於文學作品餘韻無窮，留下空白讓譯者和讀者去詮釋，科學文章有一句說一句，譯者則如實再現原作訊息。一九六〇年一月一日，張以淮翻譯的〈翻譯機器〉（"The Translating

Machine"）刊載於《拾穗》第一一七期，原文出自一九五九年八月號《大西洋月刊》（*The Atlantic*），作者是伍柏瑞（David O. Woodbury）。文章開頭描寫蘇聯於一九五八年發射了人類的第一顆人造衛星「史普特尼克」（Sputnik），消息一出，震驚美國。伍柏瑞認為美國在太空競賽上之所以落後於蘇聯，應該歸咎於「無人了解翻譯出蘇俄論文的重要性」[121]，緊接著筆鋒一轉，帶出華倫．魏佛博士（Dr. Warren Weaver）一九四七年的倡議——「龐大的翻譯工作當由機器為之」[122]，底下正文則鋪敘機器翻譯的原理和研究，文末則展望未來：

> 翻譯機器已非不可及的遠景。最後的目的——工程師絕不斥之為痴人說夢——是架可以聽人說話而立刻翻爲一國或同時翻出數國語言的機器。其過程只是撳幾下按鈕，這具終極的機器人將可以正確地翻出各國最晦奧的詩文。

拾穗　翻譯機器

翻譯機器

David O. Woodbury 著
張時 譯

17

張以淮譯〈翻譯機器〉，署名張時

張以淮的譯文簡練易曉，省略原文引用路易斯．卡羅（Lewis Carroll）《愛麗絲鏡中奇遇》

（*Through the Looking-Glass*）無稽詩（nonsense poem）〈炸脖龍〉（"Jabberwocky"）的起句：「夕燒泥盈白角獾啊，／雨坡搔撓孔又穿吶」[123]，僅以「各國最晦奧的詩文」簡筆帶過，其餘段落則忠實譯出規則式機器翻譯（rule-based machine translation）的實驗成果、研究限制、未來方向，堪稱臺灣首位預見翻譯將為機器所取代的譯者。

張以淮並非《拾穗》譯者中唯一一位政治受難者。一九五二年十一月一日，《拾穗》第三十一期刊出署名「海星」的譯稿〈埃斯柯里爾夫人的奇遇〉（"L'aventure extraordinaire de Madame Esquollier"），正文前附上〈作者小傳〉，言簡意賅將這位法國作家介紹給臺灣讀者：

> Pierre Louÿs以放蕩縱慾之村漢及風雅道德君子並稱於世。生於一八七〇年巴黎圍城中，長於素封之家，得哲學及古典文學學位。十九歲從李斯爾遊，始與帕那詩社交往而學作詩。二十一歲承受遺產三十萬法郎，誤聽醫師不永之判，三年內揮霍殆盡。一八九五年小說*Aphrodite*問世，名噪一時，經濟始復寬裕。後潔身隱遯，歿年五十有五。其作品瑰麗生動。自謂常寓教誨於狂放不羈之熱情所肆之荼毒蹂躪中。

若非譯者對法國文學瞭若指掌，而且古文造詣深厚，恐怕難以三言兩語道盡作家生平，但對於本名姚公偉的臺灣戲劇界泰斗來說，又何嘗是件難事？

姚公偉是江西鄱陽人，小學六年級與同學合辦雜誌，初中畢業後因中日抗戰爆發輟學一年，一九三八年進入吉安中學，以筆名「姚宇」發表〈山城拾掇〉、〈多雨的季節〉、〈鄉愁〉……等散文多篇。一九四一年無端被捕，拘禁月餘，會考前一日獲釋，考取廈門大學電機工程系。一九四三年轉入銀行系，開始以筆名「袁三愆」發表翻譯作品，包括義大利作家黛萊達（Grazia Deledda）的〈野兔〉（"La tomba della lepre"）、俄國作家梭羅古勃（Фёдор Кузьми́ч Сологу́б）的〈白媽媽〉（"Белая собака"）、法國作家莫泊桑（Guy de Maupassant）的〈一個家庭〉（"Une famille"）……等。一九四六年畢業來臺，進入臺灣銀行擔任公庫部辦事員，利用公餘逛牯嶺街的舊書攤買日文書、學日文，一九五〇年升為公庫部省庫科副科長。一九五一年八月因白色恐怖被捕，一九五二年三月獲釋復職，總共遭受八個月的牢獄之災，期間向獄友討教日文。無罪出獄後重拾譯筆[124]，先以筆名「海星」發表了〈埃斯柯里爾夫人的奇遇〉，翻譯時或許參考了一九五一年出版的小松清譯本〈エスコリエ夫人の異常な冒険〉，

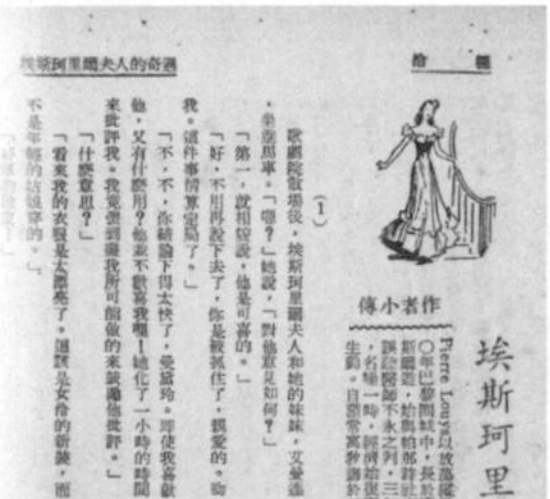

姚公偉譯〈埃斯珂里爾夫人的奇遇〉，署名海星

故事講述埃斯柯里爾夫人與胞妹看完歌劇後遭人劫車，原因是兩人華麗的衣著被某位貴婦看上，貴婦吩咐裁縫仿製，裁縫頗感為難，只得買通車伕載埃斯柯里爾夫人至僻居，將兩件華服仿製完畢，再送夫人與胞妹回到府上。全文情節緊湊，戲劇張力十足，對話精妙生動，姚公偉的譯文同樣維妙維肖，例如這段裁縫的自白：

「我的一位顧客，一位年輕的外國貴婦人，星期一在歌劇院內看到了你們兩件衣服。她不論價錢，要同樣的兩件。當然，我不必用什麼計謀就可以仿製牠的式樣和牠特有的雅緻；因為裁縫師傅的眼睛能將一件胸衣像照相機那樣準確地照下來。但是你的裙上却繡了兩片刺繡，繁複新奇得連專家都感到眼花撩亂。要仿製這兩片刺繡，只有把衣裙攤在剪裁的桌子上。所以，夫人，這就是為什麼我必須要把牠們弄到手中。」

另一篇署名「海星」的法國文學翻譯，則是香豔刺激的中篇小說〈絳帷倩影〉（"Le rideau cramoisi"），一九四八年出版田中榮一的日譯本〈深紅のカーテン〉，一九五三年三月一日姚公偉的中譯本於《拾穗》第三十五期連載，分成上、下兩期刊出，翻譯時或許也參考了日譯本，故事副標題寫著「為普天下獨身漢的窗帷而譯」，正文前則同樣要言不煩附上〈作者小傳〉：

Jules Barbey D'aurevilly為十九世紀法國文壇巨匠。他是一個貧窮的小說家、記者、批評家和短篇小說寫作者，初期作風略有輕微的感情主義；後來由於吸毒及自大狂，漸趨為頹廢的浪漫主義派。他的詩，小說和懺悔錄使他成為當代文壇的領袖——此位領袖加速了十九世紀浪漫文學的覆滅。生於一八〇八年，卒於一八八八年。

姚公偉譯〈絳帷倩影〉，署名海星

正文一開始，敘事者與特．白萊撒子爵（Le vicomte de Brassard）乘坐驛車同行，姚公偉以流利的譯筆重現原作的場景：

那時是傍晚五句鐘，夕陽西傾，餘暉浸浴着白楊夾道，塵埃飛揚的大路。四匹駿馬拖了驛車轔轔飛奔。車夫的皮鞭刺刺作響。壯健的馬背隨了鞭韃，起伏猶如怒濤。

美人〉（"La Belle au bois dormant"）的典故來比喻當下的靜謐：

車行轆轆，暮色四合，在茫茫夜色中，驛車戛然而止，周圍一片死寂，作者引用〈睡

　　車夫去找修輪匠了，尚未返來。新的馬也遲了，猶未牽到。把我們送到這兒的幾匹還沒卸轡的疲馬是累得不能動彈了，馬頭低垂在兩條前腿中間，甚至於並不為了亟於回馬廄的焦躁而在悄靜無聲的石板路上跺一跺腳，表示自己的不耐煩。我們的驛車酣眠如故。宛如在「睡美人（Sleeping Beauty）」的林中曠地上，被仙女的仙仗一揮，中了入眠的魔法。

姚公偉不僅如實翻譯出〈睡美人〉的典故，而且還加上註釋，以文言文撮要故事，讓一九五〇年代不熟悉法國文學的臺灣讀者瞭解原作的比喻：

　　法國童話。昔有公主，美艷絕倫，因湯餅宴時漏請女仙，致遭咀咒云「手觸紡錘，畢生長眠」後果如其言。其國人亦隨之入睡。有王子過其地，一吻救醒公主，國人悉醒。

〈絳帷倩影〉一來以〈睡美人〉比喻沉寂，二來則作為一段豔情的引子。當下眾人皆睡，萬籟俱寂，一團漆黑中，唯有一扇窗，隔著幃幔隱隱透光，特．白萊撒子爵若有所思，娓娓道出年輕時在那窗幃後偷情的故事，女主角雅蓓（Alberte）熱情如火，趁著夜色，摸黑潛入情郎的寢室共度良宵：

她在如火如荼的熱吻中緊緊貼住了我的身軀，我把她抱上藍色的摩洛哥皮沙發——一月來，我躺在上面輾轉反側，牠已經成了我的聖．勞倫士的烤叉了——沙發在她裸露的背下嬌聲浪氣地嬌喘。她是半裸着，從牀上起來的，而且——你會相信嗎？必需穿過她父母高臥的寢室！她兩手伸在前面，匍匐着摸索前進，以免撞到傢具發出聲響驚醒了他們。

姚公偉一五一十翻譯男歡女愛的浪漫，最後雅蓓在雲雨之歡中香消玉殞，成為烙在特．白萊撒子爵心底的絳帷倩影，也在《拾穗》讀者心中留下難以抹滅的印象，時隔數十年，依然回味無窮。一九九二年，科幻小說家張系國在《中國時報》副刊懷念《拾穗》時，表示對〈絳帷倩影〉念念不忘，馮宗道在回憶主編《拾穗》的點點滴滴時，便引述了張系國對《拾穗》的印象：

> 臺灣早年有一本老雜誌叫做《拾穗》，由一批學工程的年輕人主辦，述而不作，但是內容有趣，他（張系國）最喜歡的翻譯小說如：《唐卡米羅的小天地》、《天才推銷家亞歷山大包茲的故事》，都是在《拾穗》上連載。他還提到《拾穗》所載的一篇愛情故事，〈絳帷倩影〉，故事很奇特，對他留下深刻的印象。他說《拾穗》的最大特點是選稿標準怪異，大約誰喜歡什麼小說，誰就動手把它譯出來，所以風格各異，生機盎然，不像時下文學刊物的矯情無趣，千篇一律。[125]

〈絳帷倩影〉是姚公偉最後一篇署名「海星」的譯作。同樣是一九五三年，姚公偉在恩師王夢鷗的介紹下替正中書局翻譯美國作家馬克．吐溫（Mark Twain，1835~1910）的《湯姆歷險記》（*The Adventures of Tom Sawyer*），隔年又翻譯了英國作家史蒂文生（Robert Louis Stevenson，1850~1894）的《杜里世家》（*The Master of Ballantree*），皆以恩師取的筆名「姚一葦」發表。一九五六年十一月一日，姚公偉翻譯的美籍作家柏爾柯維奇（Konrad Bercovici，1882~1961）短篇小說〈詩中自有黃金屋〉（"There's Money in Poetry"）刊於《拾穗》第七十九期，署名姚一葦，譯筆更顯老練，對話尤其生動：

> 在橫渡大西洋的輪船上，有一個將近五十歲的肥胖的人，禿頭，藍眼，伸出來的手肥得像一塊火腿，他這樣介紹自己：「我的名字叫勒溫，你叫什麼？我做的是絲綢生意；你幹的什麼行業？」

〈詩中自有黃金屋〉出自毛姆一九四三年彙編的《現代佳作選讀》（*Great Modern Reading*），正文前可見毛姆撰寫的收錄理由：「我之所以選出這篇K・柏爾柯維奇（Konrad Bercovici）的〈詩中自有黃金屋〉，第一我想是因為它非常有趣，其次因為從它的含意來觀察，很顯然的猶太人式的故事是它的主題。」故事主角勒溫（Levine）與世交康特羅維支（Kantrowitz）都是買賣絲綢的猶太人，康特羅維支的長子繼承家業，絲綢生意做得有聲有色，次子儀芝

詩中自有黃金屋

・詩中自有黃金屋・

作　柏爾柯維奇
譯　姚一葦

81

姚公偉譯〈詩中自有黃金屋〉，
署名姚一葦

（Izzy）卻酷嗜作詩，詩作〈印第安風〉（"Indian Wind"）載於校刊。康特羅維支起初引以為傲，後來卻大為氣惱，認為儀芝不務正業，時常向勒溫吐苦水，勒溫總以「血濃於水」（blood is thicker than water）相勸，後來儀芝果然回頭接家族生意，並將新製絲綢命名為「印地安風」，要求自家絲綢的沿邊都要印上「印第安風」字樣，結果暢銷大賣，就連勒溫家的生意都給搶走，勒溫敘述道：

「『印第安風』變得如此的瘋狂起來，那些女人不要別的只要『印第安風』，那些沒有印上『印第安風』的絲綢她們不買，那怕是完全相同的東西。於是定單全飛向康特羅維支，直到差不多弄得每一個同行都無業可營。我向顧客解釋：『這就是和它一樣的絲綢。』可是他們不要別的，就要『印第安風』。這麼一來康特羅維支變成非常的驕傲，而且指給每一個走進他辦公室的人看那第一首詩，就是那仍掛在牆上，題目叫做『印第安風』的。」

勒溫和康特羅維支從而瞭解到詩在生意上的用處，這就是故事標題〈詩中自有黃金屋〉的由來。

翻譯沒有黃金屋、翻譯沒有千鍾粟。然而，自從一九五一年五月刊出「徵稿簡則」，直到一九五八年八月五日舉辦「拾穗百期紀念展覽會」，《拾穗》聲勢如日方升，一時之間人才濟濟，包括軍事人才艾丹、外交人才關德懋、電力人才張以淮、戲劇人才姚公偉……等，都先後加入《拾穗》的翻譯行伍，《拾穗》提供了練筆的機會、發表的園地、合宜的稿酬，成為張以淮、姚公偉……等公職譯者嶄露頭角的平臺。此後數十年間，張、姚二人在公職之餘不廢譯筆，張以淮譯著破百部，堪稱一代翻譯巨匠，姚公偉教戲劇、寫劇本，成為現代劇場的領航員。

註釋

108 引自佚名（1958）。〈致讀者〉。《拾穗》，一〇一期。

109 詳見佚名（1951）。〈人事動態表〉。《台電勵進月刊》，六十期。

110 引自藍博洲（2001）。《麥浪歌詠隊：追憶一九四六年四六事件（臺大部分）》。臺中：晨星。

111 張兆煥高中畢業於莆田十中，一九二〇年到東京求學，抗戰時期任寧夏國民黨教育廳主任秘書、國民政府教育部蒙藏科長，一九四四年奉命在福建省籌辦國立海疆大學，為即將光復的臺灣訓練師資，後轉任福建音樂專科學校校長，來臺後擔任國民黨臺灣省黨部書記長、《台灣日報》發行人等職。參考張承璜（1997）。《張兆煥先生事略》。出版地不詳，出版者不詳。

112 引自崔薏萍（1979）。〈訪張時談翻譯〉。載於胡子丹（編）《翻譯因緣》。臺北：國際文化事業。

113 引自藍博洲（2001）。《麥浪歌詠隊：追憶一九四六年四六事件（臺大部分）》。臺中：晨星。

114 引自藍博洲（2005）。〈光復初期的台北學運（1945～1949）〉。載於黃俊傑（編）《光復初期的台灣：思想與文化的轉型》。臺北：台灣大學出版中心。

115 關於這兩起事件的細節，詳見本書第九章。

116 同上。

117 同上。

118 詳見陳革（編）（2008）。《懷念張以淮》。福建莆田一中一至七屆同學聯誼會編印。

119 現今譯者多將「abbey」譯為「修道院」，一九五〇年代則多半譯為「寺院」方便臺灣讀者理解。

120 陳革（編）（2008）。《懷念張以淮》。福建莆田一中一至七屆同學聯誼會編印。

121 此句原文為：“no one had thought it important to translate what the Russians had published”。

122 此句原文為：“the enormous routine job of translation might be done by machines”。

123 此句原文為：“Twas brillig, and the slithy toves / Did gyre and gimble in the wabe”。

124 姚公偉的千金名叫「姚海星」，起名緣由是魯迅的兒子名「海嬰」，故以「海星」二字表達對魯迅的敬意和學習。詳見尉天驄（1998）。〈和姚一葦先生在一起的那段日子〉。《暗夜中的掌燈者——姚一葦先生的人生與戲劇》。臺北：書林。關於姚公偉生平，參考林淑慧（2008）。《藝術的奧秘：姚一葦文學研究》。（未出版之碩士論文）。臺北：國立政治大學台灣文學研究所。

125 引自馮宗道（2000）。《楓竹山居憶往錄》。著者自印。

九 莘莘學子，翻譯青春

譯者是原文最親密的讀者。海濱客作為海島上的客家人、十九歲的大二生，翻譯完這篇〈學問之道〉，當如醍醐灌頂。

出場人物

《拾穗》優渥的稿酬不僅吸引軍公教人士投稿，更成為廣大學生譯者初試身手的擂臺。本章介紹兩位臺灣大學外文系的譯者——朱乃長和彭鏡禧。朱乃長是上海人，一九四七年來臺，以筆名南度發表多篇譯作，一九六四年取道香港北返上海，以本名持續耕耘譯苑。彭鏡禧是新竹人，故鄉靠海，筆

彭鏡禧，攝於2002年
臺大文學院院長任期內

名海濱客，從大學開始隨讀隨譯，樂與讀者分享或幽默風趣、或發人深省的作品，譯功彪炳，榮獲梁實秋文學獎譯詩組及譯文組第一名、中國文藝協會文學翻譯獎章。

一九五三年八月，《拾穗》第四十期登載了創刊三週年徵文季軍的作品，故事主角沙拉斯特洛是一位神乎其技的魔術師，為了替死去的妻子報仇，他毅然離開舞臺，前往巴黎展開謀殺計畫。故事是這樣開頭的：

「不可思議的」沙拉斯特洛是從華沙來的，雖然他時常詭稱他是西藏人，甚至是「月球訪客」。

作家赫特（Ben Hecht，1894～1964）筆法高明，寥寥數筆，便引起讀者對沙拉斯特洛的好奇，這篇題名〈魅影〉（"The Shadow"）的美國短篇小說，情節跌宕起伏，敘事環環相扣，譯者署名「南度」，

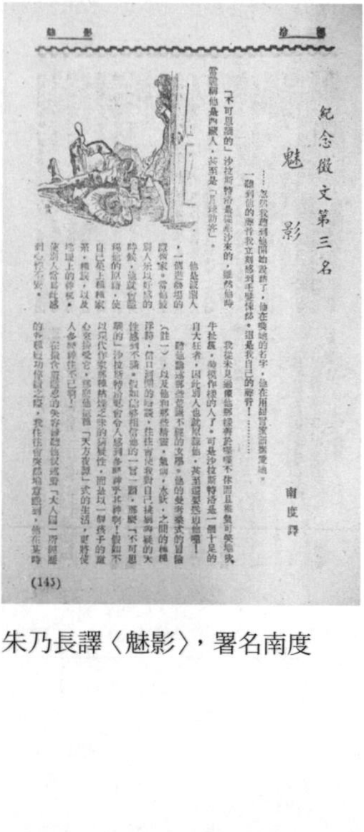

朱乃長譯〈魅影〉，署名南度

而說起這位南度先生，其生平經歷和其譯筆下的沙拉斯特洛相比，簡直有過之而無不及。

南度本名朱乃長，上海市人，一九二九年生，十六歲上，父親先渡海來到臺灣，任職行政長官公署法制委員會。一九四七年，朱乃長尾隨父親南度來臺，考取享有公費的師範學院英語系。當時國共內戰導致民生凋敝，中國各地爆發學潮，國民黨政府在中國的統治根基遭受動搖，朱乃長為了替共產黨的統一大業盡一份心力，也跟著熱心辦壁報、參加「大家唱合唱團」，藉此推展學生運動[126]。

一九四九年三月，朱乃長的家人搬回上海，迎接即將到來的解放，朱乃長則留在臺灣完成學業。三月二十日星期天，春暖花開，柳綠桃紅，不少師院學生趁著陽光結伴出遊。天黑後，朱乃長在男生宿舍寢室看書，忽然聽見走廊外邊傳來一聲叫喊：「不好了，兩個同學給抓走了。」頃刻間，宿舍裡腳步雜沓、人聲鼎沸，有人問：「誰給抓走了？」也有人嚷：「人是誰抓的？」還有個宏亮的聲音號令眾人：「到食堂去，大家到食堂去」。於是，朱乃長與室友爭先恐後，邁開大步穿過走廊，嘩嘩嘩下了樓，轉入食堂。

被抓走的兩位同學，一位是臺大法學院的學生，一位是師院博物系的學生，兩人共乘一輛腳踏車被警察看到，警察上前取締，雙方爆發衝突，兩位同學挨了打，押送臺北市第四警察分局監禁。來龍去脈剛說分明，食堂裡登時沸沸揚揚，一致的意見是：眾人一同到第四分局找警察交涉去！於是，一行人血氣方剛、浩浩蕩蕩、放聲高唱，沿途行經新生南路的臺大男生宿舍，臺大學生聽到歌聲，也趕來加入交涉行伍，第四分局一看：來了四、五百名大學生，趕緊將單車雙載的學生放了，並將肇事的警察拘押起來，但兩校學生仍然不滿意，執意要求警察總局長為警察打人一事出面道歉。

分局長趕緊搖電話向總局請示，學生等了一個鐘頭，總局長依然沒露面，臺大訓導長聞訊前來疏勸，但學生態度堅決，非得見到總局長不可，分局長只好繼續討救兵。不久，督察長代表總局長到場調解，可是學生說不依就不依，口口聲聲要總局長賠罪。雙方僵持到深夜，疲憊的學生將督察長和分局長帶回臺大男生宿舍繼續談判，但雙方依舊各說各話，眼看再談下去也談不出什麼結果，學生於是協議各自回去休息，明天一早集合遊行到警察總局請願，至於督察長和分局長則必須留下來，由臺大和師院各出一位志願者陪同過夜。朱乃長環顧師院同學，只見大夥面面相覷，於是，朱乃長自告奮勇，說：「好吧，我算一個」。就這樣短短一句話，大大改變了朱乃長的人生。

這起「三二〇單車雙載事件」後續引發千人上街遊行請願，挑動了國民黨政府敏感的神經。四月六日凌晨，朱乃長好夢正酣，忽然「鐺—鐺，鐺—鐺」的聲音大作。原來有個夜裡起來解手的同學，從廁所窗口忽然瞥見離學校不遠的地方，峙立著無數身穿軍裝、荷槍實彈的士兵，還有手持棍棒的警察。他立刻回到寢室，隨手抓起一只臉盆，跑到走廊，邊敲邊叫。被驚醒的同學們紛紛跳下床來，跑到走廊去看，這才發現宿舍已被軍警團團圍住。

軍警不顧學生抵抗，強行進入臺大、師院校園搜捕，包括朱乃長在內，總共抓了上百名學生，其中十九人遭起訴，史稱「四六事件」。朱乃長的罪名是妨害公共秩序，控方證人是「三二〇單車雙載事件」的督察長和分局長，兩人指控朱乃長聚眾包圍四分局，最後被判入獄八個月。

一九四九年底，朱乃長刑滿出獄，不久之後接獲徵調令，到高雄鳳山孫立人將軍的陸軍軍事教導總隊[127]服兵役，在軍中讀到《拾穗》雜誌，但役期還未滿，教導總隊便遭到裁撤，於是全隊提早歸休、奉派回原單位。朱乃長的原單位是師範學院英語系，但四六事件過後，朱乃長被師院除籍，無法回英語系完成學業，不得已，只好先就業謀生，在《新生報》印刷廠當英文排字工人，公餘則念書重考，並抽暇翻譯赫特的短篇小說〈魅影〉投稿到《拾穗》，期盼能贏得《拾穗》三週年徵文獎金。其譯文絢麗多姿，與沙拉斯特洛的魔術爭奇炫異，讀來令人目眩心花，不啻為文字的魔術師：

沙拉斯特洛不是那種油嘴滑舌的江湖魔術師，他不愛用陳腐的笑話和喋喋不休的嘲謔討好觀眾，為自己的玩花樣做手法致歉，他所表演的「懸浮升空」、「轉眼遁影」、「公雞變鴨」以及其他令人毛髮悚然的魔術都是用嚴肅沉着的手法，像是真在致力於奇蹟似地演出的。

從「油嘴滑舌」（glib）到「喋喋不休」（patter），從「懸浮升空」（levitations）、「轉眼遁影」（disappearances）到「公雞變鴨」（transmutations），足見朱乃長譯筆靈動，巧用四字詞語，通篇辭藻華麗，一舉拿下徵文比賽季軍。

都說是福無雙至，但一九五三年卻是朱乃長雙喜臨門的日子，不僅獲得徵文比賽獎金，而且考上了臺大外文系。就學期間，朱乃長除了協助趙麗蓮教授[128]編輯《學生英語文摘》（*The Student's English Digest*），同時替《拾穗》翻譯了四篇短篇小說。第一篇是美國猶太作家薛皮羅（Lamed Shapiro，1878～1948）的短篇小說〈死吻〉（"The Kiss"），刊在一九五三年十二月《拾穗》第四十五期，故事以作者在烏克蘭經歷的反猶屠殺（pogrom）為背景，主角雷勃謝南因為拒絕親吻暴徒的腳，結果慘遭施暴，故事中暴徒闖入主角家中的場景，簡直是四六事件軍警圍攻校舍的翻版：

喧嚷的聲音時近時遠，就好像在鄰近的地方起了火。可是，突然所有的鬧聲一下子都圍聚在這屋子的四周了，窗櫺辟拍地被擊碎，磚頭隨着飛進了房間；一霎間，只見年青的農夫們帶着狂熱迷醉的臉容，攜刀掣棍地從門窗裡一湧而進。

除了〈魅影〉和〈死吻〉這兩篇寫實主義小說，朱乃長還翻譯了英國作家愛思葵斯夫人（Lady Cynthia Asquith，1887～1960）的靈異故事〈古邱芳魂〉（"God Grant that She Lye Stille"）及〈玉蟾蜍〉（"The Corner Shop"）。〈古邱芳魂〉載於一九五六年五月《拾穗》第七十三期，全文透過醫生之口，講述名媛遭鬼魂附身、夜夜不得安寧的故事。作者愛思葵斯夫人文辭婉麗，讀來令人浮想聯翩：

自從我到苔石鎮掛牌行醫以來，我的

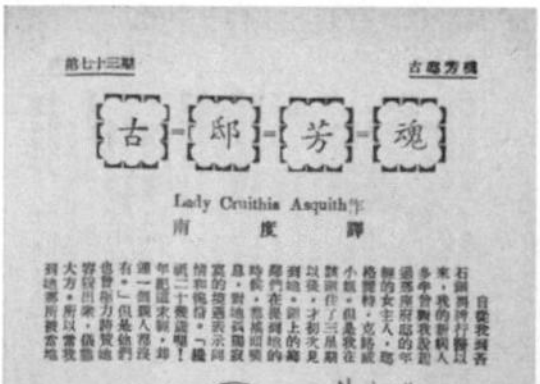
第七十三期　古邱芳魂

古　邱　芳　魂

Lady Cruithis Asquith作　南度譯

154

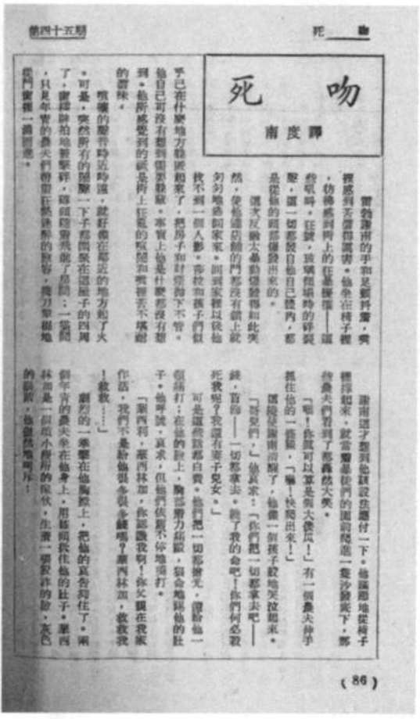
第四十五期　死吻

死　吻

南度譯

（86）

右｜朱乃長譯〈死吻〉，署名南度
左｜朱乃長譯〈古邱芳魂〉，署名南度

新病人多半曾對我說起過那座府邸的年輕的女主人，瑪格麗特．克路威小姐。但是我在該鎮住了三星期以後，才初次見到她。鎮上的鄉鄰們在提到她的時候，都搖頭嘆息，對她孤獨寂寞的境遇表示同情和惋惜。「纔祇二十幾歲哩！年紀這末輕，却連一個親人都沒有。」但是他們也曾極力誇贊她容貌出眾，儀態大方。

朱乃長的譯文敘事流暢，按照事發順序娓娓道來，故而先譯「我到苔石鎮掛牌行醫」，再譯鎮民不時提起名媛瑪格麗特．克路威小姐，接著翻譯原文第一句：「但是我在該鎮住了三星期以後，才初次見到她」，下文則以「容貌出眾」、「儀態大方」翻譯「beauty」和「charm」，讓讀者對這位名媛悠然神往。

另一篇靈異故事〈玉蟾蜍〉載於一九五七年一月《拾穗》第八十一期，故事從律師彼得留下的遺書展開，講述彼得年輕時在街角古董店買了一只玉蟾蜍，後來經鑑定為夏朝文物，便以買價一萬四千四百倍的價格賣出，彼得想將賺得的暴利分給古董店，卻發現店員是鬼非人。全文高潮迭起，令讀者欲罷不能。朱乃長的譯筆明快爽利，例如描述彼得初訪古董店的文字：

我一走進去，就有兩位女郎從椅子裡站起來歡迎我。她們的面貌彼此酷肖，顯然是一對姊妹花。她們的姿態苗條伶俐，舉止活潑敏捷，衣着又鮮麗華貴，實在不像是骨董店的老闆娘，開一爿鮮花鋪對她們更適合得多。我向她們道晚安的時候，心裡不禁想：「難為她們把店鋪收拾得點塵不染。」

朱乃長的翻譯跌宕遒麗，並非僅僅搬字過紙，而是按照中文語序重新鋪排敘事，更兼四字詞語迭出，辭采拔萃，生動活潑。

朱乃長在《拾穗》上刊登的最後一篇文章，是一九五七年八月第八十八期的〈白襪子〉（"The White Stocking"），譯自英國現代主義作家勞倫斯（D. H. Lawrence，1885~1930）的少作，講述結婚兩週年的夫妻在情人節當天的相處點滴。妻子一早便收到老闆寄贈的情人節禮物——

玉 蟾 蜍
南度譯

白 袜 子
勞倫斯 (D. H. Lawrence) 作
南 度 譯
(一)
80

右｜朱乃長譯〈玉蟾蜍〉，署名南度
左｜朱乃長譯〈白襪子〉，署名南度

一隻白襪子和一對珍珠耳環，丈夫因此拈酸吃醋、怒不可遏。勞倫斯的文風清新雋永，朱乃長的譯文則清麗俊逸，精細捕捉情慾流動的瞬間，例如這段丈夫晨起看妻子更衣的文字：

纔七點左右。晨寒料峭的臥房裡很黝黯。威斯頓靜臥床上，望着妻子。她的身材苗條玲瓏，蓬鬆的短黑髮披散在肩頭，他看她穿衣，纖細的四肢靈活地揮舞着，把衣服甩在四周。她的凌亂散漫並不使他煩惱。她拎起襯裙的裙沿，撕下一片破碎的白花邊，隨手扔在梳粧台上。她這種輕率放蕩的神態却使他感到興奮。她佇立在鏡前，把一頭獅鬃般散亂的秀髮往後一掠，青春洋溢的肩膀柔和靈敏地幌動着。他默默地注視她，心裡極為欣賞。

〈魅影〉伴隨朱乃長入學，〈白襪子〉則紀念朱乃長畢業。作為夏濟安教授[129]的高足，朱乃長畢業後留在臺大外文系擔任助教，同時協助夏濟安編輯《文學雜誌》，不僅催稿、拉稿，還自行供稿，翻譯了法國作家卡繆（Albert Camus，1913～1960）的〈客人〉（"L'hôte"）、賈畢索（Sébastien Japrisot，1931～2003）的〈恨與愛的臉〉（"Visages de l'amour et de la haine"），堪稱是《文學雜誌》的幕後功臣、無名英雄。一九六〇年，白先勇創辦《現代文學》雜誌，繼續聘請朱乃長擔任出版委員和譯者。一九六二年，朱乃長在英千里教授的支持下到汶萊教書，原本計畫再轉往美國留學，但到了汶萊之後便與上海的家人通信聯繫，思鄉之情一日濃似一日。一九六四年，朱乃長取道香港北返上海，進入上海師範大學外國語學院執教鞭，「南度」從此遁名匿跡，改以本名朱乃長行世，發表譯著四十多種，成為一代翻譯名家。

「南度」北返之時，正是「貞士」拾穗之始。一九六五年五月一日，《拾穗》第一百八十一期刊出了〈叔叔的夢〉，文字清爽而幽默，譯者署名「貞士」，正文前附了一段〈作者簡介〉：

> 威廉．沙洛揚，幼時隨父母，一家由阿美尼亞移民至美國，定居於加州佛雷斯諾農業區。沙洛揚於十五歲時輟學，做了些希奇古怪的工作[130]。在此期間，博覽群書，並且開始以他特有的風格，從事寫作。在廿世紀三十年代後期，他的大量短篇故事、小說、劇本使他成名。他的劇本 *The Time of Your Life* 贏得了一九四〇

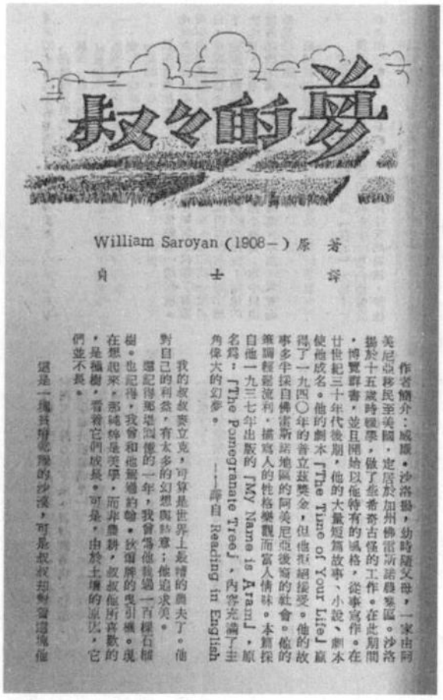

叔叔的夢

William Saroyan (1908－) 原著

貞士 譯

作者簡介：威廉．沙洛揚，幼時隨父母，一家由阿美尼亞移民至美國，定居於加州佛雷斯諾農業區。沙洛揚於十五歲時輟學，做了些希奇古怪的工作。在此期間，博覽群書，並且開始以他特有的風格，從事寫作。在廿世紀三十年代後期，他的大量短篇故事、小說、劇本使他成名。他的劇本「The Time of Your Life」贏得了一九四〇年的普立茲獎金，但他拒絕接受。他的故事多半採自佛雷斯諾地區的阿美尼亞後裔的社會。他的筆調輕鬆流利，描寫人的性格樂觀而富人情味。本篇採自他一九三七年出版的「My Name is Aram」，原名爲：「The Pomegranate Tree」，內容充滿了主角偉大的幻夢。

——譯自 Reading in English

我的叔叔麥立克，可算是世界上最糟的農夫了。他對自己的利益，有太多的幻想與抱負；他追求美。

還記得那[illegible]的一年，我曾幫他栽過一百棵石榴樹。也記得，我曾和他駕過的驢．狄爾牌的曳引機。現在想起來，那純粹是美學，而非農耕，叔叔他所喜歡的，是植樹，看着它們成長。可是，由於土壤的原因，它們並不長。

這是一塊貧瘠乾燥的沙漠，可是叔叔却對着這塊他

彭鏡禧譯〈叔叔的夢〉，署名貞士

年的普立茲獎金，但他拒絕接受。他的故事多半採自佛雷斯諾地區的阿美尼亞後裔的社會。他的筆調輕鬆流利，描寫人的性格樂觀而富人情味。本篇採自他一九三七年出版的 *My Name is Aram*，原名為："The Pomegranate Tree"，內容充滿了主角偉大的幻夢。

這段簡介提綱挈領，清楚交代了作者背景和原作來歷。故事的主角是敘事者的叔叔，這位叔叔在美國加州內華達山脈（Sierra Nevada）山腳買了六百八十畝的不毛之地，妄想將這片荒地變成果園，可是，單單整地、掘水，就花掉叔叔大筆積蓄，剩下的錢只夠種七百株石榴，而這些象徵豐盛的石榴並未帶給叔叔富饒，反而讓叔叔失去土地、幻夢成空——因為當地人根本不吃石榴。「貞士」的譯筆溫情詼諧，敘事及對話皆粲然可觀，讀來令人笑中帶淚，例如敘述石榴收成上市的文字：

又過了一年，叔叔收穫了約兩百顆石榴，工作是由叔叔和我做的。這些個石榴，樣子實在乾癟醜陋，我們用精緻好看的盒子分別裝了十一盒，叔叔用船把它們運到芝加哥一家批發商那裡。

一個月了，還沒有下文。於是叔叔打了一通長途電話。那個批發商，德阿鈎斯提諾，告訴叔叔，沒有人要買石榴，叔叔握住電話大叫：

「你每盒開價多少？」

「一塊錢！」對方回叫過來。

「什麼？那怎麼夠？五塊錢以下不賣！」叔叔叫道。

「一塊錢一盒人家都不要！」

「為什麼？」叔叔叫道。

「他們根本不知道石榴是什麼。」

「那你算那門子的批發商？」幾乎是怒吼了，「告訴你，這叫『石榴』！每盒賣五元！」

「嘿！抱歉，我賣不了，我自己嚐了一顆，我看不出有什麼美妙。」

這位署名「貞士」的譯者是朱乃長的小學弟，本名叫彭鏡禧，一九四五年十一月出生在新竹縣獅頭山，父母都是客家人，生育五男、五女。父親戰後到臺灣大學擔任職員，舉家遷居臺北。彭鏡禧在古亭一帶求學長大，從古亭國小、建國中學、師大附中到臺灣大學外文系，一路沉浸在多語的環境裡，在家講客家話，出外又是國語、又是閩南語、又是各式外省鄉音。有時外婆家捎信來，彭鏡禧便將漢字翻譯成客家話給不識字的母親聽，再將母親的回話筆譯下來，冥冥中開啟與翻譯的緣份。[131]

高中升大學的暑假，彭鏡禧閒來無事，翻翻報紙找工作，看到美國基督教刊物《標竿》（*Guideposts*）在徵譯者，便寫信去試譯，結果順利通過，成為《標竿》的翻譯班底，開學後依然翻譯不輟。此外也常在放學後到美國新聞處[132]圖書館翻看外文書，讀到有趣的文字便忍不住翻譯出來，投稿到《臺灣新生報》副刊作為補白，雖然都是短篇的幽默故事，竟然引起編輯親自登門拜訪，從而堅定了彭鏡禧對翻譯的信心。

除了在美新處圖書館看閒書，彭鏡禧也會到雙葉書廊[133]買外文書回家讀，每每讀到動人之處就技癢難耐，非得整篇翻譯出來不可，一來獨樂樂不如眾樂樂，二來還能投稿賺點稿費，〈叔叔的夢〉便是彭鏡禧大二下學期的翻譯作品，也是彭鏡禧首篇發表在《拾穗》上的譯作，因自勉為忠貞之士，故署名「貞士」。

貞士興趣廣博，從高中就是《拾穗》的忠實讀者，每一期都從第一頁讀到最後一頁，無論是科學新知、天文地理，或者是動物奇觀、文藝快訊，一概不讀不快。某天，貞士懷抱著求知的好奇翻看美國週刊《星期六評論》（*Saturday Review*），讀到耶魯大學歷史學教授摩根博士（Dr. Edmund Sears Morgan）的開學典禮演講稿，闡述學問始於好奇、終於傳授的道理，貞士感到意氣相投，立刻翻譯成中文，一九六五年十月一日登載於《拾穗》第一百八十六期，題名〈學問之道〉，筆名「海濱客」：

這個世界，並不喜歡好奇心；世人說：「好奇心殺死貓。」（註：謂好奇心可能導致嚴重後果。）；世人稱之為「無聊的好奇」——雖然好奇的人很少是無聊的。做父母的儘量設法撲滅孩子們的好奇心，因為它使得孩子們問些不能回答的問題，像：什麼東西使火熱？草為什麼長？它也使得為父母者，必須在子女突然被炸死以前，停止他們的危險實驗；總之，好奇心使得日子難過！然而，我們歡迎那些經父母教訓之後，仍能保持好奇心的孩子們；我們歡迎那些寧在炸死以前，長些智識的孩子們，來加入耶魯的陣容。在大學裡，他們可以繼續發問，並尋求答案。就一個學者的觀點來說，這便是一所大學的主要用途。在大學，可以置世俗對好奇的敵視於不顧。

本文原是耶魯大學歷史教授摩根博士對該校新生所作的講演稿，原題是「What Every Yale Freshman Should Know」。本文揭示「學問始於好奇，而歸於傳授」的道理。願與本屆新進大學之門的莘莘學子共勉之。—編者—

這個世界，並不喜歡好奇心；世人說：「好奇心殺死貓。」（註：謂好奇可能導致嚴重後果。）；世人稱之為「無聊的好奇」——雖然好奇的人很少是無聊的。做父母的儘量設法撲滅孩子們的好奇心，因為它使得孩子們問些不能回答的問題，像：什麼東西使火熱？草為什麼長？它也使得為父母者，必須在子女突然被炸死以前，停止他們的危險實驗；總之，好奇心使得日子難過！然而，我們歡迎那些經父母教訓之後，仍能保持好奇心的孩子們；我們歡迎那些寧在炸死以前，長些智識的孩子們，來加入耶魯的陣容。在大學裡，他們可以繼續

彭鏡禧譯〈學問之道〉，署名海濱客

譯者是原文最親密的讀者。海濱客作為海島上的客家人、十九歲的大二生，翻譯完這篇〈學問之道〉，當如醍醐灌頂。隔了不久，又從英國的*LINK*雜誌節譯了〈水杉長壽

四千年〉，這次署名「貞士」，刊載於《拾穗》第一百八十八期，內容述及紅杉亞科（Sequoioideae）的三個屬——水杉、紅杉、巨杉，第一段便以譯註展現譯者的求知精神：「水杉，或稱美洲杉，是新生代至今僅存的一種植物」，接續介紹欣賞參天杉木的好去處——美國加州紅杉國家公園（Sequoia National Park），最後以多彩多姿的杉林秋景作結：

水杉長寿四千年

貞士 譯

可曾想像過四千歲的東西？四千年，約等於一個活到七十歲的人的五十七代。讓我告訴你一個地方，在那兒，你可以看到這種長壽的奇觀。那就是「赤杉木王國」——位於美國靠太平洋邊海岸山脈霧罩的山中，從俄勒岡州西南到三達巴巴拉郡。實際上，這一杉木王國伸展達九郡。其中八郡在北加州，另一在南俄勒岡州這一多霧帶平均廿英里寬，四百五十英里長。世界僅存的水杉，有百分之九十七在此繁榮着。（水杉，或稱美洲杉，是新生代至今僅存的一種植物——譯註）

有些水杉可長至高達三百五十呎，直徑達二十呎。通常一株水杉的木材，足可造二十二棟不大不小的房屋。這個「王國」，是一度假的好所在；你會發現自己置身仙境。已經有許多林區被列為公園、保護林或人們遊覽區，藉以保護它們不受濫伐。

要想看這加州杉木，僅僅駕車穿過林子是不夠的。同樣的，這些水杉也非株株驚人。例如在舊金山金門大橋北端，馬林郡的繆爾伍茲國家紀念物區的林子，便不能給人以一個龐大身軀的印象。但，赤杉（或稱美洲松）卻可以給你這種感覺。水杉和赤杉同屬一科。赤杉的原名直譯應為「西渦亞」（Sequoia），是紀念印第安契若基族（Cherokee）的一位會長西渦亞（Sequoyah）而命名的。這位會長在西元一八二一年曾為他們族語發明字母。

赤杉生長在加利福尼亞州西面內華達山脈的西部斜坡。海拔約五千至八千呎，分散在赤松，約塞米提（Yosemite）、王峽谷（King's Canyon）等國立公園裡。

就中有幾株曾引起全球的注意：其一名叫香德里爾（枝形燈架之意

彭鏡禧譯〈水杉長壽四千年〉，署名貞士

秋天來時，色彩在水杉林中燃燒著。造物主用彩罐和彩筆，為樹林飾上了燦爛的顏色；神來之筆，世上的書沒法子比得上。葡萄園變成了紫色、金色和猩紅色的混合；楓樹呈現出一種有溫暖感覺的黃色；山茱萸穿上了火紅衣，毒橡樹也顯出了不可置信的美，它的枝子伸向水杉，背景是綠樅、土松。它用自己的光輝，點亮了整個的林子。當其他各州在冬天多鋪上了白雪氈的時候，水杉王國依舊是一片碧綠。

秋去冬來春又還，夏天時，彭鏡禧升上了三年級，這一年，臺灣大學外文系成立了研究所，彭鏡禧從小就喜歡文字，加上父親也鼓勵升學，於是全心投入研究所考試，直到大三下學期才有譯作問世，一九六七年三月刊於《拾穗》第二〇三期。這次翻譯的是文學作品，展現彭鏡禧邁向文學之路的決心，內容摘錄自美國作家戴伊（Clarence Day，1874~1935）的成名作《天倫樂》（*Life With Father*），文字輕鬆逗趣，自述童年點滴。彭鏡禧從中選譯了〈爸爸．小提琴．我〉（"The Noblest Instrument"），全文以自嘲筆法概括學琴經歷，作者才上了三堂課，老師就嚇得請辭。彭鏡禧譯筆乾淨且富喜感，讀來令人噴飯，例如作者初次學琴的情景：

> 不知道做母親的能不能記得她孩子的第一聲嬰啼？我是忘不了那個新提琴的第一聲怪叫的。
>
> 我的老師赫艾姆先生像一下子喝了一大杯醋似的，倒抽一口涼氣，兩眼閉得緊緊的。當然，他並沒有期望我一開始便能拉出甜美的聲音；可是，這一聲初啼卻有點來自地獄的味道。他把小提琴一把搶過去，細細檢查，重新調整了琴

爸爸離家去料理北部的鐵路。回來的時候，以斷然的手法，把家理弄得天翻地覆。不顧我以前學聲樂的失敗，他依然堅持要我們學習音樂。他把我們幾個男孩子喚到跟前，叫我們一定要學一種樂器。他說我們現在恐怕不會感激，不過以後會的。「克列謂斯，你學

爸爸 小提琴 我

Clarence Day 原作
彭　湃 譯

小提琴；喬治，你學鋼琴；朱立安——唔，你現在還太小。但你們兩個大孩子得學。」

這道命令着實懾人。在十來歲這種年紀，任意剝奪了一點自由，就好像大不幸似的。放學後遊戲的時間本來已嫌不夠，現在又有每週三次——後來竟改為每天一次——討厭的練習，占去不少玩耍的時間。

喬治坐在客廳裡的鋼琴旁，老老實實地亂彈一氣。他可說運氣，雖然不是個天才，至少有點兒「音樂的耳朵」，何況他練的是很結實的樂器，用不著擔心摔下來，也沒有打碎的危險。再者，他還不必校音。鋼琴實在有不少優點。

而我却得嚐一種悲慘可怕的苦頭。煦日下在街頭玩得正開心時，被迫回到家裡昏暗窄小的

·135·

彭鏡禧譯〈爸爸。小提琴。我〉，署名澎湃

弦，然後換上他自己的樂弓，輕輕的撫弄它。我的琴只是新而已，並不挺好，而他拉起來，可美妙得多了。雖然還算不得絕響，至少不會令人毛骨聳然。

彭鏡禧譯筆精練，省略「掀唇露齒」(His lips were drawn back from his teeth)、「聽著就是提琴聲」(they were classifiable sounds)等細節，而署名「澎湃」也漸露本色——「澎」與「彭」同音，「湃」則紀念家鄉的海，到了大四畢業前夕，彭鏡禧改署名「彭敬兮」，本名呼之欲出，以示對譯文負責。

彭鏡禧從《星期六晚郵報》選譯美國幽默作家艾斯(Goodman Ace，1899~1982)的〈人間喜劇：回想一九六八那年頭〉("The Human Comedy: Way Back in '68")，刊於一九六八年七月《拾穗》第二一九期。這一年，美國民意喧噪、謗議沸騰，國外越戰陷入膠著，國內反戰示威與種族衝突越演越烈，黑人民運領袖馬丁·路德·金恩(Martin Luther King, Jr.)於四月遇刺，角逐總統大選的民主黨參選人羅伯特·甘迺迪(Robert F. Kennedy)於六月中彈身

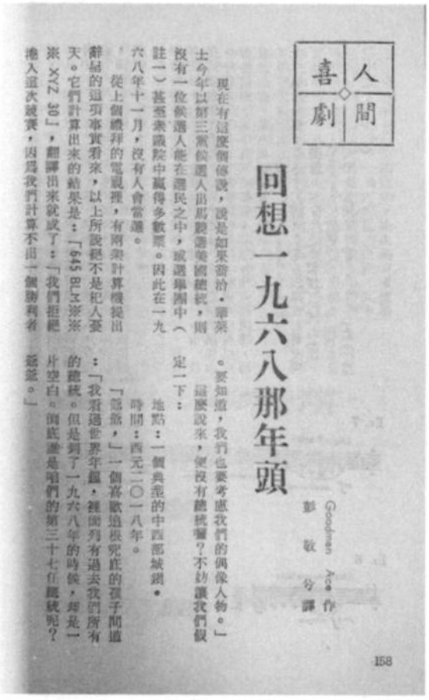

人間喜劇

回想一九六八那年頭

Goodman Ace 作　彭敬兮 譯

158

彭鏡禧譯〈回想一九六八那年頭〉，署名彭敬兮

亡，總統從缺的預言甚囂塵上，〈回想一九六八那年頭〉開宗明義指出：

> 現在有這麼個傳說，說是如果喬治・華萊士今年以第三黨候選人出馬競選美國總統，則沒有一位候選人能在選民之中，或選舉團中（註一）甚至眾議院中贏得多數票。因此在一九六八年十一月，沒有人會當選。

彭鏡禧考量臺灣讀者不熟悉美國選舉制度，因此加註解釋：「選舉團（Electoral College），美國每逢總統副總統選舉時組成的臨時機構，由各州選出的總統選舉人所組成。」下文作者假想時空來到二十一世紀，爺孫倆回首一九六八年——美國總統空懸，國家運轉全靠人民自治及國會決策，並從中揶揄槍枝管制、預算赤字、暴動合法化……等社會議題，諷刺意味十足。

依據史實，華萊士（George Corley Wallace Jr.，1919～1998）確實於一九六八年獨立參選美國總統，最後則由尼克森（Richard Milhous Nixon，1913～1994）險勝，彭鏡禧翻譯的幽默預言並未成真。這時的他已經考上英語教育軍官，分發到中壢龍岡的第一士官學校，每週教授英文十二個小時，教書之餘還翻譯了白瑞德（William Barrett，1913～1992）的存在主義經典《非理性的人》（*Irrational Man*），等到一九六九年退伍，全書初稿已經譯畢，交由志文出版社付梓。同時彭鏡禧還翻譯了劇本〈富蘭克林與痛風夫人〉（"Dialogue between Franklin and the Gout"），一九六九年六月於《拾穗》第二三〇期發表，作者富蘭克林（Benjamin Franklin，1705～1790）是美國開國元勳，一七八〇年因痛風發作在家休養了六個星期，期間以寫作劇本自娛，透過與痛風的對話反躬自省。彭鏡禧的譯文突梯滑稽，將原文的聲口翻譯得維妙維肖：

> 富蘭克林（以下簡譯為「富」）：哎！唷！哎！我做了什麼孽，竟要受這般痛苦？
>
> 痛風夫人（以下簡譯為「痛」）：才多呢；你暴飲暴食，又慣壞了你那兩條腿。
>
> 富：是誰在責怪我？
>
> 痛：不是別人，正是我，痛風夫人也。
>
> 富：什麼，是我的仇家本人？
>
> 痛：哪兒的話，不是你的仇家。

〈富蘭克林與痛風夫人〉是彭鏡禧在《拾穗》的壓軸好戲，〈一枚胸針〉（"The Brooch"）

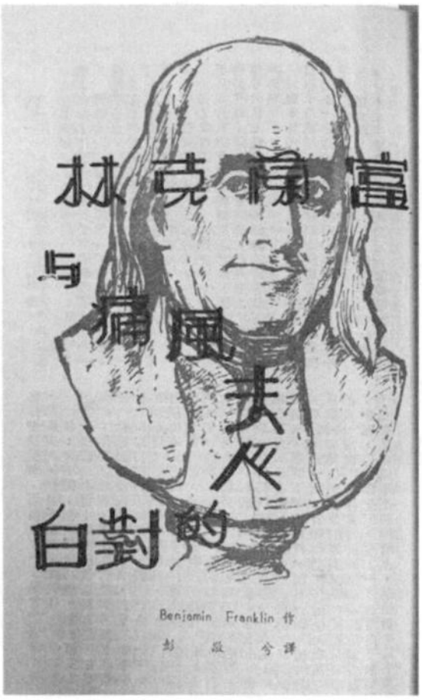

彭鏡禧譯〈富蘭克林與痛風夫人的對白〉，署名彭敬兮

則是彭鏡禧在《拾穗》的畢業之作，作者以撒・辛格（Isaac Bashevis Singer，1904～1991）[134]是美國猶太作家，出生於波蘭華沙，一九三五年移民美國後，持續以意第緒語（Yiddish）創作，描寫波蘭猶太人民的生活，一九七八年獲頒諾貝爾文學獎。〈一枚胸針〉的主角白吾福（Wolf Ber）是猶太慈父，靠行竊養活全家，每年出門四趟，此趟回家過逾越節，內心深陷道德掙扎，從此金盆洗手。作者辛格將白吾福的心理轉折描寫得絲絲入扣，對其言行舉措既不批判也不同情，平實敘寫底層人物的悲辛：

白吾福不屬於任何賊黨，平日的舉措也令人尊敬。他知道偷竊是一種罪惡。然而生意人又好到那裡去？難道他們不是便宜地買進來再貴貴地賣出去？難道他們沒有把窮人的血都榨乾？難道他們不是每隔幾年就宣告破產，只陪人家一小部份了事？白吾福曾經在魯比陵做過一陣子鞣皮工人。可是他受不了那灰塵、那炙熱、那惡臭。工頭常常對工人大聲吼叫，而且永遠要他們做更多的工作。掙的錢只夠煮麥片。還不如死在監牢裡好些。

這篇〈一枚胸針〉原本以意第緒語書寫，一九六六年由辛格的妻子愛瑪（Alma Singer）

與友人玻蕾（Elizabeth Pollet）翻譯成英文，一九六八年彭鏡禧再從英譯本轉譯，十一月刊於《拾穗》第二三五期，譯文語意精準、口吻到位，單單輕描淡寫，便將白吾福的心路歷程刻畫入微。

猶太人是漂泊的。客家人也是。外省人也是。彭鏡禧與朱乃長，一個是臺灣的客家人，一個是南度的上海人，兩人心繫文學，自求學階段便揮灑文采、不負韶光，在《拾穗》留下了青春的尾巴。自返回上海後，朱乃長堅守譯道，以翻譯福斯特（Edward Morgan Forster，1879~1970）的《小說面面觀》（*Aspects of the Novel*）聞名兩岸。自臺大畢業後，彭鏡禧赴美深造，專攻戲劇，成為翻譯莎士比亞戲劇的一代名家。

註釋

126 關於朱乃長生平和四六事件經過，詳見藍博洲（2000）。《天未亮：追憶一九四九年四六事件（師院部分）》。臺北：晨星。

127 中央陸軍軍官學校教導總隊，是德國軍事顧問團第一任總顧問包爾（Max Bauer）建議蔣中正成立的，不僅是中日抗戰前國軍進行現代化建軍的示範單位，也是德制建軍的試辦單位。詳見李國祁（2004）。〈二十世紀二十至三十年代中德軍事合作與合步樓方案〉。《臺灣師大歷史學報》，三十二期。

128 趙麗蓮（1896~1989），生於美國紐約，一九四六年於北平廣播電臺開闢「英語講座」節目，一九四九年在臺北中國廣播公司主持「空中英語教室」節目，並發行《學生英語文摘》配合廣播教學。

129 夏濟安（1916～1965），本名夏澍元，江蘇吳縣人，上海光華大學英文系畢業，一九五〇年取道香港來臺，任教於臺大外文系，一九五六年創辦《文學雜誌》，內容涵蓋新詩、散文、小說、評論、翻譯，是當時重要的文學刊物。

130 彭鏡禧教授在接受本專書訪談時指出，「希奇古怪的工作」乃是誤譯；原文"odd jobs"意為「打零工」。日後他在翻譯教學及討論中，多次以此為例，說明翻譯必須審慎。

131 關於彭鏡禧生平及學思歷程，詳見單德興（2020）。〈翻譯家是如何煉成的：彭鏡禧教授訪談錄〉。《西灣評論》。

132 現址為二二八國家紀念館，日治時期為臺灣教育會館，戰後先由臺灣省參議會使用，一九五九年美國在臺新聞處遷入，二樓設有圖書館，是戒嚴時期獲知歐美消息的重要管道。

133 雙葉書廊由張澤雲於一九五九年創辦，初期以經銷英文雜誌及《文星》雜誌叢書為主。

134 此處本名拼寫與生卒年參考諾貝爾獎網站資訊：https://www.nobelprize.org/prizes/literature/1978/singer/facts/

十 伸向東瀛的翻譯橋

泰源監獄擔心政治犯心裡悶得慌，特准政治犯寫稿、投稿，每個月監獄收到的稿費高達二十萬元至二十五萬元，形成空前絕後的泰源文學地帶。

出場人物

《拾穗》自從創刊以來，不僅培養了三代學生譯者，更是本省譯者嶄露鋒芒的舞臺，包括板橋林家後代林煥星、臺灣文學之母鍾肇政、監獄文學作家施明正、泰源事件舉事者詹天增、政治受難者古滿興……等，《拾穗》提供他們出人頭地的契機和安身立命的稿費，他們

鍾肇政。文訊雜誌社提供。

> 翻譯的日文作品則是吹進《拾穗》的東洋風，空靈婉約的文字成為潛藏《拾穗》的伏流。一九六四年朱佩蘭翻譯三浦綾子《冰點》、一九六八年丁祖威翻譯花登筐《船場》，沉潛多年的日本文學翻譯便如河出伏流，一瀉汪洋。

一九四九年秋天，東瀛楓紅，台灣肥料公司總經理湯元吉[135]正在日本考察肥料工業，未料客中患病、入院治療，主治醫師黑須博士見他病中無聊，贈以百樂文具創辦人並木良輔所著之《廢寢忘食》（《寝食を忘れて》），內含短文三篇，寫其少年立志、毅然創業、成就斐然。湯元吉讀了非常感動，回國後請同事林煥星翻譯成中文，一九五〇年九月刊載於《拾穗》第五期。湯元吉寫了一篇〈引言〉，文中特別介紹譯者：「林君係本省人而譯筆却非常生動流利，殊屬難得，特誌數語，一併介紹」。

為什麼說「殊屬難得」呢？一九五〇年距離臺灣脫離日本統治剛滿五年，本省人多半還在學習中文，遑論提筆翻譯。此外，國民黨政府與日本政府名義上仍處於戰爭狀態[136]，當權者對日本心多疑忌，不僅禁用日語，甚至銷毀日文書、廢除報刊日文版。因此，無論是本省籍譯者，還是日文作品中譯，在一九五〇年的臺灣都十分罕見。林煥星不僅是首位在《拾穗》發表翻譯作品的本省籍譯者，〈廢寢忘食〉也是《拾穗》首次刊載的日文譯作，字裡行間散發著濃濃的東洋味，例如這段長輩警告並木良輔創業維艱的文字：

> 在他讀中學的時期，
> 父親同叔父們也許是要警戒他那自大的性情，他常常聽到下面這樣的訓誨。
> 「處世是艱辛的！要建立事業不是一件容易的事情呢！」
> 生性意志堅強的他，每一次都搖頭不相信。
> 他內在的激抗性，相反地使他想自己偏要能在處世上獲勝，偏要一生愛好事業。

後來，並木良輔果然排除千難萬難，於一九一八年成立並木製作所，致力打造品質優良的日本國產鋼筆，一九三八年改名為百樂萬年筆，並留下名言：「樂在工作、廢寢忘食，是為幸事」（寝食を忘れて自己の職業を楽しみ得るのは幸なり），這便是篇名〈廢寢忘食〉的由來。

翻譯〈廢寢忘食〉的林煥星是日治時期的臺灣人，一九二九年至一九三八年間任職臺北州立臺北工業學校[137]，一九四〇年赴滿洲國擔任新京工業大學副教授[138]，一九四五年後在高雄擔任台灣肥料公司第三廠管理員，一九四七年經歷二二八事件，因「領導全廠本省籍員工護衛第三廠及外省人員並勸導維持生產」[139]而獲得總經理湯元吉的嘉獎，埋下日後為《拾穗》翻譯的種子。

湯元吉特別為林煥星翻譯的〈廢寢忘食〉撰寫〈引言〉，一方面是作為擔保，二方面強調林煥星的籍貫，也有樹立榜樣、勉勵本省籍青年學習中文的意味。當時刻苦自學中文的本省籍青年不在少數，鍾肇政便是其中之一，一九二五年生於新竹州大溪郡龍潭庄，從小接受日本教育，戰後才開始學習中文，一九四八年考上臺灣大學中文系，囿於語言隔閡，斷然輟學，返鄉於龍潭國民小學任教，同時利用教書空檔練習中文寫作。起初先以日文撰稿再翻譯成中文，後來越寫越流利，生平第一篇文章〈婚後〉於一九五一年四月刊載於《自由談》，大大激發了鍾肇政的創作慾。無奈後來投稿卻屢投屢退，鍾肇政轉而翻譯日本文學，一來趁機閱讀名作，二來磨練中文寫作，三來投稿賺取稿費，一舉三得。

鍾肇政首篇發表於《拾穗》的譯作，是日本近代文豪永井荷風（1879～1959）的〈秋女〉（秋の女），一九五八年五月刊於《拾穗》第九十七期，署名「路人」。作者永井荷風本名永井壯吉，一

拾穗

秋女

永井荷風作

路人譯

163

鍾肇政譯〈秋女〉，署名路人

生經歷明治（1868～1912）、大正（1912～1926）、昭和（1926～1989）三代，明治年間先後赴美、法遊學五年，但始終迷戀父祖輩的江戶時代（1603～1867）。因此，永井荷風的作品既帶有西方耽美主義的濃豔奔放，也帶有日本江戶情趣和懷舊風情。在短篇小說〈秋女〉中，永井荷風毫不諱言表達對日本傳統女性之美的欣賞：

我所迎接到熱海的舍下的她，跟那些發動侵略戰爭而又旋即失敗的國度的女性，在心情與趣味上，相距得真不可以道里計。她即不是站在塵埃飛揚的街衢裡用擴聲機大聲疾呼議員候選人姓名的女人，也不是在下雨天傘都不撐而站隊買電影票的女人。當我在紅梅或木樨怒放的花樹下，芳草搖曳的庭院裡，從窗帘的縫隙裡投射進來的夕陽光下看到她那纖纖細肩時，我便彷彿感覺到這種女性美的某些地方蘊藏着行將消滅的古老的傳統。她有時也着上洋裝彈鋼琴，而連這時的她也會在我的心靈深處喚起面對司馬江漢[140]時代的油畫或銅片畫時的異國情調。

引文中的「她」，便是小說題名中的「秋女」。「秋女」是一幅背像畫的名字，敘事者在畫展上看到這幅作品，驚為天人，後來機緣巧合，結識畫中人，兩人戀愛結婚，不幸紅顏命薄、佳人早逝，敘事者致信畫家，期盼能再看一眼「秋女」：

請您原諒我突然冒昧地寫信給您。好些年來，我便想給您去信，但提起筆來又覺得似乎沒什麼事情，而寫這樣的信委實也叫人有點難為情，一拖就是這樣幾年了。可是，不揣冒失必需給您去信的日子，終於到來了。您那幅傑作「秋女」的模特兒，僅享受了人間二十八春秋，以綺年玉貌一命歸陰了，如今在俯瞰熱海的街道與海景的一座山寺的墓地安眠。

鍾肇政的譯文古雅典麗、蘊藉含蓄，增譯四字成語「綺年玉貌」、「一命歸陰」，令讀者更為美人香銷玉沉感到惋惜。

鍾肇政一邊藉由翻譯鍛鍊文筆，一邊創作首部長篇小說《魯冰花》，一九六〇年三月底《魯冰花》在《聯合報》連載之前，鍾肇政又替《拾穗》翻譯了日本文壇泰斗川端康成（1899~1972）的短篇小說〈水月〉，一九五八年十月刊於《拾穗》第一〇二期，同樣署名「路人」，正文前以〈譯者識〉介紹川端康成：

本文原作者川端康成係當代日本權威老作家，生於一八九九年，現為日本Pen Club會長[141]。去年競選諾貝爾文學獎，為有力候選人之一。著作甚多，戰後寫「千羽鶴」，傳誦一時，獲藝術院獎，並由大映公司攝成電影。本文為其戰後代表作之一，原載「戰後傑作小說全集」。

鍾肇政譯筆下的〈水月〉，映照著一九六八年諾貝爾文學獎委員會頒獎給川端康成的得獎理由：「敘事爐火純青，筆端感性，寫出日本精神的精髓。」[142]小說題名取義自水月鏡花，鏡子貫穿了女主角京子的回憶與現實，前夫與後夫、曩昔與今時，前後合照、疊合交織。京子新婚三個月，前夫便罹患肺癆，從此纏綿病榻。故事以攔腰法（in medias res）起頭，從前夫染病後開始說起，再跳敘到兩人新婚之時，從而補述鏡子的來歷：

有一天，京子想到把菜園照在小

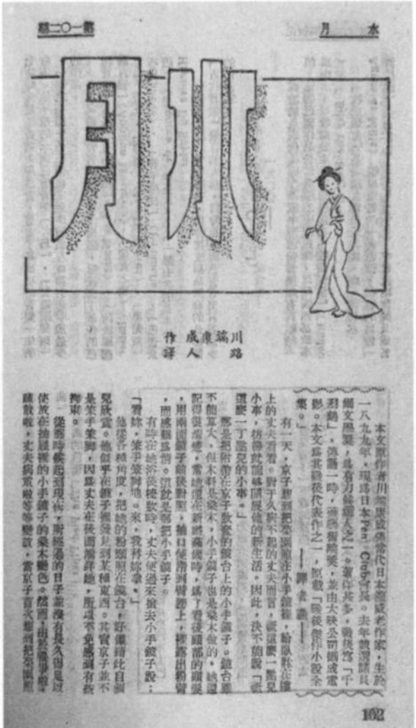

鍾肇政譯〈水月〉，署名路人

手鏡裡，給臥牀在樓上的丈夫看看。對于久病不起的丈夫而言，祇這麼一點兒小事，彷彿就能够展開他的新生活，因此，決不能說「祇這麼一丁點兒的小事」。

那是把附帶在京子妝奩的鏡台上的小手鏡子。鏡台雖不能算大，但木料是桑木，小手鏡子也是桑木做的。她還記得很清楚，當她還在新婚燕爾時，為了看後頭部的頭髮，用兩面鏡子前後對照，袖口便滑到臂膀上，裸露出粉臂，而感難為情。這就是那把小手鏡子。

鍾肇政的譯文如同川端康成的文字，在素樸中蘊藏著柔膩與豐饒，「妝奩」（嫁入道具）、「新婚燕爾」（新婚のころ）等文言譯法，讀來古樸而雅致，並將「これだけ」（僅此）增譯為「祇這麼一丁點兒的小事」、「肘まで出ることがあり」（露出手肘）增譯為「裸露出粉臂」，更顯得女主角嬌媚可愛。

倘若將創作比喻為耕耘，翻譯則或許可比喻為拾穗，這些伏案拾掇來的殘禾賸穗，經年累月滋養著鍾肇政的文學創作，終於在一九六〇年綻放出《魯冰花》，這是本省籍作家第一次在臺灣主流文學刊物上連載長篇小說。漸漸地，鍾肇政在文壇構築本土陣營，靜靜地，醞釀出一場本土文學革命，沒有流血，沒有暴力，不同於政治革命掀起的血浪腥風，讓同樣投稿到《拾穗》的施明政和詹天增——粒粒遺穀皆殷紅。

施明正和詹天增是獄友，分別因涉入臺獨案而關押在臺東泰源監獄。施明正本名施明秀，一九三五年生於高雄州高雄市，家境富裕，高雄中學畢業後，寄情詩酒、醉心藝術。一九六一年獲美國新聞處邀請擬至紐約辦畫展，一九六二年捲入四弟施明德「亞細亞同盟」臺獨案，羈押在青島東路三號軍法處看守所，一九六三年底定讞，判處五年有期徒刑，一九六四年四月中旬押送至泰源監獄進行思想感訓。

泰源監獄隸屬國防部，位於中央山脈東麓，形勢靠山環河，四周高牆矗立，是一九六〇年代國民黨政府禁錮政治犯的大本營，總計關押了四百至五百人。監獄辦公廳位於山腳，兩間監房則建於斷崖平臺上，都是水泥磚造平房，冬寒夏炙，分為仁監和義監，一前一後，格局相同，各佔地約一百四十坪，設大牢房十三間、獨居房八間、洗澡堂一間。大牢房每間七坪半、平均收容二十人以上，配備水槽和沖水馬桶，眾人吃、喝、拉、撒、睡全在一處，扣除個人用品擺放，每人每晚睡覺空間僅三十公分寬、一百八十公分長，在這密集得令人窒息的牢房裡，施明正蜷縮在一角，開始了筆耕生涯[143]。

當時泰源監獄的監獄長沈至忱篤信基督教，擔心政治犯心裡悶得慌，便於一九六六年向國防部請命，特准政治犯寫稿、投稿，並請購外國雜誌讓政治犯翻譯。一時之間，文風鼎盛，有的寫散文，有的寫小說，有的翻譯科學新知、介紹域外風光，只要不涉及政治，都獲准以軍方的郵政信箱寄出，投寄到《中央日報》、《新生報》、《青年戰士報》等報刊，或是《拾穗》、《文壇》、《皇冠》等雜誌。其中用稿最多的是《新生報》副刊，三天兩頭便刊出政治犯的來稿，稿費最優渥的則是《中央日報》副刊和《拾穗》月刊，每千字臺幣一百元，每個月泰源監獄收到的稿費高達二十萬元至二十五萬元，形成空前絕後的泰源文學地帶[144]。

施明正也是投稿者之一，一九六七年六月十六日出獄之前，除了寫稿投到鍾肇政協助編輯的《臺灣文藝》，也曾翻譯星新一（1926～1997）的短篇小說〈惡棍與好人〉（悪人と善良な市民）投稿到《拾穗》，一九六七年四月刊載於第二〇四期。作者星新一本名星親一，擅長寫極短篇小說，節奏短而急，構思奇詭、曲折離奇，素有「極短篇小說之神」的美譽。施明正選譯的〈惡棍與好人〉是對話體小說，對話者沒名沒姓，作者也沒說誰是好人、誰是惡棍，全憑讀者臆測，就連時空也完全虛化，從而

惡棍与好人

原作 星新一　施明正 譯

「喂！別大聲叫，面向那邊。」
「……屋角怎麼會有人說話，嗯，說不定是心虛膽怯的關係。現在不曉得幾點啦？哦！已經深夜兩點啦?!雖然每晚獨自看書看到很晚是件好事，不過太過份了，就會睡眠不足而引起這種幻覺……」
「獨個兒喃喃地嚕囌個什麼。乖乖地面向這兒。」
「呵！……請別恐嚇我。我以爲是見了鬼。」
「仔細看一看是不是鬼！這兒可不是有手，有脚的……」
「你手裡拿着的可是手槍？」
「嗯，不錯。」
「你，你是誰？是强盜？」
「不。」
「哦！原來是鬧着玩的。嚇了我一跳。開這種玩笑太過份了。請別深更半夜跑進人家屋裡來。要是心臟衰弱的人給你這樣一嚇唬，不死才怪。」
「也不是。」

施明正譯〈惡棍與好人〉

創造出透明感，故事一開場就是對話：

「喂！別大聲叫，面向那邊。」

「……屋角怎麼會有人說話，嗯，說不定是心虛膽怯的關係。現在不曉得幾點啦？哦！已經深夜兩點啦?!雖然每晚獨自看書看到很晚是件好事，不過太過份了，就會睡眠不足而引起這種幻覺……」

「獨個兒喃喃地嚕囌個什麼。乖乖地面向這兒。」

「呵！……請別恐嚇我。我以為是見了鬼。」

「仔細看一看是不是鬼！這兒可不是有手，有脚的……」

「你手裡拿着的可是手槍？」

「嗯，不錯。」

故事接近尾聲時，劇情猛然翻轉——貌似惡棍者成了手無寸鐵的良民，貌似好人者卻成了謀財害命的暴徒，蘊意悠遠，耐人尋味。施明正的譯文淺明簡捷、對話生動，再現原作節奏輕快、通俗簡練的特質：

「真要殺我嗎？」

「當然啊。還有什麼辦法？」

「等一等。幹掉我你就犯了殺人罪。還是在你自己屋裡。你逃不掉的。」

「我知道。不過這不算犯殺人罪。這是正當防禦。怎樣？你的招牌是惡棍；我的招牌是好人。我是在抓着三更半夜跑入屋裡的惡棍時，在跟惡棍搶奪手槍中……」

「拜託。太過分了。救命啊……」

「砰！」

究竟誰才是好人？誰才是惡棍？關押在泰源監獄裡的政治犯，心裡或多或少都有這樣的迷惘吧？〈惡棍與好人〉刊出不久後，施明正出獄了，但留在小說結尾的槍聲，卻在泰源監獄裡響起了。

一九七〇年二月八日上午十一點三十分，警衛連班長率領衛兵前往泰源監獄四周的碉堡換班，五位外役政治犯埋伏在西側圍牆邊的橘子園裡，等待衛兵隊從西北角上的第五堡走向位於西牆的第四堡。十一點五十分，衛兵隊轉過西北角，埋伏的政治犯一湧而上，一把刺刀捅進了班長的腹部，淒厲的慘叫聲在寂靜的監獄裡掀起了狂濤駭浪，監房裡的政治犯一陣騷動，推推搡搡擠到鐵窗口想一看究竟，但卻什麼也看不見，只聽到圍牆外的喧鬧聲逐漸移往大門口，緊接著是一聲子彈劃空的槍響，然後一切又歸於寂靜，擠在鐵窗前的政治犯漸漸散去。監獄官急忙趕來吹哨點名，並把其餘外役的政治犯都叫回來，全部關押回牢房裡。

為了這一天，橘子園裡的五位政治犯從青春等到滄桑，日日月月年年，滿心想的都是推翻國民黨政府、爭取臺灣獨立。自從監獄長沈至忱向國防部請命後，政治犯不僅能對外投稿，三年至五年內服刑期滿者還可以申請外役——也就是到牢房外從事勞動服務，刑期較長者限制在圍牆內勞動，例如伙房、菜圃、曬衣場，刑期較短者則能到圍牆外服務，包括工程隊、農耕隊、醫務所、福利社、小吃部、修車廠、養豬欄、橘子園。將刺刀捅進警衛連班長腹部的鄭金河，是養豬欄的負責人，初中畢業便以殺豬為業，而後補刀的詹天增則在修車廠服外役。兩人在一九六二年因涉及蘇東啟臺獨案而鋃鐺入獄，一九六六年請調外役後開始籌備泰源監獄革命，計劃伺機發動突襲——刺殺警衛連幹部、奪取警衛連械彈、釋放監犯、進佔附近電臺，廣播中文、臺語、英語三個版本的「臺灣獨立宣言」，號召起義、激化革命，並突襲臺東成功的輕裝步兵師基地，設法控制東臺灣，在當地成立臺灣獨立委員會，並應用外交手段讓國民黨政府下臺。

革命需要人手，舉事需要行動。首先，仁監、義監、養豬欄、福利社逐步建立了聯絡點，接著利用外役時間搜集情資和革命物資，並拉攏山胞在泰源監獄通往臺東公路的道路上擺設水果攤作為策應，對內則聯絡警衛連本省籍士兵協助舉事。再則，起草「臺灣獨立宣言」，並利用秘密管道找人翻譯成英文，錄製成中文版、臺語版、英語版，共計三卷錄音帶，以便利用廣播電臺對外播放。萬事俱備，只欠東風。一九七〇年一月下旬，因發表「臺灣自救運動宣言」而受到國民黨特務監視的彭明敏寄來信物，表示已安全潛逃出國[145]，隨時可以與島內革命運動相呼應，讓國際間看到臺灣果然有政治犯[146]。農曆新年向來是監獄警備最為鬆懈的時候，這年除夕落在二月五日，倘若警衛連能提早在除夕前一週完成裝備檢查，就能確認舉事所需的車輛維持在最佳狀態、彈藥槍砲一應俱全，屆時革命行動就如箭在弦上，不得不發了。

這時節，詹天增唯一掛念的，唯有寡母了。詹天增是獨子，一九三八年生，臺北金山人，從小在金瓜石的礦村成長，安靜不多話，見到人時總是彬彬有禮，喜歡穿著喇叭褲，國小畢業後四處打雜，一九五九年應召在海軍陸戰隊服役，隔年父親去世。一九六二年與同袍鄭金河等人參與蘇東啟臺獨案被捕入獄，寡母從此離家幫傭維持生計。詹天增在獄中常為此慨嘆不已，儘管月月都將外役工資寄回家，但工資微薄，頂多一百元，看看其他獄友投稿，稿費不錯，正好外役時被木頭壓傷，關押在監房裡休息，不如趁機翻譯碰碰運氣？詹天增從一九六九年二月號《婦人俱樂部》選譯了〈首相夫人甘苦談〉（いま総理夫人として思う結婚生活四十三年の哀歓平凡でただ朗らかな妻として）投稿到《拾穗》，舉事前一個月——一九七〇年一月——《拾穗》第二三七期刊出了詹天增翻譯的文章，原文作者是當時日本首相佐藤榮作的夫人佐藤寬子，內容自述丈夫當上首相之前夫妻倆的婚姻生活，文章開頭寫道：

去年，這是我跟隨丈夫訪問十三個國家時的事。不管哪一個國家，凡是一國的首相做正式訪問時，首相夫人必然會來一個記者招待會，但在記者招待會上，首先一定會接受這樣的詢問：「以妳來說，現在是不是最幸福的時候呢？」當然，我是了解記者們所講的意義的。站在女人的立場言，被推崇為首相夫人或第一夫人。確實有為人稱羨的地方。即從外表上看，也確實顯耀出無限的幸福感。可是，在那時候的我，一定

首相夫人甘苦談

詹天增譯

——身為日本「第一夫人」，但仍如侍女一樣伺候員日本國務重責的丈夫，很難獲得安寧日子的佐藤夫人——寬子女士。當談起逝去的四十餘年結婚生活時，她的眼睛裡，是滿溢着一種信任丈夫的幸福感！首相丈夫幸福嗎？

去年，這是我跟隨丈夫訪問十三個國家時的事。不管那一個國家，凡是一國的首相做正式訪問時，首相夫人必然會來一個記者招待會，但在記者招待會上，首先一定會接受這樣的詢問：「以妳來說，現在是不是最幸福的時候呢？」當然，我是了解記者們所講的意義的。站在女人的立場言，被推崇為首相夫人或第一夫人。確實有為人稱羨的地方。即從外表上看，也確實顯耀出無限的幸福感。可是在那時候的我，一定會做否定的答復：

「不！現在我雖然感到很光榮，但，那並不能就認為是最幸福的。」這正是 [illegible]

169

詹天增譯〈首相夫人甘苦談〉

會做否定的答復：

「不！現在我雖然感到很光榮，但，那並不能就認為是最幸福的。」

翻譯這些文字時，詹天增已經參與泰源監獄革命計畫，並輾轉懇求即將出獄的難友代為照顧寡母，發願來生結草啣環以報。舉事前夕，獄友鄭清田勸阻詹天增切莫「雞蛋碰石頭」，但詹天增意志堅定，說：「臺灣長期以來都在當人家的奴隸，我們不入地獄，誰入地獄？」眼前譯稿已經刊出，稿費寄奉寡母，警衛連的裝備檢查也提早完成，就等過年了。

一九七〇年二月八日，大年初三，原本早上六點鐘就會響起哨音的監房，遲至六點五十分才播放恭賀新年的廣播，七點鐘放飯，八點鐘放風到十點半，因為是過年，放風時間比平時多兩倍，鄭金河、詹天增與三位外役政治犯抓緊時間密謀行動，接應的山胞和警衛連弟兄已於初一時聯絡妥當，一旦成功刺殺警衛連班長、佔領圍牆碉堡，便能取得警衛連槍彈和車輛，屆時兵分兩路，一路發動車輛、破壞監獄對外通訊設備，另一路負責從監獄外面開門，鄭清田等人則負責中門接應，負責取得監房鑰匙、釋放參與革命的監犯。待監犯與山胞、警衛連會後，便整隊分成五車出發，先佔領臺東富岡電臺，播放「臺灣獨立宣言」。

十一點五十分，鄭金河從橘子園衝出來，舉刀刺向警衛連班長要害，班長負傷吆呼：

「暴動！殺人！」詹天增見狀上前補刀，餘者三人挾持衛兵搶奪槍彈，一行人直往監獄大門奔去，此時警衛連士兵聞聲趕到，鄭金河號令其中接應者採取行動，但接應者眼見事跡敗露、難有勝算，頂多袖手旁觀。鄭金河當機立斷，接過搶來的槍枝對空鳴槍，第二槍瞄準監獄大門轉角的小門，希望一槍把門打開，但子彈卻發射不出去，警衛連的幾位內應緊急磋商，力勸鄭金河、詹天增等人趕緊逃亡。隨後警備總司令部直接接管泰源監獄，並動員大量軍警展開搜捕，五位外役政治犯先後於一九七〇年二月十三日至十八日之間逮捕歸案，經歷刑求拷打，同年三月三十日判刑、五月三十日槍決。經常採用泰源監犯來稿的《新生報》副刊主編童尚經[147]也於五月遭到逮捕，調查局整理一九六六年至一九六九年期間，童尚經共採用泰源監犯稿件八百零八篇，指控其接受投稿實屬「資助匪黨」行為[148]，十一月判處死刑，一九七二年八月二十六日槍決。

昨夜東風吹血腥，今朝落花流水去。《拾穗》伸向東瀛的翻譯橋，發端自勉勵本省籍青年學習中文的美意，承載著鍾肇政和施明正的文學夢，運輸著詹天增等泰源監犯的生活費，帶來了日本文化獨特的纖細與善感。一九七〇年七月，泰源事件塵埃落定，《拾穗》第二四三期刊出了最後一篇政治犯的譯作，譯者古滿興，一九一七年生，臺灣苗栗人，一九四九年任苗栗縣南庄鄉公所文化股主任，隔年因「著手顛覆政府」而處以無期徒刑。一九六四年從泰源移監至綠島，在獄中讀到一九六九年八月號的日本通俗小說雜誌《ALL讀物》（オール讀物），並將其中一篇慘絕人寰的故事翻譯出來。敘事者意外得知日本鳥取縣一樁謀殺案的真相，心情悲苦交集，招來藝伎陪酒解悶，藝伎演唱小曲時，敘事者感到幾分寒意，因而題名〈寒歌〉，故事是這樣收尾的：

古滿興譯〈寒歌〉

殺人事件經過三十年不被發覺，那個犯人又能活到七十幾歲而晏然地長眠，而又無一人揭穿真象——這種例子，世間竟有多少呢？

三十年前的殺人事件，已經成為過去的歷史，殺人者的松之助和目擊者的靜子都不在世間，知道這個事實的，祇有我一人了。可是，我又會不告訴任何人而會死去的。

大概一個三十歲稍為出頭的藝妓，大開嗓門，儘情高唱「皆生小曲」這個小曲，本是無可厚非的曲子，不知怎麼的，我好像聽到了感到冷颼颼的，而引不起興趣來。

註釋

135 湯元吉（1904～1994），江蘇南通人，上海同濟大學肄業，德國明興大學化學博士。歷任中央研究院化學所研究員（1931～），國立同濟大學、浙江大學教授，資源委員會鎢鐵廠籌備委員會工程師（1936～），來臺後擔任台灣肥料公司總經理（1946～1958）。

136 《中華民國與日本國間和平條約》於一九五二年四月二十八日在臺北賓館簽訂，同年八月五日生效，正式結束兩國自第二次世界大戰以來的戰爭狀態。

137 臺北州立臺北工業學校為國立臺北科技大學前身，原為日本臺灣總督府於一九一二年設立的「民政部學務部附屬工業講習所」（一九一九年改名為「臺灣公立臺北工業學校」），一九一八年於原址增設專收日籍學生的「臺灣總督府工業學校」，兩校於一九二三年合併為臺北州立臺北工業學校。

138 關於林煥星的生平，詳見許雪姬（2002）。《日治時期在「滿洲」的台灣人》。臺北：中央研究院近代史研究所。

139 詳見台灣肥料製造股份有限公司，「抄奉此次事變本公司呈會之特別出力人員名單」，一九四七年四月二十二日，檔案管理局檔案，檔號：A202000000A/0036/299/092/1/010。

140 司馬江漢（1738～1818），本名安藤吉次郎，江戶時代畫家，日本銅版畫（即鍾肇政所譯「銅片畫」）始祖。

141 「日本Pen Club」的英文全名是「The Japan P.E.N. Club」，是國際筆會（PEN International）在日本的分會，「P.E.N.」分別代表了「詩人」（poets）、「劇作家」（playwrights）、「編輯」（editor）、「散文家」（essayists）和「小說家」（novelists）。

142 原文是：for his narrative mastery, which with great sensibility expresses the essence of the Japanese mind.

143 關於泰源監獄與泰源事件，詳見陳儀深（主訪）（2002）。《口述歷史：泰源監獄事件專輯》。臺北：中央研究院近代史研究所；高金郎（2019）。《泰源風雲：政治犯監獄革命事件》。臺北：前衛。

144 關於泰源監獄的寫稿情形，詳見施明雄（1998）。《白色恐怖黑暗時代：台灣人受難史》。臺北：前衛。

145 彭明敏（1923～2022），臺灣臺中人，一九四二年考入東京帝國大學政治科，一九四六年因國民黨政府承認日本各帝國大學學生的學歷而進入臺大政治系就讀，而後取得法國巴黎大學法學博士，一九六四年因與謝聰敏、魏廷朝共同發表「臺灣人民自救運動宣言」而被捕入獄，一九六五年十一月獲特赦出獄，因不堪國民黨特務跟監而策劃逃亡，一九七〇年一月三日安抵瑞典，同年二月一日可見《中央日報》報導。彭明敏偵訊期間曾與吳俊輝同一囚房，吳俊輝後移監至泰源監獄，期間收到彭氏投寄的郵包，便知彭氏已成功出逃。詳見陳儀深訪問，簡佳慧紀錄，〈吳俊輝先生訪問紀錄〉，中央研究院近代史研究所《口述歷史》編輯委員會編輯，《口述歷史第11期：泰源監獄事件專輯》。

146 文中所稱約定，並未見於彭明敏遺留的文字中，但可見於：陳儀深訪問，林東璟紀錄，〈鄭正成先生訪問紀錄〉，中央研究院近代史研究所《口述歷史》編輯委員會編輯，《口述歷史第10期：蘇東啟政治案件專輯》。

147 童尚經（1917~1972），筆名童常，江蘇鎮江人，江蘇省立鎮江師範學校初中部畢業，擔任上海《申報》圖書館資料編輯，一九四六年來臺，隔年一月進入《新生報》工作，歷任資料室主任、副刊主編、副總編輯，並創立「新生兒童」副刊，為臺灣兒童文學先驅。

148 詳見陳百齡（2019）。〈報業政治獵巫：1950~80年代《臺灣新生報》政治案件〉。載於《未完成的戰爭：戰後東亞人權問題》。政大圖書館數位典藏組。

十一　反共血脈，親美潮流

《拾穗》的出版委員自英美刊物選譯了三篇文章，砥礪讀者繼續與「眼前的陰霾奮鬥」，呼應政府反共抗俄、親美親英的文藝政策。

出場人物

《拾穗》誕生於一九五〇年代，繼承了當時反共親美的血脈，譯者揮筆如麾，挺身加入戰鬪行伍。本章介紹三位譯者——曹君曼、何毓衡、陳雄飛。曹君曼是《拾穗》出版委員，筆名荊邁，豪氣刪除不利美方的文字，剪裁出一段美國國夢。何毓衡是海軍上校、軍艦艦長，執筆翻譯著名反共小說《唐卡米羅的小天地》。

曹君曼，《拾穗》出版委員

陳雄飛是外交部次長，在聯合國席位保衛戰期間，翻譯匈牙利自由鬥士的演說稿〈戰鬥〉，呼籲全民同心、反俄反共。

如果一九七一年是國民黨政府外交史上最黑暗的一年，那麼，一九七〇年就是黑暗前的餘暉，也是《拾穗》創刊二十週年的日子。一九七〇年二月，《拾穗》第二三八期〈致讀者〉寫道：

再過二月是拾穗的二十年足歲，想到現在徵文，正好二四一期起開始刊登，可出現些新風格。徵求譯自英日文以外的故事小說，最好一、二期能刊完。

《拾穗》竟然指定徵求「英日文以外」的譯文稿件，這可是史無前例的新鮮事。要知道，《拾穗》刊登的小說翻譯中，原文向來以英文居多，大約佔八成五，日文居次，大約佔百分之五，之所以特別徵求其他域外小說，除了一新讀者耳目之外，或許也跟當時國民黨政府的外交困境有關。

還是先話說從頭吧！一九四九年十月一日，毛澤東在北京天安門城樓宣布中華人民共和國成立，這一天，世界上誕生了一個全新的國家，要來與國民黨政府爭取中國代表權。為此，雙方不僅在外交版圖上攻城掠地，而且還在翻譯場上互別苗頭。代表新中國的共產黨政府看準第二次世界大戰之後亞拉非國家紛紛成立，一方面於一九五三年提出「和平共處五項原則」，藉以消弭新興國家對共產黨政權的疑慮，二方面大量譯介亞拉非各國的文學作品，透過文學翻譯來進行文化外交，包括朝鮮、越南、柬埔寨、印度、印尼、埃及、黎巴嫩、約旦、巴西、阿根廷、墨西哥、古巴……等國家，其文學作品都有譯本在新中國問世[149]。

新中國成立後，國民黨政府於一九四九年十二月七日播遷來臺，友邦紛紛離去，外交陷入孤立。直到隔年六月二十五日，韓戰爆發，美國杜魯門政府與蔣中正政府締結反共聯盟，這才為國民黨政府打開外交新局。美國盡力將臺灣打造成西太平洋軍事防線上的重要堡壘，並大量輸入美國文化，形塑臺灣「自由中國」的形象，以對抗海峽對岸的「共產中國」，國民黨政府也因而採取反共親美的外交政策，一方面推動反共文藝，二方面譯介美國文學，並透過報禁控制島內出版品言論一致。《拾穗》自然無法置身事外，時不時便登載反共親美的文章。

在反共方面，《拾穗》的補白常可見國民黨政府的文宣，短則兩句，例如「為免得凍餓死亡必須反共／為求得安居樂業必須反共」，或如「反共抗俄，爭取國家自由／反共抗俄，解救大陸同胞」，長則成篇，例如〈萬事莫如防空急〉、〈一元獻機標語〉、〈獎勵檢舉匪諜辦法摘要〉……等。除了補白之外，《拾穗》也刊載輯譯自美國雜誌的反共笑話，例如一九五二年一月，《拾穗》第二十一期登載了「鐵幕後的幽默選輯」，編輯從《紐約時報》（*The New York Times*）選譯了十三則嘲諷蘇聯人民遭受剝削的笑話，其中第三則「長頸牛的價值」寫道：

一位農業專家正在闡述蘇聯科學的輝煌成就時，指着那只希有的珍獸說：「這是蘇聯生物學家最近的成就，我們的導師李森科完成了牛與長頸鹿的交配而產生這樣一個新種叫作長頸牛。」

「這種長頸牛有什麼價值呢？」聽眾中的一位問他。

「牠是一種草食的獸類，牠的身體形態可以使牠一邊在保加利亞吃人家的草，同時我們却可以在莫斯科擠着牠的牛奶。」

鐵幕後的幽默選輯
烟客譯
二十一期
三、長頸牛的價值
六八

佚名譯〈鐵幕後的幽默選輯〉，署名烟客

除了鐵幕笑話，《拾穗》也不乏諷刺蘇聯人民生活苦悶的趣聞。一九五二年五月，《拾穗》第二十五期刊出〈鐵幕趣譚〉，內容講述「在蘇聯一位青年申請學習獸醫，當審查資格時，他說『我曾像牛馬一樣地工作，像豬一樣地住宿，像金絲雀一樣地進食，而被看待得像一隻狗。』」隔月第二十六期的〈鐵幕趣聞〉則寫道：「在波蘭，每逢『蘇聯友好月』那一個月，各處都要掛上如下的標語：『三十天的波俄友好精神』，有許多波蘭人偷偷地在下面添上一句：『可不要再多一天！』」

在親美方面，《拾穗》的補白也可見講述美國人民生活富庶的軼事。一九五二年十月，《拾穗》第三十期刊載〈外國人對美國人的看法〉：「在巴黎流行着這樣的一個小故事：『有錢的美國人跟沒有錢的美國人區別何在？』『沒有錢的美國人自己擦卡地拉克汽車。』（卡地拉克是比較名貴的一種汽車）」。此外，《拾穗》的文章大多翻譯自美國雜誌，甚至由美國新聞處直接供稿，內容介紹美國機構、軍事、科技、醫學、時事、經濟、藝術、教育、文壇，一來拉近臺灣與美國的心理距離，二來形塑美國為世界的先驅、臺灣的借鏡，例如一九五〇年十月，《拾穗》第六期刊出〈電擊的故事〉，編輯在正文前附上導言：「本省自雨季以來，常常發生雷電殛斃人畜的事件（……）本篇係最近美國及其他各地遭受電擊的記載，讀者可與本省發生者相比較」；又如一九五三年三月，《拾穗》第三十五期介紹〈偉大的戰地女護士〉，編輯引言寫道：「我們以美國有史以來，最偉大的戰地護士畢克黛媽媽的生平事蹟，來紀念三月中的護士節，我們希望她能成為自由中國女護士們的榜樣。在未來的反攻時期裡立下光榮的功績。」同年五月，《拾穗》第三十七期翻譯了〈美國如何救護傷兵〉，正文前的導言也說：「我們反攻大陸的時候，對受傷的勇士應如何處置，這是一個很好的借鏡。」

為了符合反共親美的方針，《拾穗》的編輯和譯者偶爾不得不對原文舉要刪蕪，方能突顯其反共血脈、親美潮流。一九五一年一月，《拾穗》第九期刊登了出版委員曹君曼[150]翻譯的〈喬遷〉，署名「荊邁」，原文出自帕帕希禮夫婦（George and Helen Papashvily）一九四五年合著的長篇小說《無奇不有》（*Anything Can Happen*），共二十章，講述主角帶著美

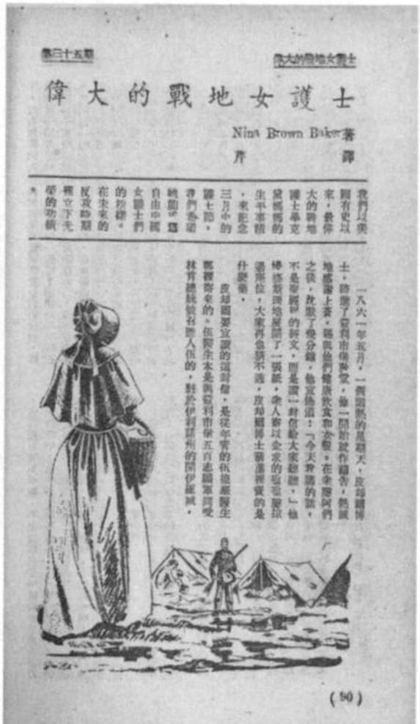
偉大的戰地女護士

Nina Brown Baker 著

芹 譯

佚名譯〈偉大的戰地女護士〉，署名芹

美國如何救護傷兵

陳敬賢譯

陳敬賢譯〈美國如何救護傷兵〉

國夢踏上紐約，一路跌跌撞撞，才發現美國不如世人想像得那麼美好。全書筆調詼諧、暢銷全美，但內容戳破了美國夢，不符合當時國民黨政府反共親美的外交政策，因此，曹君曼捨棄不利美國正面形象的章節，從第七章〈日沒到加州〉（“At the Sundown is California”）後半段開始翻譯，正文前則附上前情提要：

> 一個白俄在第一次大戰後闖進美國，找飯碗，訪同鄉，想發財，處處鬧成笑話。這次好端端的一個底特律城，突然變得經濟崩潰，房東太太生計無着，邀他與一家人計議大局，房東太太的父親緬懷故國，要逃荒到沙皇舊治的阿拉斯加去，但她的女兒卻憧憬着好萊塢銀星美夢。一場爭辯，結果由這位房客決定遷往加里福尼亞。這段旅行當然非常有趣。

這段前情提要趣味橫生，但與原著所述頗見出入。在原作者的敘述中，白俄主角苦幹

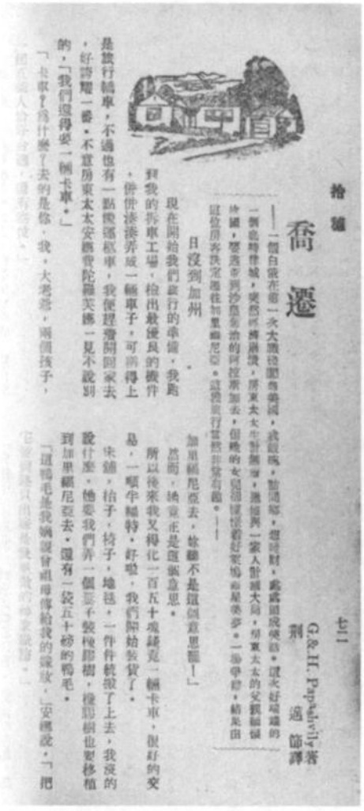
拾遺　七二
喬遷
G.&H. Papashvily著
荊　邁節譯
日沒到加州

曹君曼譯〈喬遷〉，署名荊邁

實幹，終究苦盡甘來，但在曹君曼的剪裁下，白俄主角宛如災星，底特律原本「好端端」的，主角一來就「突然變得經濟崩潰」，這多多少少醜化了蘇聯出身的白俄主角，無形中在字裡行間埋入反共訊息，而第七章前半段之所以略過不譯，或許是因為其內容描述底特律景氣蕭條，恐有貶損美國形象之虞。原文第七章是這樣開頭的：

眼睜睜看著一個人因病消瘦，已經是撕心裂肺之痛；眼睜睜看著一座城市衰敗枯槁，其痛遠非撕心裂肺所能形容。一九三二年冬天的底特律正是如此。原本輝煌燦爛、生機勃勃的城市，一天一天死去了。

相較之下，《拾穗》的譯本在曹君曼的刪削裁切之下，故事一開場便相當振奮人心：

現在開始我們旅行的準備，我跑到我的拆車工場，檢出最優良的機件，拼拼湊湊弄成一輛車子，可稱得上是旅行轎車，不過也有一點像運柩車，我便趕着開回家去，好誇耀一番。不意房東太太安娜費陀羅芙娜一見不說別的，「我們還得要一輛卡車。」「卡車？為什麼？去的是你，我，大老爺，兩個孩子，一起五個人恰好合適，還有空位。」

「噢？我已經說動格累希金夫人，她必定會參加，還有厄馬克也願意一同去哪。」

「那也要不了卡車啊。」

「說老實話，我的家具。」

「安娜費陀羅芙娜，」我說，「你要咱們把妳的木器搬到加里福尼亞去，妳總不是這個意思罷！」

然而，她竟正是這個意思。

所以後來我又得化一百五十塊錢覓一輛卡車，很好的交易，一噸半福特。好啦，我們開始裝貨了。

曹君曼的翻譯筆帶幽默、對話活潑，而且點到為止、恰到好處，比起原著毫不遜色。至於故事後半，曹君曼其實沒有譯完，只翻譯到主角和房東準備「喬遷」，同時採用〈喬遷〉作為全文標題，帶有恭賀他人搬家之意，故事在此劃下句點，讓讀者對主角光明美好的未來充滿無限想像。

曹君曼作為《拾穗》譯者，將原著《無奇不有》去蕪存菁，讓〈喬遷〉成為反共親美的文本。而作為出版委員，曹君曼也與同仁披沙揀金，精選適合當時國情的文章，讓《拾穗》符合反共親美的時代氛圍，而其中最為經典的作品，要屬一九五五年一月第五十七期開始連載的反共小說《唐卡米羅的小天地》(*Mondo Piccolo. Don Camillo*)，原作者瓜雷斯基（Giovanni Guareschi，1908~1968）是義大利記者兼幽默作家，反對義大利共產黨、支持天主教民主黨（Democrazia Cristiana）。義大利共和國於一九四六年成立後，預定於一九四八年四月十八日舉行大選，屆時民主黨與共產黨將爭取議會席次，為此，瓜雷斯基創造出唐卡米羅（Don Camillo）這位本堂神父和教友皮龐（Peppone）這位共產黨鎮長。神父與鎮

1982年12月，攝於何毓衡在美紐澤西州家前院。
由右至左：孫正元、孫賡年、曹菡華、薛真培、何毓衡

長從一九四六年十二月開始在義大利週刊《純潔》（*Candido*）上鬥法，一路鬥到大選前一個月，終於將兩人鬥法的故事集結成單行本，一出版立刻大賣，瓜雷斯基支持的民主黨也大獲全勝，該黨主張聯合美國抗衡蘇聯，在該黨執政下，義大利獲得美國經濟援助、走出戰敗陰霾，《唐卡米羅的小天地》也於一九五〇年出版英譯本，成為流行一時的反共讀物。

一九五三年五月，韓戰接近尾聲，毛澤東政府開始對蔣中正政府控制的浙江沿海島嶼發動登陸作戰，並於一九五四年九月三日砲擊金門，史稱第一次臺海危機。同年十二月，蔣中正政府與艾森豪政府簽訂「中華民國與美利堅合眾國間共同防禦條約」，隔月《拾穗》開始連載海軍軍官何毓衡[151]從英文轉譯的《唐卡米羅的小天地》，不僅獲得出版委員在〈致讀者〉中鄭重推薦，更由孫賡年在〈西書評介〉特別介紹。〈致讀者〉說：「《唐卡米羅的小天地》是一篇不落俗套的反共小說，從人類的善良天性裡揭露出共產主義的罪惡」。孫賡年的〈西書評介〉則抓住時代脈絡、緊扣「戰鬥」二字：

在意大利北部，波河流經的一個

西書評介

唐卡米羅的小天地

原名：The Little World of Don Camillo
作者：Giovanni Guareschi
出版者：Pellegrini & Cudahy
頁數：二〇五
定價：美金二元七角五分

(120)

孫賡年譯〈西書評介－《唐卡米羅的小天地》〉

> 山谷中，有一個小小的村莊，那裡的人，民風強悍，但卻富有幽默性。
> 「唐卡米羅的小天地」就是描寫這個村莊裡面所發生的日常瑣事，也可以說是許多篇速寫似的幽默片段所組成的一本描寫戰鬥生活的書——一個具有戰鬥精神的牧師和一個不信神的共產黨徒鎮長間所發生的不屈不撓的爭取領導權的戰爭。
> 唐卡米羅並不是一個通常的牧師，他有旺盛的戰鬥意志。在教堂裡，他藏有迫擊砲和衝鋒槍。

相較於〈致讀者〉和〈西書評介〉的豪情萬丈，何毓衡翻譯的《唐卡米羅的小天地》顯得平淡天真，神父唐卡米羅與共產黨鎮長皮龐雖然是死對頭，但作者並未強調兩人的角色一邪一正，反而更著墨於信仰的力量與良心的指引，故事是這樣開場的：

> 唐卡米羅的小天地，位於波河谷裡，和北意大利平原上的任何村鎮一樣，而波河與亞平寧山脈之間，四季

何毓衡譯〈唐卡米羅的小天地〉

> 常春，景色如一，在這樣的鄉村裡你可以駐足路旁，眺望坐落在玉蜀黍和麻田中央的農莊，故事便馬上會油然而生。
>
> 為什麼我不先講故事，却來上這一般開場白？我想要諸位讀者，先懂得這環山帶水的小天地中，好多事都可能發生。而別的地方也許並不會如此。這兒河水深沉，河流內在的呼吸，濾潔了空氣，不管活人死鬼，甚至貓狗畜牲，都有靈魂。要是你保有這種觀念，那你就不難於瞭解鎮上牧師唐卡米羅，和他的死對頭，共產黨籍的鄉長皮龐，進而你對那坐在鎮上教堂十字架上，審閱世事，而且能和凡人交談的上帝，也不致於驚奇了。還有，一個人打破另一個的頭也是公平的——因為他們並無深仇大恨——最後，兩個敵人，終得見解一致，而言歸於好。

何毓衡的譯文一如原文平和恬淡，有上帝在一旁「審閱世事」(watches the goings-on)，唐卡米羅與皮龐雖然敵對但「並無深仇大恨」(without hatred)，兩人最終「見解一致，而言歸於好」(agree about the essentials)。

《拾穗》連載《唐卡米羅的小天地》聲援反共，海峽兩岸則持續拔弩張。一九五五年一月十八日，毛澤東政府對蔣中正政府控制的浙江省一江山島發動海陸空三棲作戰，兩天後奪島成功。為了鼓舞戰鬥意志，《拾穗》出版委員在隔月第五十八期的〈致讀者〉寫道：

今年的一月要算是最忙碌的一個月份了（……）雖然一江山前線戰爭的小小失利，七百餘戰士的慷慨成仁，不免給自由中國蒙上一層極薄的陰霧，但舉國敵愾同仇的氣概以及友邦朝野一致的援助，已明朗地在陰霧後面襯托出晴朗的好天氣，我們相信，在漸漸展開的旭日光輝下，陰霧是立刻會消蝕淨盡的，這一期的拾穗選了幾篇文章以適應當前一月份的特殊環境，〈大馬戲團〉和〈美國的賽會狂〉二篇介紹了規模極大的兩種娛樂場面，藉以點綴新春氣象，〈直上雲霄〉一篇介紹第二次世界大戰中的一名無腿空軍英雄，故事中充滿了勇敢剛毅，不屈不撓的精神，他決不對困難的環境低頭，也決不向失敗和失望屈服，這種精神使他成為一個空軍中的名將，也是這一種精神使英國在最悲慘惡劣的環境下逃避了被納粹吞噬的惡運，我們認為這一篇文章很足以鼓勵我們，使我們能和蒙覆在我們眼前的陰霧奮鬪。

在政府反共戰敗的情況下，《拾穗》的出版委員自英美刊物選譯了上述三篇文章來提振士氣，再搭配上振奮人心的導讀文字，砥礪讀者繼續與「眼前的陰霾奮鬥」，呼應政府反共抗俄、親美親英的文藝政策。同年三月，《拾穗》第五十九期刊出〈神秘的美國中央情報局〉，譯文前的編輯導讀更是表明了《拾穗》親美反共的立場：

在作為熱戰前奏曲的冷戰中，情報工作之重要性已超越一切之上。（……）美國是目前自由世界的盟主，在自由民主和共產極權兩大陣營熱戰的前夕，她的情報工作幹得是否得當，是為全世界所關心的。「星期六晚郵」週刊為此特自去年十月卅日起，連載三期登出了一篇關於美國最高情報機構——「中央情報局」的專訪，在安全所許可的限度內，向讀者透露了一些很有價值的新聞，故特將其迻譯，並自前年八月三日時代週刊上的一篇文章上補充一部份資料，得到一篇比較詳盡和完全的報導以饗拾穗的讀者，決分三期登完。……我國讀者，大概都還不會忘記大陸上戰事失敗的慘痛教訓，看了這篇文章之後，除了對目前世界動盪局勢中的暗流的來龍去脈可以略窺一二之外，相信更可以使我們隨時提高警覺，不致為敵人所乘。

拾穗　神秘的美國中央情報局

（華盛頓中央情報局的招牌）

神秘的美國中央情報局

林騰 譯

明君賢將，所以動而勝人，成功出於衆者，先知也。
—孫子兵法用間第十三（公元前五〇〇年）

在作為熱戰前奏曲的冷戰中，情報工作之重要性已超越一切之上。即使在熱戰中，情報如果不是最最重要的勝負因素，至少亦是最重要的因素之一。當今世界各國，不論強弱大小，無不勾心鬥角地在搜求，竊取，收買，偷窃，甚至強奪其他國家—不但是假想中的敵國，甚至是友國的有關情報。其目的何在？蓋因一切外交，軍事，政治，經濟，各方面的決策，

1

林騰譯〈神秘的美國中央情報局〉

導讀一開始將冷戰定義為「熱戰前奏曲」，隱隱表露國民黨政府發動戰爭、收復失土的心跡，下文又稱美國為「自由世界的盟主」，率領自由民主陣營與共產集團對抗，順應了國民黨政府親美抗共的外交方針，文末順勢帶出「大陸上戰事失敗」、「不致為敵人所乘」的反共意識，呼應了當權者以反共作為維護中國代表權的外交策略。

想要維護中國代表權，一味仰賴美國、反共抗俄遠遠不夠，尤其新中國不斷透過譯介亞拉非各國文學來拉攏友邦，代表自由中國的國民黨政府自然也透過文學翻譯來做紙上外交。《拾穗》作為當時戰鬥文藝的一環，翻譯最多的便是美國文學，其次是英國文學、日本文學、法國文學、德國文學、義大利文學，例如郁仁長翻譯《溫莎公爵回憶錄》和《雪萊詩選》是英國文學，鍾肇政翻譯〈秋女〉和〈水月〉是日文本學，姚公偉翻譯〈埃斯柯里爾夫人的奇遇〉和〈絳帷倩影〉是法國文學，孫賡年翻譯《盲者之歌》和《柏林省親記》是德國文學，何毓衡翻譯《唐卡米羅的小天地》是義大利文學，都是隸屬民主陣營國家的文學作品，其餘包括愛爾蘭、舊俄、加拿大、西班牙、奧地利、丹麥、印度、澳大利亞、南非……等，共計翻譯了三十個國家的文學作品，大多轉譯自美國書報刊物上的英譯本。

藉由翻譯萬邦，《拾穗》成為自由中國與民主陣營之間的文化橋樑。早在一九五二年五月，高雄煉油廠廠長張明哲[152]便於《拾穗》第二十五期發表〈進步與理想——為拾穗創刊二週年作〉，誠懇道出《拾穗》出版委員翻譯歐美各國文章的用心：

我們深深的覺到，知識即是能力，認識可以建立友誼，文學藝術可以慰藉靈魂的饑渴，培養高尚的德性，假若我們有一點專長，則是在我們科學與工業的知識及對文學藝術的喜好，因此我們從事於這方面的譯述。譯述是介紹他人之長以補一己之拙；翻譯歐美雜誌文章，可以增進我們對民主陣營的認識，了解從而建立友誼；介紹新的科學進步，可以提高知識的水準並增廣其範圍；再以很多的篇幅登載文藝譯品，調劑讀者為嚴肅工作而略感疲倦的身心，文藝的陶冶，亦可對身心有所裨益。

進步與理想
——為拾穗創刊二周年作——
明哲

人類之異於禽獸，文明之異於野蠻，近代社會之與原始社會不同，全賴於人類文化不斷的進步。人類靠着語言文字的媒介，能將前人的知識經驗傳給後人，蔭積愈多，形成廣大淹博的現有文化。我們每個人的生活與工作，都是在有意或無意之中，負了傳播，存續或促進人類文化的使命。整個的文化無時無刻不在進步之中，這是基於人類本性之要求，這種進步的趨向，幾乎是永無止境。文化的進步是有一個固定的目標，永是朝着這一個目標邁進的，這個目標就是人類的理想，求完全的眞理，求盡美盡善，更具體的說，是求人類物質生活最大的舒適安逸，精神生活最高的和美愉暢，總之是求生活最多的滿足，詩人們謳歌這種不斷努力的成就，政治家們致力於免除匱乏恐懼等，科學家們探求宇宙的秘密，工業家們改善天然環境以增進人們的福利，藝術家們創造美的理想，都在朝着同一目標努力。

我們倘應注意人類的要求與欲望，十分紛雜繁多，復對終極的目標認識不完全，於是由於部分人的注意點不同，文化水準的高低，時代潮流的影響，其對文化的促進，各各着力點不同，方向亦多分歧，以致文化消長的情形，並不能保着一個直線方向前行，而是走的一條十分曲折錯綜的路，考察文化消長的歷史，很多明例顯示，埃及巴比倫的光

張明哲著〈進步與理想
——為拾穗創刊二周年作〉，
署名明哲

張明哲，《拾穗》發行人

然而，靠翻譯做外交終究只是紙上談兵，敵不過外在形勢變化。自一九五六年起，毛澤東政府與蘇聯日益交惡，共產陣營的裂痕漸次浮現，美國因而考慮改變外交方針，不排除拉攏共產中國、牽制蘇聯，尤其蘇聯國力日漸增長，而參與越戰卻耗損了美國的元氣。一九六八年，尼克森政府提出新的外交政策，一則要求盟邦分擔美國的軍事與經濟責任，二則倡導以談判代替對抗，藉此緩和東西兩大陣營的對峙局面，並積極改善與共產中國的關係，從而危及國民黨政府在聯合國的中國代表權。在這個節骨眼上，《拾穗》一本初衷，指名徵求「譯自英日文以外的故事小說」，不放棄透過翻譯來為政府爭取邦交，果然徵得駐比利時王國大使陳雄飛[153]翻譯的〈準備戰鬥！〉（"To Arms"），原文出自匈牙利自由鬥士柯蘇特（Louis Kossuth，1802～1894）的演說稿，譯筆雄渾，激發讀者同仇敵愾之心：

> 我們的祖國正在危難之中。同胞們，準備戰鬥吧！準備戰鬥吧！除非全國上下萬眾一心站起來自衛，否則，以前已流出之高貴的血是白

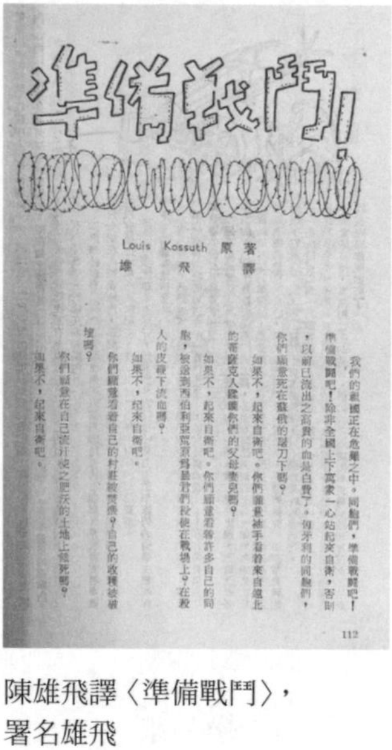
準備戰鬥！

Louis Kossuth 原著
雄飛 譯

我們的祖國正在危難之中。同胞們，準備戰鬥吧！準備戰鬥吧！除非全國上下萬衆一心站起來自衛，否則，以前已流出之高貴的血是白費了。匈牙利的同胞們，你們願意死在俄國的屠刀下嗎？

如果不，起來自衛吧。你們願意袖手看着來自遙北的哥薩克人蹂躪你們的父母妻兒嗎？

如果不，起來自衛吧。你們願意看着許多自己的同胞，被送到西伯利亞荒涼野蠻暴君們役使在戰場上？在教人的皮鞭下流血嗎？

如果不，起來自衛吧。

你們願意看着自己的村莊被焚燒？自己的收穫被破壞嗎？

你們願意在自己流汗使之肥沃的土地上餓死嗎？

如果不，起來自衛吧。

112

陳雄飛譯〈準備戰鬥〉，
署名雄飛

費了。匈牙利的同胞們，你們願意死在蘇俄的屠刀下嗎？

如果不，起來自衛吧。你們願意袖手看着來自遠北的哥薩克人蹂躪你們的父母妻兒嗎？

如果不，起來自衛吧。你們願意看着許多自己的同胞，被送到西伯利亞荒原為暴君們使役在戰場上？在殺人的皮鞭下流血嗎？

如果不，起來自衛吧。

你們願意看着自己的村莊被焚燬？自己的收穫被破壞嗎？

你們願意在自己流汗使之肥沃的土地上餓死嗎？

如果不，起來自衛吧。

然而，這場戰鬥，終究是失敗了。一九七一年，國民黨政府失去了在聯合國的中國代表權。一九七二年，美國與共產中國推動關係正常化。在此之前，民主陣營與共產陣營壁壘分明，臺灣海峽兩岸的翻譯活動呈現迥異的風景，海峽左岸從蘇聯輸入左翼思想文化與文學，並譯介亞拉非各國文學向新興國家伸出橄欖枝，自由民主思想則取道美國從海峽右岸進出，藉由翻譯民主陣營國家的文學作品來鞏固邦交。在政治掛帥的年代，文學為政治服務，翻譯亦然。想當年，《拾穗》的譯者與反共文學作家並肩，他們譯筆生花，既參與了戰鬥文藝的浪潮，也引進了歐美各國的科學新知與文藝思潮。

註釋

149 詳見查明建、謝天振（2007）。《中國20世紀外國文學翻譯史》（上、下冊）。武漢：湖北教育。

150 曹君曼（1924～2010），筆名荊邁，一九二四年生，浙江吳興人，上海交大化學系畢業，一九四八年由中國石油公司派至高雄煉油廠擔任甲種實習員，一九五〇年擔任《拾穗》出版委員，二〇〇九年獲頒「國科會廿七屆化學研究中心」贈予的「觸媒科技終身成就獎獎牌」，表彰曹君曼對於臺灣早期觸媒研究發展貢獻。

151 何毓衡，一九二五年生，湖南長沙人，英國海軍槍砲學校畢業，於第二次世界大戰末期任職艦務官，來臺任職海軍軍官，著有《藍色記憶》、《浪花上的喜劇》等散文，一九五二至一九六三年間活躍於《拾穗》，共翻譯三篇小說，譯文依中文句構，譯風明快易曉。

152 張明哲（1914～1998），湖北漢川人，國立清華大學化學工程系畢，美國麻州理工學院化學工程碩士，一九四六年來臺，先後擔任中油新竹研究所副所長、所長，一九五〇年擔任中油高雄煉油廠廠長，一九五五年升任中油協理。

153 陳雄飛（1911～2004），江蘇上海人，震旦大學與法國巴黎大學法學雙博士，一九四四年進入外交部，一九四九年奉派出使法國，歷任駐比利時、盧森堡、烏拉圭大使。

十二 堅守譯道，譯無反顧

原本以為作者柯南道爾過世後，福爾摩斯也跟著入土，沒想到竟然在臺灣復活，繼續跟華生醫生鬥智拌嘴。

出場人物

鄧世明，《拾穗》出版委員

楊氣暢，《拾穗》音樂譯者

夏耀，《拾穗》出版委員

一九七〇年代，《拾穗》遭逢重重關卡。隨著經濟成長與教育普及，雜誌社如雨後春筍般成立，雜誌界由寡頭獨霸轉向群雄鼎峙，《拾穗》銷量受到挑戰，編務又因馮宗道卸任而出現震盪，幸虧創刊元老鄧世明、楊氣暢、夏耀一本初衷，秉持「益智、怡情」的宗旨、嚴守「清新、純正」的風格，非但不肯收刊，反而逆勢推出《樂壇偉人》（鄧世明譯）、《偉大的鋼琴家》（楊氣暢譯）、《黑手黨傳奇》（夏耀譯）……等廣受好評的譯著，《拾穗》柳暗花明又一村，一九七七年由行政院新聞局頒發金鼎獎「優良雜誌獎」。

鄧世明戴上粗框的閱讀眼鏡，鏡面上反映著檯燈溶溶的光暈，一對粗濃的眉毛下，是一雙睿智而溫柔的大眼睛，眼角帶笑抄起了桌面上第三百三十二期《拾穗》，一翻開，大大的〈致讀者——寫於榮獲金鼎獎後〉映入了眼簾：

「拾穗」是一本較偏向於科技知識的綜合性雜誌，創辦至今已有二十七年之久，在這一段不算短的時間中，除了平時讀者不斷的愛護及鼓勵之外，今年又榮獲行政院新聞局優良雜誌金鼎獎。在此際，我們有信心肯定，這項榮譽不是徼倖獲致的，而是期待已久的。

因為，二十七年來「拾穗」一直堅持一個理想，在高雄煉油總廠有形能源的光和熱照耀之下，提供給社會、人群一份無形能源的光和熱。我們期待已久的不是報償和讚譽，而是希望因此能有更多人來與我們分享並供輸這份光和熱。

如今，我們覺得責任更重，但亦更有信心。面對印刷術對人類文明之貢獻，面對二十七年來多少前輩的辛勤耕耘，面對廣大的讀者群，面對一本雜誌的存在理由與價值，「拾穗」的目標是繼續不斷的傳播更多的知識，溝通更多的心靈。

是啊，二十七年了。《拾穗》發行了幾個年頭，鄧世明就為《拾穗》翻譯了幾個年頭，長年累月譯介西洋音樂、結交無數知音，廠內同仁楊氣暢就是其中之一，兩人共同經營音樂專欄，介紹西洋古典音樂的曲種、人物、樂器……等，從青春譯介到白頭。

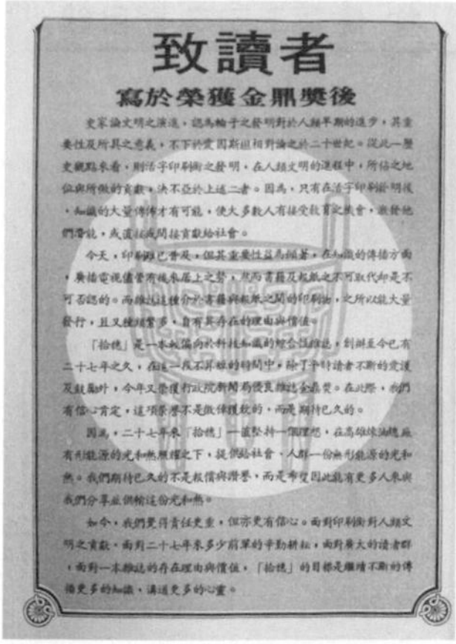

致讀者

寫於榮獲金鼎獎後

史家論文明之演進，認為輪子之發明對於人類早期的進步，其重要性及所具之意義，不下於愛因斯坦相對論之於二十世紀。從此一歷史觀點來看，則活字印刷術之發明，在人類文明的進程中，所佔之地位與所做的貢獻，決不亞於上述二者。因為，只有在活字印刷發明後，知識的大量傳佈才有可能，使大多數人有接受教育之機會，激發他們潛能，或直接或間接貢獻給社會。

今天，印刷雖已普及，但其重要性益為顯著，在知識的傳播方面，廣播電視儘管有後來居上之勢，然而書籍及報紙之不可取代卻是不可否認的。而雜誌這種介於書籍與報紙之間的印刷品，之所以能大量發行，且又種類繁多，自有其存在的理由與價值。

「拾穗」是一本偏向於科技知識的綜合性雜誌，創辦至今已有二十七年之久，在這一段不算短的時間中，除了平時讀者不斷的愛護及鼓勵外，今年又榮獲行政院新聞局優良雜誌金鼎獎。在此際，我們有信心肯定，這項榮譽不是僥倖獲致的，而是期待已久的。

因為，二十七年來「拾穗」一直堅持一個理想，在高雄煉油總廠有形能源的光和熱照耀之下，提供給社會、人群一份無形能源的光和熱。我們期待已久的不是報償與讚譽，而是希望因此能有更多人來與我們分享並供輸這份光和熱。

如今，我們覺得責任更重，但亦更有信心。面對印刷術對人類文明之貢獻，面對二十七年來多少前輩的辛勤耕耘，面對廣大的讀者群，面對一本雜誌的存在理由與價值，「拾穗」的目標是繼續不斷的傳播更多的知識，溝通更多的心靈。

金鼎獎證書

張明哲君登記發行之拾穗雜誌經中華民國六十六年優良雜誌金鼎獎評審委員會評定應頒給金鼎獎一座以資激勵

此證

丁懋時

中華民國……月十一日

〈致讀者－寫於榮獲金鼎獎之後〉 金鼎獎證書

楊氣暢是廣東澄海人，一九四七年進入高雄煉油廠，一九五〇年開始以筆名「棄唱」為《拾穗》譯介〈歌劇阿依達〉、〈歌劇魔笛〉等西洋歌劇，並以筆名「羊棄」翻譯〈黃昏抒情曲〉（"To Evening"）、〈洛茜．格蕾〉（"Lucy Gray"）等詩作。不同於郁仁長譯詩有著得意忘言的灑脫俊逸，楊氣暢的譯詩有著追求形似而後神似的戰戰兢兢，同樣是翻譯英國浪漫主義詩人的作品，楊氣暢並未採用古體詩詞的格律，反而緊隨作者華茲華斯〈洛茜．格蕾〉的原詩，讓天真無邪的英國小女孩雖死猶生：

我時時聽說過洛茜。格蕾：
當我橫越過那荒野，
在一日的晨曦裏我偶然遇見，
那孤獨的孩子。

這首一七九九年的敘事詩以倒敘法開頭，華茲華斯「聽說過」（had heard）又「偶然遇見」（chanced to see）的洛茜．格蕾，是歿於

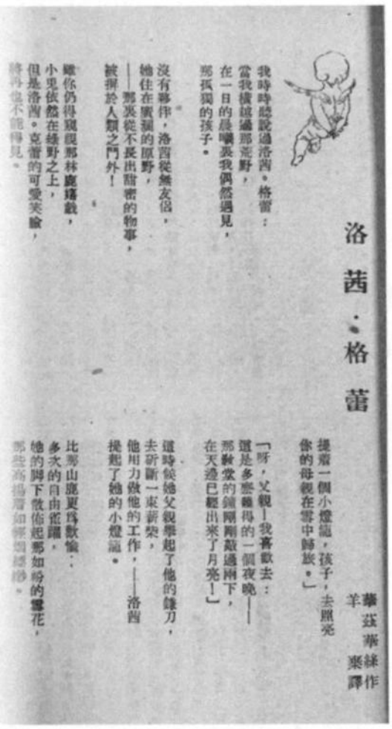
洛茜．格蕾
華茲華綠作
羊棄譯

我時時聽說過洛茜．格蕾：
當我橫越過那荒野，
在一日的晨曦裏我偶然遇見，
那孤獨的孩子。

沒有夥伴，洛茜從無友侶，
她住在廣濶的原野，
——那裏從不長出甜蜜的物事，
被摒於人類之門外！

縱你仍得窺視那林鹿嬉戲，
小兒依然在綠野之上，
但是洛茜．克蕾的可愛笑臉，
將再也不能得見。

提着一個小燈籠，孩子，去照亮
你的母親在雪中歸旅。」

「呀，父親！我喜歡去：
這是多麼難得的一個夜晚——
那禮堂的鐘剛剛敲過兩下，
在天邊已經出來了月亮！」

這時候她父親舉起了他的鐮刀，
去斫斷一束薪柴，
他用力做他的工作，——洛茜
提起了她的小燈籠。

比那山鹿更爲歡愉：
多次的自由雀躍，
她的腳下散佈起那如紛的雪花，
那些高揚層如輕烟縹緲。

楊氣暢譯〈洛茜．格蕾〉，署名羊棄

暴風雪的一縷芳魂，生前聽從父親囑咐，提燈籠、踏白雪，翻山越嶺去鎮上接母親，過橋時不幸失足落水。華茲華斯心疼這無所畏懼的小女孩，便讓她活在了詩裡：

——但至今有人堅持意見，
她依然是活潑長在，
你可以看見甜蜜蜜的洛茜。格蕾，
在那無邊的曠原。

越過那崎嶇，平坦，她獨自輕躍，
從不向後觀看，
而且唱着一支寂寞歌曲，
那尖哨的歌音旋捲在風兒的呼嘯聲間。

楊氣暢的譯詩不求顧全意美、音美、形美，但求清楚表達原文意旨，相較於徐志摩一九二二年翻譯的〈葛露水〉，更顯得楊譯質樸而不加藻飾，徐譯則文采風流、揮灑自如：

我常聞名葛露水：
我嘗路經曠野
天明時偶然遇見
這孤獨的小孩。

……

——但是至今還有人說，
那孩子依舊生存；
說在寂寞的荒野
有時見露水照樣孤行。

她跋涉苦辛，前進前進，
不論甘苦，總不回顧，
她唱一支孤獨的歌，
在荒野聽如風箏。

楊氣暢與鄧世明雖然齊心經營《拾穗》音樂專欄長達二十餘年，但兩人的翻譯風格頗不相類，而且在翻譯這件事上，鄧世明可說是家學淵源，光從筆名就能瞧出端倪。鄧世明筆名「伍牧」，「伍」是母姓——清末民初翻譯名家伍光建[154]就是鄧世明的外祖父，因此選用「伍」作為筆名的姓氏，藉以紀念家族的文學傳統；此外，「伍牧」與岳飛的諡號「武穆」同音，當年鄧世明在北京唸中學，不巧碰上七七事變，母親為鄧世明寫了一幅岳飛的〈滿江紅〉作為中堂——「三十功名塵與土，八千里路雲和月」——既激起了鄧世明的愛國心，也牽動著鄧世明的思鄉情，因此筆名「伍牧」，一來紀念岳飛，二來懷念母親[155]。身為翻譯名家的外孫，鄧世明譯風明快，刪蕪就簡，常有神來之筆，頗得外祖父真傳。例如一九五〇年十月載於《拾穗》第六期的〈犬子〉，單單題名便翻譯得出神入化，原文出自美國幽默作家福特（Corey Ford，1902~1969）的短篇小說〈Beware of the Baby〉，題名直譯為〈當心寶寶〉，故事講述主人翁牽了一頭名犬回家，嘴巴上說是需要看門犬保護兒子，實際上是自己愛狗成痴，鄧世明將篇名譯為「犬子」，一語雙關，再看看故事開篇——主人

犬子

Corey Ford 著
伍牧 譯

鄧世明譯〈犬子〉，
署名伍牧

翁得意洋洋牽著名犬走在街上，鄧世明的翻譯筆調輕快、俏皮而動感：

泰金先生緊握着纏在手腕上的皮帶，儘可能的遠離開其他的人。泰金先生是喜愛狗的，他手中牽着的這隻可真夠得上凶猛難馭，當它「昂首闊步」時全身的肌肉就隨着突突的顫動，當它轉過頭來對主人表示好感的張口「微笑」：那兩排尖銳的利齒就像兩把快鋸。所有過路的人都嚇得遠遠地躲到牆脚下去，泰金先生感到非常滿意。

鄧世明的翻譯不拘泥於原文，將「腰胯」（hindquarters）改譯為「全身」，將「人行道邊緣」（curb）改譯為「牆角」，將「恐龍牙齒」（dinosaur's）改譯為「兩把快鋸」，並善用「兇猛難馭」、「昂首闊步」的四字成語，讓譯文簡明而有力。

這篇幽默小品，是鄧世明在《柯里爾週刊》上讀到的作品。想當年，鄧世明還住在高雄煉油廠的單身工務員宿舍，同仁們年輕氣盛又沒有家累，每個月相約在《拾穗》資料室開會，討論當期《拾穗》稿件。鄧世明正好就住在《拾穗》資料室隔壁[156]，為了趕翻譯稿，時常在資料室裡挑燈夜戰。某天晚飯後，鄧世明又到資料室裡尋覓翻譯素材，隨手拿起《柯里爾週刊》翻看，竟然翻到「福爾摩斯新探案」，簡直不敢相信自己的眼睛！福爾摩斯探案的作者柯南道爾（Arthur Conan Doyle，1859～1930）早就過世了？怎麼還能推出新作品！定睛一瞧——原來是小兒子艾卓安（Adrian Conan Doyle，1910～1970）的續作，而且文筆不俗，絕非狗尾續貂，鄧世明讀完之後激動不已，當下便有意翻譯出來，但篇幅頗長、字數不少，不找人合譯，只怕自己忙不過來。鄧世明閉目沉思，忽然想起了學士論文不但用英文寫、而且還寫了兩百頁的——陳耀生。

陳耀生，一九二四年生，浙江海鹽人，天生一副獅子鼻，精力充沛，勤奮好學，一九四四年考入美國聖公會在上海創辦的聖約翰大學化學系，校方採用全英語授課，培養出陳耀生良好的英語底子。念到大三時，陳耀生發現自己志在煉油，便以《石油煉製》（*Petroleum Refining*）為題，請好友用打字機逐頁打字謄稿，一字一句完成厚達兩百頁的英文論文。畢業踏出校門後，陳耀生捧著這部論文走進了上海江西路中油總公司大門，金開英問陳耀生為什麼要寫這麼一大本書？陳耀生只回答了兩個字：「興趣」[157]。鄧世明聽過這段奇聞，心想：既然陳耀生英文這麼好，又是《拾穗》的出版委員，替《拾穗》翻譯了法國作家莫泊桑的〈芳華虛度〉（"L'inutile

陳耀生，《拾穗》出版委員，後為中油董事長

beauté"）、美國作家拉德納（Ring Lardner，1885~1933）的〈聖誕禮物〉（"Old Folks' Christmas"），想來也是文學中人，或許會對翻譯「福爾摩斯新探案」感興趣吧？

陳耀生跟鄧世明一樣，打從《拾穗》創刊以來就為《拾穗》供稿，處女作〈這並不是夢，親愛的〉署名「遙聲」，正是本名「耀生」的諧音。此外，一九五三年一月發表於《拾穗》第三十三期的〈聖誕禮物〉，故事主角的名字翻譯得甚是有趣，而且譯文朗暢明達，跟鄧世明的譯風頗為相類：

> 是一個聖誕節的前夜，湯克德和他太太葛蘭正坐在起居室裡，裝着在看書，偶而也交換幾句話，可是怎麼樣也沒法擺掉他們所不願意想到不願意提到的煩惱。他們的二個大孩子，十九歲的小湯和他妹妹小葛今天剛從學校裡回家來度聖誕節。小湯正在唸大學一年級，小葛也寄宿在一所高中學校裡。
>
> 雖然這兄妹倆從小命名的時候用着他們父母的名字，可是小湯早已自動改為

聖誕禮物

Ring Lardner 原著

遙聲 譯

陳耀生譯〈聖誕禮物〉，署名遙聲

泰德，小葛也改為嘉綠。他們愛用自己挑的名字並且堅持着要他們的父母也這樣稱呼他們。這也正是湯克德和他太太所以煩惱的原因之一。

從原文來看，母親和女兒都叫葛蕾絲（Grace）、父親和兒子都叫湯姆．卡特（Tom Carter），為了方便區分，敘事者稱兒子為「二世」（Junior），這在美國司空見慣，但在臺灣卻是少見多怪，因此，陳耀生將兒女的名字翻譯成「小湯」（Junior）和「小葛」（Grace），父母則叫「湯克德」（Tom Carter）和「葛蘭」（Grace Carter），符合中文的取名邏輯，易讀又好記。

這下子鄧世明合譯的人選有了，就差爭取主編同意了，而馮宗道不僅爽快答應，還特地寫了一篇介紹文字，向讀者解釋「福爾摩斯新探案」這系列續集的由來：

偵探小說在今日流行日廣，酷嗜者日眾，但推究根源，它之所以能如此發揚廣大，柯南道爾氏的福爾摩斯探案應居首功。

柯南道爾的作品推理周密，意像豐富，即在今日浩瀚萬千的偵探小說中仍皎然鶴立。對讀者有無比的吸引力，並且在英國文學中也有其獨特的地位。我國讀者對福爾摩斯當然決不至陌生。

柯南道爾的公子阿特林．柯南道爾繼承了乃父的衣缽，根據柯南道爾氏未曾刊出的遺著和美國名偵探小說作家狄克遜．卡爾合力續撰福爾摩斯新探案，仍以讀者熟悉的貝克街二百二十一號為背景，以華生醫生的口吻，在同一氣氛，同一風格下將福爾摩斯偵探又重復帶回人間。柯利爾什誌獲得連載權，自五月二十三日一期開始刊出。拾穗從這期起連續刊載福爾摩斯新探案，本期先刊兩篇「幸運之杯」和「淘金奇案」。希望它們能夠滿足愛好偵探小說讀者的期望。

一九五三年八月，《拾穗》第四十期刊出陳耀生翻譯的〈幸運之杯〉（"The Adventure of the Black Baronet"）和鄧世明翻譯的〈淘金奇案〉（"The Adventure of the Gold Hunter"），讓福爾摩斯迷大飽眼福，原本以為作者柯南道爾過世後，福爾摩斯也跟著入土，沒想到竟然在臺灣復活，繼續跟華生醫生鬥智拌嘴。〈幸運之杯〉一開場，福爾摩斯便展現過人的觀察力，華生只有吹鬍子瞪眼的份兒：

「秋天原是愁人的季節，福爾摩斯，可是你的確需要這假期。無論如何你該欣賞這鄉村中的樸質風景吧！瞧，那邊窗外的人。」

我友福爾摩斯合上了手中的書本，無精打采地從起坐室的窗口外望，那時我們正住在東葛林斯德的旅館裡。

「華生，說得確實些，你是指那農夫呢還是那鞋匠呢？」

旅館外的村道上，一個鄉下人，很明顯的是個農夫，正駕御著一輛馬車，此外僅有一個年老穿着土布褲的工人，低頭走在車前。

「沒問題，是個鞋匠，」福爾摩斯注視著窗外說。他顯然是瞧破了我的疑慮而沒等我問就回覆我說：「我同時看出他是慣用左手的。」

「福爾摩斯，如果不在現代，你簡直將被人誣作有邪術的呢！我看不出他為何一定是個鞋匠，而且還是個慣用左手的呢。你不可能又是推想出來的吧！」

「朋友，注意他布褲上放石磴的痕跡，你可以看出左邊較右邊破得利害，所以他一定是用慣了左手來釘皮的。說穿了不是很簡單嗎？」

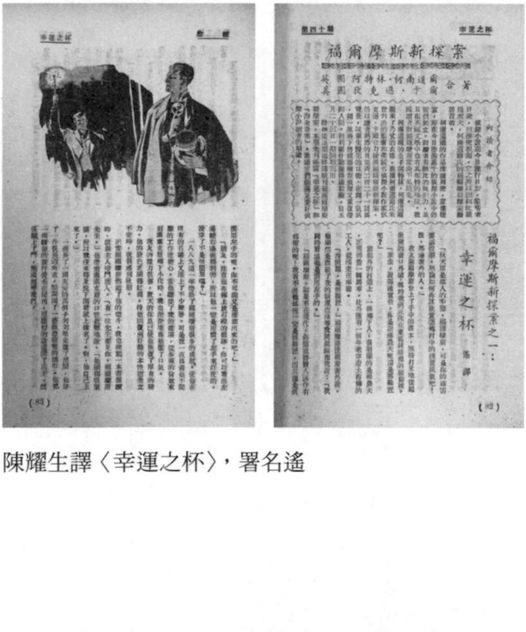
福爾摩斯新探案

幸運之杯

陳耀生譯〈幸運之杯〉，署名遙

陳耀生的譯文緻密而不失靈巧，「愁人的季節」（a melancholy time）、「無精打采地」（languidly）、「邪術」（wizardry）都堪稱妙譯，此外，為了讓譯文容易理解，陳耀生不惜多譯幾個字，例如「顯然是瞧破了我的疑慮而沒等我問就回覆我」（answering my thought rather than my words），就比直譯「回答我的想法而非我的話語」來得清楚。鄧世明翻譯的〈淘金奇案〉也同樣精彩，譯文乾淨爽利，故事開頭寫道：

「福爾摩斯先生，這死亡簡直是天降的災禍！」我們在培克街寓所中已聽到過不少離奇古怪的申述，但是還有沒幾個比教士，詹姆斯．亞普萊的這敘述更為使人驚愕的。

我無需翻閱我的記事冊，就能記起那是在一八八七年裡一個晴朗的夏日。早餐時來了一封電報，歇洛克．福爾摩斯君不耐煩地呼了一聲，就把它擲給了我。電報上只說教士詹姆斯．亞普萊請求那天早上等候他來拜訪，商談一件教堂的事。

鄧世明譯功純熟，貼著原文順譯、再現

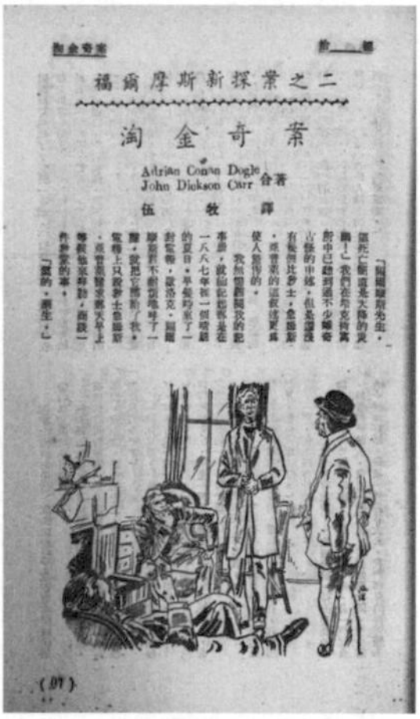

鄧世明譯〈淘金奇案〉，署名伍牧

福爾摩斯探案的敘事風格，同時譯文又不失流利，不僅翻譯〈淘金奇案〉這類通俗小說如此，翻譯諾貝爾文學獎得主的作品也是如此。一九五三年七月，鄧世明翻譯了美國文豪福克納的短篇小說〈日薄崦嵫〉（"The Evening Sun"），儘管福克納與海明威並列為美國現代主義文學大師，而且先後獲得諾貝爾文學獎肯定，但兩人文風迥異，海明威下筆明晰而凝鍊，福克納筆觸晦澀而奇險，鑑於《拾穗》讀者「曾來函要求介紹福克納作品」，鄧世明在翻譯時刻意倣效福克納的文風，「希望本文能略窺見福克納風格之一斑」，在鄧世明忠實的詮釋之下，〈日薄崦嵫〉開頭的筆法，展現出與〈淘金奇案〉殊異的文風：

> 在傑弗森，現在的星期一，已和別的日子沒有什麼兩樣了。街道已經鋪好，電話公司和電燈公司把遮陰的樹砍掉得愈來愈多——水橡，楓樹，刺槐，榆樹——剩出地方來架鐵柱子，裝上一堆自傲，鬼魅般，沒有生氣的葡萄球。我們也有了一家城市洗衣店，每星期兜繞一次，收取整包的衣服，裝到一輛淺色特製的汽車中；整星期裡的髒衣服，像妖怪似

日薄崦嵫
William Faulkner著
伍牧譯

鄧世明譯〈日薄崦嵫〉，署名伍牧

的隨着急促暴燥的電喇叭，滿天飛舞，伴着逐漸消弱的橡皮和瀝青的燥雜聲音，好像是在裂帛。甚至仍然按着老習慣替白人洗衣服的黑種女人，也用汽車來取送了。

〈淘金奇案〉敘事迅捷，一開場就報上死訊，〈日薄崦嵫〉節奏徐緩，在彎彎繞繞之間，帶讀者回到二十世紀初的美國南方小鎮，兩者文風懸殊，鄧世明駕馭自如，正文前還附了一小段作者簡介：

> 作者威廉・福克納 William Faulkner 一八九七——美國小說家。作品多以描寫美國南部的黑人生活為主。曾獲一九四九年諾貝爾獎金。詳細請參閱拾穗三十一期，細雨君之「威廉・福克納」一文。

引文中的「細雨君」，便是打從《拾穗》創刊以來便供稿不懈的孫賡年，不僅翻譯了《盲者之歌》和《柏林省親記》兩部德國文學作品，並且從《拾穗》創刊第二年開始主筆「西書評介」專欄，一路耕耘到一九六四年。這一年，正是《拾穗》走到幕前的風光年，出版委員們接受臺灣電視公司「藝文夜談」主持人朱小燕[158]邀約，於一九六四年八月十五日下午六點三十分，在節目上暢談《拾穗》的歷史：

拾穗出版十四年來，我們一再根據讀者們的愛好和批評來改進這一份刊物，充實內容，增加篇幅，改善編排和印刷，我們希望能儘我們的力量使它不斷的進步。至於在風格方面，我們始終保持着我們在創刊時所定的標準，在每一期拾穗裡，我們大約以一半篇幅刊登科學、醫藥、珍聞、軼事一類的文章，另一半刊載音樂、藝術、文藝這一類作品。在介紹科學這一方面，我們力求其新，希望能以通俗的筆調譯介一些深入淺出的文章，以啓發讀者的興趣，增加讀者的認識。在介紹藝文方面，我們力求其善與美，盡可能把西洋文化良好的一面介紹給讀者。我們在資料方面訂閱了英、美、德、日各國七十多種雜誌，十幾年來我們堅持着這一特定的風格，不隨時俗和流尚而更易[159]。

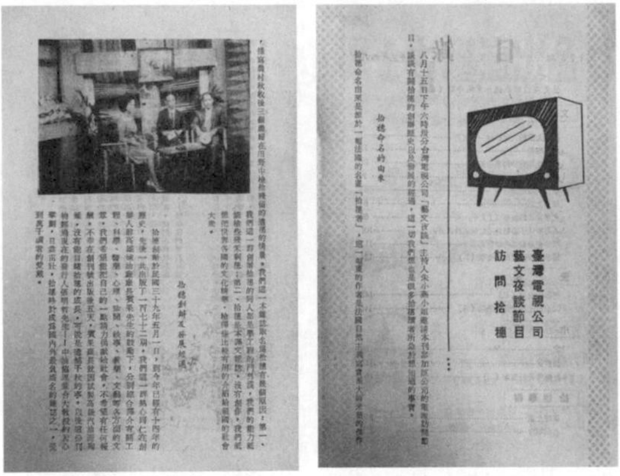

藝文夜談節目訪問拾穗

《拾穗》創刊十四年來，初衷依舊，人事已非。一九六二年，「北郁」郁仁長調任駐巴西大使館商務專員；一九六六年，「南馮」馮宗道也離開了臺灣，到曼谷擔任森美實業公司泰國分公司副總經理。十六位創刊元老中，唯獨鄧世明堅守譯道，起初翻譯攝影文章和文學作品，後來專心主持「名曲唱片」、「樂壇大指揮家的故事」、「樂器的故事」、「協奏曲」、「樂壇偉人」、「音響隨筆」、「音響入門」、「現代樂府」……等音樂專欄，直到一九八三年升任副總工程師兼資訊處處長、突患目疾，這才罷譯停筆。要論譯無反顧，鄧世明若說自己是第二，沒人敢說自己是第一，至於排名第二的人選，對文學翻譯一往情深的夏耀絕對是眾口稱善。

夏耀，一九二四年生，黑龍江省哈爾濱人，身高一百七十四公分，體重七十四公斤，身材精壯、熱愛運動，父親是中東鐵路管理局董事會高階職員，待遇優渥，配給高級花園平房作為宿舍，客廳有壁爐，後院有冰窖，乾柴、冰塊供應無虞，夏耀可說是生於安樂，但卻長於戰亂。一九三一年，九一八事變爆發，隔年日軍攻陷哈爾濱，夏耀舉家隨國民黨政府西遷，最後定居陪都重慶，就讀遷校至貴州遵義的浙江大學。一九四七年化工系畢業，在二哥同學的介紹下進入中國石油公司，成為高雄煉油廠第二批甲種實習員，在第一批實習員的帶領下分成三班煉油，煉的是上海煉油廠的存油，存油煉完後無油可煉，決定加入

《拾穗》出版委員開筆鍊字[160]，以「山隱」為筆名，典出「南山隱豹」，比喻賢士隱而不仕。「山隱」雖然潛山隱市、譯而不作，但是譯文洗練，從爾溫．蕭（Irwin Shaw，1913～1984）的〈不堪回首話當年〉（"The Eighty-yard Run"）到阿嘉莎．克莉絲蒂（Agatha Christie，1890～1976）的〈遺囑〉（"Wireless"）、馬里奧．普佐（Mario Puzo，1920～1999）的《黑手黨傳奇》（*The Godfather*），都是膾炙人口的暢銷小說，分別是夏耀一九五〇年代、一九六〇年代、一九七〇年代的代表作。〈不堪回首話當年〉是美國作家爾溫．蕭的成名作，刊於一九五二年十月《拾穗》第三十一期，主角在一場美式足球練習賽中衝刺八十碼達陣，教練激賞、隊友讚嘆、女友擁吻，所有幸福美好彷彿都定格在這一刻，這是主角人生的巔峰，小說一開頭就是這場精彩的練習賽。夏耀譯筆老練、文從字順，重現作者一氣呵成的文風，展現主角在球場上的風雲時刻，一路勢如破竹、過關斬將：

> 現在對方僅餘下後衛一人，彎背張手，謹慎地向他奔來；達林將球藏在臂彎裡，提高双腿，載著二百磅重的軀體，猛向敵人衝去，他確信自己能突破對方的阻攔，他不加思索，手腿動作優美一致，伸出拳頭直衝過去，立時感到對方鼻中的鮮血，噴濺在他握緊的拳頭上，他望見敵人面孔歪扭，頭部低垂，咧起嘴巴。他足跟一轉，繼續夾

緊双臂，拋下對方的後衛，從容地衝進球門線，身後紛雜的球鞋聲消失了。

夏耀翻譯〈不堪回首話當年〉時，美式足球在臺灣還不盛行，電視轉播更是天方夜譚，儘管如此，夏耀仍戮力以赴，透過精彩的譯文，將凌厲的攻勢帶到讀者眼前。雖然以後見之明來看，少數美式足球術語翻譯得不夠妥貼，例如「伸出拳頭直衝過去」的原文是「stiff-arm」，意指「伸長手臂阻擋防守球員將自己撂倒」，夏耀的譯文儘管有失精準，但依然瑕不掩瑜，整個段落讀起來情節緊湊、令人屏氣凝神，跟着主角衝進球門、大呼過癮。

夏耀不僅率先譯介了美式足球，也早早就將「謀殺天后」阿嘉莎・克莉絲蒂帶到臺灣讀者面前。克莉絲蒂是金氏世界紀錄中最暢銷的作家，與柯南道爾並列為英國推理小說界翹楚，文筆簡潔俐落，筆端常帶英式嘲諷，幽默刻畫角色性格、精心設計生活對白，透過文字編織出英國的日常風景，並在這片日常中織入幽微的不尋常，以此作為指向兇手的線索，最後又在看似水落石出之際翻轉劇情，寫下意想不到的結局。一九六二年五月《拾穗》

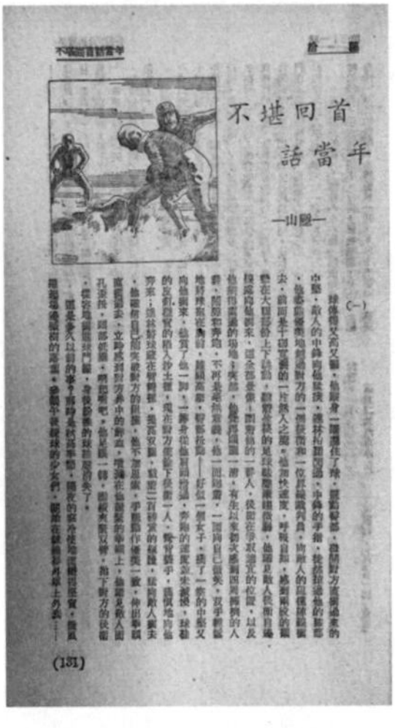
不堪回首話當年

—山隱—

(131)

夏耀譯〈不堪回首話當年〉，署名山隱

第一四五期刊出的〈遺囑〉，便具體而微呈現出克莉絲蒂的文風，原著收錄於克莉絲蒂一九三三年的短篇小說集《死亡之犬》（*The Hound of Death and Other Stories*）。夏耀譯筆熟練，不負克莉絲蒂苦心經營，例如這段醫生和病人對話的場景，夏耀便翻譯得繪聲繪色：

「總之，要避免煩惱和興奮，」梅醫生說。

聽慣了這種安慰話的哈太太，顯得很不放心。

「這祇是一種心臟衰弱現象，」醫生接着說：「沒有什麼嚴重，我可以保證。當然，最好裝個電梯，免得天天爬樓。」

哈太太依然愁眉苦臉。

梅醫生却正相反，臉上的表情鎮靜而愉快，這就是他喜歡濶病人的理由：濶病人小病看成大病，既容易治，又不在乎花錢。

夏耀譯〈遺囑〉，署名山隱

夏耀刪繁就簡，譯文提綱挈領，省略原文「裝著一派輕鬆」(in the comfortable fashion affected by doctors)、「一臉狐疑」(seemed more doubtful) 等細枝末節，並將梅醫生喜歡濶病人的理由，從「能夠天馬行空開立醫囑」(he could exercise his active imagination in prescribing for their ailments)，擴寫為「小病看成大病，既容易治，又不在乎花錢」，譯文精練優雅，讀來歷歷如繪。

此外，人名翻譯也是夏耀譯文的一大特色，例如「Dr. Meynell」並非譯為「梅內爾醫生」、「Mrs. Harter」也非譯為「哈特太太」，而是只取第一個字，分別翻成「梅醫生」和「哈太太」，「梅」和「哈」都是中文固有的姓氏，好讀又好記。在〈遺囑〉這樣人物簡單的短篇小說裡，夏耀的人名翻譯策略或許顯不出優點，但在《黑手黨傳奇》(*The Godfather*，今譯《教父》)這樣角色繁雜的長篇小說中，熟悉易記的人名便至關緊要了。

《黑手黨傳奇》是夏耀的翻譯代表作，從一九七〇年五月《拾穗》第二四一期開始連載，故事講述美國黑手黨的殊死鬥爭。原作出版於一九六九年，一九七二年改編成電影《教父》上映，震撼全球影壇。如今《教父》家喻戶曉，夏耀翻譯的《黑手黨傳奇》卻逐漸淡出世人視

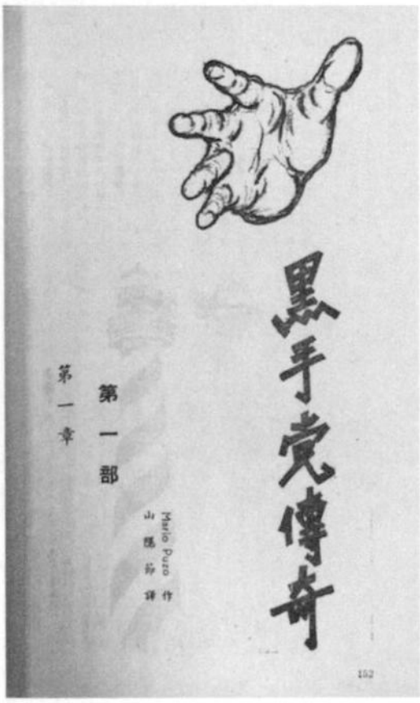

夏耀譯〈黑手黨傳奇〉，署名山隱

野。跟電影《教父》的開場一樣，夏耀筆下的《黑手黨傳奇》也是從法庭審判揭開序幕：

彭拉塞坐在紐約刑庭第三室等候宣判，他希望法律主持正義，嚴懲企圖玷污他女兒清白的不法之徒。

庭上的法官人高馬大，撈起兩隻寬大的袍袖，好像親手體罰站在面前的兩個小伙子；他臉上現出輕蔑表情，但彭拉塞却意味到其中隱含着一種說不出的曖昧。

「你們的行為就像太保流氓，」法官嚴厲地說；對，對，彭拉塞心想，簡直是畜牲，畜牲！那兩個小伙子，頭髮剪得短短的，低着脖子聽訓。

「你們的行為好像山林中的野獸，」法官接着說：「幸虧你們沒犯下色情傷害，否則我要判處你們二十年徒刑。」他住口偷覷了面容憔悴的彭拉塞一眼，然後俯視面前的一疊審訊紀錄，他皺眉聳肩，好似違反本意地說：

「由於你們年幼且無前科，由於你們出身良好家庭，更由於法律本質不為尋求報復，我宣判你們服勞役三年，緩期執行。」

夏耀的譯文簡要通暢，四字詞語層見疊出，「主持正義」、「人高馬大」、「面容憔悴」、

「皺眉聳肩」，讀來節奏勻稱、韻律輕快。二十年的譯功讓夏耀翻譯《黑手黨傳奇》遊刃有餘，既有〈不堪回首話當年〉一氣呵成的流暢敘事，也有〈遺囑〉繪聲繪影的精準口白，譯文不蔓不枝，與鄧世明、楊氣暢鼎立為《拾穗》的中流砥柱，三人堅守譯道數十載，譯無反顧讓《拾穗》成為一代經典。

註釋

154 伍光建（1866~1943），本名伍光鑒，字昭，號昭扆，又名君朔，譯著百種，包括《瘋俠》（*Don Quixote*，今譯《唐吉訶德》）、《孤女飄零記》（*Jane Eyre*，今譯《簡愛》）、《二京記》（*A Tale of Two Cities*，今譯《雙城記》）……等，翻譯風格鮮明，簡潔明快，酣暢淋漓。

155 詳見王愛惠（2004）。《《拾穗》中的音樂（1950~1998）》（未出版之碩士論文）。臺北市立師範學院音樂藝術研究所音樂教育組，臺北。

156 詳見曹君曼（2011）。〈人傑地靈如雨後春筍一支支冒出頭來〉。《中油人回憶文集（第三集）》。

157 詳見陳耀生（1991）。〈油人的「志趣」在中油〉。《石油通訊》，四七八期。

158 「藝文夜談」的前身是「藝文學苑」，一九六二年十二月開播，第一任主持人是方瑀，一九六三年十二月停播，原因是第二任主持人郭良蕙的著作《心鎖》遭內政部查禁，後續為改名「藝文夜談」和「藝文沙龍」，鍾梅音、朱小燕、胡有瑞、楊華沙、姜文、陳敏華等都曾接任過主持棒，節目主要以對談、座談或現場展覽方式，向社會大眾講述有關書法、繪畫、雕刻、音樂、舞蹈、文學等藝文資訊。

159 詳見佚名（1964）。〈藝文夜談訪拾穗——電視介紹〉。《拾穗》，一七三期。

160 詳見夏耀（2013）。〈驀然回首〉。《石油通訊》，七四二期。

十三　情到深處無怨尤

成為拾穗的編者，是我童年時的心願之一，當時之所以有此志趣，是因在那求知若渴的年歲裏，拾穗曾滿足了我的求知慾。沒想到五年前，我竟實現了這小小的心願。

出場人物

都說是關關難過關關過，在《拾穗》創刊三十八年之際，卻遇著了兩道跨不過的坎，一是報禁解除，二是翻譯需得授權才能出版，前者導致辦刊競爭激烈，後者致使辦刊成本大增，金開英審時度勢，同意停刊，由末任主編佘小瑩為《拾穗》劃下了句點。《拾穗》三十八年

佘小瑩，《拾穗》末任主編

的歲月裡，宗小瑩前十五年是讀者，中間十年是譯者，最後十三年是主編，對《拾穗》感情深厚的她，為《拾穗》翻譯了《愛的故事》，書中那句「情到深處無怨尤」，正是宗小瑩拾穗歲月的最佳寫照。

一九八八年八月，立秋剛過，暑氣未消，蟬鳴空油廠，臨窗聽暮蟬。宗小瑩端坐在《拾穗》編輯檯前，慎重其事寫下〈停刊辭〉：

從不曾想過會由我來為拾穗譜下它的休止符——停刊。創刊迄今已滿三十八年的拾穗，由於經費短絀而必須暫停，在這兒與您談了十三年的心，早已把您當做知友，如今要說再見，實在情傷。這是一片由全體工作人員、所有譯者及讀者共同用無盡深情來耕耘、灌溉與照顧的園地；是的，那是一種非常真摯的感情，在得悉我們面臨經濟困境時，譯者們說他們願不支稿費長期為拾穗譯稿；許多讀者增訂一份拾穗以分贈親友，並設法為我們拓展銷路；承印本刊的鼎泰印刷公司已經無條件地讓我們積欠了近一年的印刷費，目的都在助我們渡過難關，就是這一股熱誠的力量支持我們延續至今，在此我們要向大家致萬分的謝意。

無法不回想這段編譯歲月所遇到的種種感人事件，謝謝為本刊譯稿達二三十年的元老，您們優異的譯文已啓迪了第三代拾穗讀者的靈智，使他們才華過人傑出不群。也感謝那些青少年期是本刊讀者，如今學有專精以譯文回饋給拾穗的朋友們，您們為拾穗趕稿，經常廢寢廢食，害得心疼的另一半聲聲責怨的情誼，我想只能以讀者熱烈的回響作為您們精神上的補償了。還要特別感謝兩位罹患肌肉萎縮的譯者，您們譯得比別人更辛勤，選稿更仔細，字跡更清晰——尤其是連執筆都極困難的那一位，我常以力透紙背來形容他的字，也一再表示願為他謄稿，他從不答應——以這樣羸弱的軀體來做着這樣耗神的透支，凝聚在字裏行間的，任誰都可以理解到，是無盡的深情及對人類與生命的熱愛！

還有熱情的讀者，好想在這裏一一問候您們：在異國的日子過得好嗎？PHD拿到了沒有？工作順遂不？身體好嗎？退休後的生活可還愜意？又有遠行了？這次去那裏？是否又發現一篇精采好文？譯好了沒？（可惜不能再用您的稿子了）……最後要說的是謝謝您的關懷，（在聽到拾穗要停刊時，您們的第二個問題總是關切的「你們怎麼辦？」）我們一定會走出另一段坦途的，您們的肯定，就是我們信心的最大來源。請容我再次說一聲：謝謝您們！

寫罷，停筆，佘小瑩神遊回一九七五年七月一日，時近小暑，蟬聲大作，這是她接任《拾穗》主編的第一天，怎麼也沒想到《拾穗》會在自己手裡收刊。從小，佘小瑩就是《拾穗》的讀者，每個月最期待的事，就是等待父親訂閱的《拾穗》寄到家裡來——一篇一篇仔細閱覽。後來，佘小瑩成了《拾穗》的譯者，每一天最期待的事，就是期盼《拾穗》主編將稿件寄到家裡來——一篇一篇仔細譯好。《拾穗》陪伴著佘小瑩長大、立業、成家，不論外界紛紛擾擾，《拾穗》始終是她心中的秘密花園。

佘小瑩與翻譯的緣分，從十八歲就開始了。當年，她考進中原大學化學系，在學校的推介下到公營事業的化驗室實習，上頭指派她的工作，便是將國際標準化組織（International Organization for Standardization，ISO）制定的各種物質檢驗標準翻譯成中文，作為經濟部中央標準局的CNS[161]檢驗標準。大學畢業後，佘小瑩考入臺鹽，上頭依然指派她翻譯各種檢驗標準。佘小瑩翻譯得好不耐煩，一聽說中國石油公司在招考新人，心底便萌生去意，一到考場，放眼望去全是男生，佘小瑩便是那萬綠叢中紅一點。筆試順利通過後，緊接著是

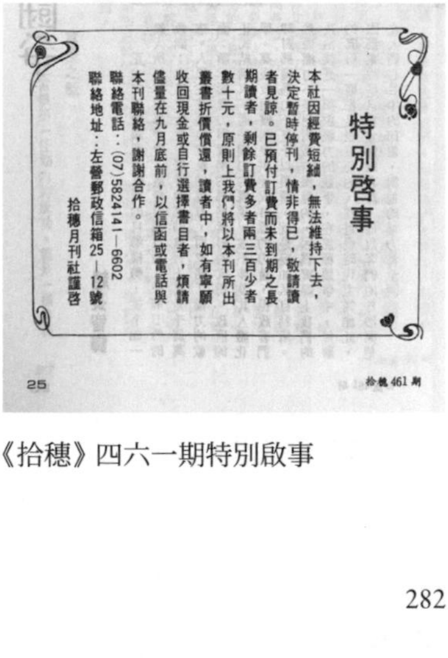

特別啓事

本社因經費短絀，無法維持下去，決定暫時停刊，情非得已，敬請讀者見諒。已預付訂費而未到期之長期讀者，剩餘訂費多者兩三百少者數十元，原則上我們將以本刊所出叢書折價償還，讀者中，如有寧願收回現金或自行選擇書目者，煩請儘量在九月底前，以信函或電話與本刊聯絡，謝謝合作。

聯絡電話：(07)5824141—6602

聯絡地址：左營郵政信箱25—12號

拾穗月刊社謹啓

25　拾穗461期

《拾穗》四六一期特別啟事

單獨面試，主考官是高雄煉油廠的廠長董世芬，他看了看佘小瑩的成績單，說：「妳的成績——尤其是中、英文——都很好，可是我們只收男生。這樣吧，妳幫我們翻譯。」

佘小瑩聽到「只收男生」，又聽到要幫忙「翻譯」，心就先涼了一半，以為又是那堆積盈尺的各種檢驗標準。結果不是。佘小瑩收到《拾穗》陸續捎來的外文刊物，翻一翻、看一看，讀到有意思的文章，便捲起袖子翻譯出來寄回去，而且從來不曾被退稿，刊載時也一字未改。從此佘小瑩下筆更加慎重，一來報答董世芬的知遇之恩，二來生怕譯錯得文責自負。她替自己取了好些筆名，早先叫「依娜」，因她嬌小玲瓏，同學都喚作「娃娃」，「娃娃」的臺語是「囡仔」，佘小瑩取其諧音寫作「依娜」，看起來洋氣又漂亮。後來開始翻譯長篇小說，佘小瑩選擇用本名「佘小瑩」，短篇小說則捨去姓氏，署名「小瑩」或「筱瑩」。一雙兒女出世後，佘小瑩又多了個筆名叫「佘君豪」，用的是自己的姓氏「佘」，再加上兒女的名字各取一個字；另有筆名「知約」，警惕自己要知道自我約束。

儘管取了眾多筆名，但眾所皆知的仍是本名「佘小瑩」，一來這是翻譯長篇小說《愛的故事》

以「筱瑩」為筆名翻譯的《國際機場》

（*Love Story*）時的署名，二來是書中的經典臺詞——「情到深處無怨尤」——引發譯壇各家筆戰，譯者因此聲名大噪。事情是這樣的。一九七〇年，美國的暢銷書排行榜上多了一顆耀眼的新星——西格爾（Erich Segal，1937～2010）所著的《愛的故事》。故事講述哈佛貴公子不顧家中反對，毅然和麵包師傅的女兒相戀結婚，同年改編電影上映，轟動全美，榮獲金球獎最佳影片和最佳男女主角，臺灣《中央日報》、《國語日報》等報刊皆可見報導。當時臺灣譯壇搶譯之風盛行，《愛的故事》搭著電影風潮，一年之內出現八種譯本，根據當年《中央日報》報導：「四月初第二屆全國書展時，《愛情故事》適時推出，立刻成為參觀者爭購的對象。」而最早推出的黃驤譯本，出版第二天旋即再版，盛況空前，長銷不衰。書中男女主角個性南轅北轍，一剛一柔，愛得深，卻也時常生齟齬，在一次衝突之後，男主角向女主角道歉，女主角回覆了那句經典名言：「Love means not ever having to say you're sorry.」為了這句話的譯法，資深譯者黃文範[162]寫了一篇譯評，刊登在一九七一年七月十六日的《中央日報》上：

今年，「西格爾旋風」吹襲臺灣，他那本「愛的故事」不但在美國暢銷，中文本的銷路似乎也同樣暢旺。以只有四五家書店的花蓮市來說，居然就有七種版本出售。一部小說而能在同一時間中，出現這麼多的譯本，真是一種少見的可喜現象；證明了社會上看書與買書的人很多，好書仍然非常受歡迎。

西格爾這本轟動太平洋兩岸的書，主題並不在闡明愛情是甚麼，而是用一句平易近人的語句，道出了愛情「不會」如何：

「Love means not ever having to say you're sorry.」

這句話該怎麼譯才能譯得妥貼、傳神？是一個深饒興味的問題，我翻了翻手頭這幾種版本，參考了一下譯林諸君子的譯法。

黃驤先生譯：「愛情的意義是你永遠不必說你很抱歉。」（純文學出版社）

吳友詩先生譯：「愛情的意義是永遠不需要你說抱歉。」（仙人掌出版社）

陳慧玲先生譯：「愛情的意義是你永遠不必說你很抱歉。」（新世紀出版社）

陳雙鈞先生譯：「愛的意義是永遠不必說你很抱歉。」（正文書局）

鄭川先生譯：「愛情的意義是永遠不需要你說抱歉。」（馬陵出版社）

黃有光先生譯：「愛是用不着說對不起的。」（新潮文庫）

六位先生的譯筆，小異而大同，都極忠實於原文，可說毫無瑕疵，要想超越他們，談何容易？然而，我在七月號「拾穗」上，讀到佘小瑩先生另一種譯法，雖然只有寥寥七個字，但在表達這一句的涵義上說，堪稱絕妙好譯：

「情到深處無怨尤。」

佘譯的妙處，便是放棄了「信譯」的路子，而採用了中文讀者最熟悉、最容易領悟的七言句，使得這句看來渾然一氣呵成，了無斧鑿的痕跡。

其次，我國的詩人詞家，不乏有關愛的名句，但前輩古人，大都用「情」而不用「愛」。諸如「你儂我儂，忒煞情多」、「此情可待成追憶」、「此情唯有落花知」都是。佘譯love為「情」而避「愛」，便在求「用句」與「遣詞」間的配合，達到了統一的和諧。

黃文範盛讚佘譯無論美感或傳神達意，都「楚楚動人、撼人心弦」，此文一出，輿論譁然，引來眾位譯家唇槍舌戰，在報刊雜誌上展開信達之辯、直譯與意譯之爭。平心而論，佘小瑩翻譯的《愛的故事》忠於原著，兼有直譯的信、意譯的達，更有巧譯的雅，例如女主角病逝後，男主角思念不已，幽幽想起當年的情話：

對那個在二十五歲就去世了的年輕女孩子，你能講些什麼呢？

我可以說她既漂亮而又聰明伶俐，她愛莫札特和巴哈，也愛那些披頭們，她還愛我。

有一次，她特別把我和這些富有音樂細胞的人們牽扯到一起，我就問她：愛雖是愛，總有個優先順序，我讓她把這順序排出來。她笑說：「按照英文字母的順序。」當時我也笑了。可是現在我倒真想知道她所謂按字母排列，究竟是用我的名字呢，抑或是用我的姓，她若用我的名字來排，那我就得排到莫札特的後面；她如用我的姓，我就要擠在巴哈和披頭們的中間。無論如何，我終歸排不到第一名去，為了一個愚不可及的理由，這事縈繞我心難以釋然，因為我自小到大都被灌輸着一種牢不可破的觀念：樣樣都要第一，這是我們家族的傳統家風，你可瞭解了吧？

余譯的訊息與原文絲毫無差，此其信也；余譯的文句通順，並未將「I asked her what the order was」直譯為「我問她順序」，而是增譯為「愛雖是愛，總有個優先順序，我讓她把這順序排出來」，此其達也；余譯的用詞優美，並未將「which for some stupid reason bothers hell out of me」直譯為「因為某些愚蠢的理由煩死我了」，而是稍加修飾，譯為「為了一個愚不可及的理由，這事縈繞我心難以釋然」，此其雅也。此外，從這段男主角的回憶中，不難看出女主角慧黠含蓄、男主角爭勝要強，雖是兩情相悅，但是衝突難免。余小瑩認為：玉潔冰清、身患重疾、開朗樂觀的女主角，備受叱吒風雲又出身豪門的男主角所疼愛，在其生命有限的餘年裡，更能體會真情可貴，對於外剛內柔的男主角萬般包容、至情無悔。因此，宗小瑩決定將女主角的雋永名言意譯成「情到深處無怨尤」，藉以傳達出《愛的故事》中最細膩的情感。

《愛的故事》紅遍全臺，「情到深處無怨尤」也傳頌一時，不僅用在改編電影的中文字幕裡，甚至中視的戲劇、中廣的廣播劇、古龍的小說、鳳飛飛的歌曲，都可以見到這七字妙譯。好巧不巧，黃文範也是《拾穗》的長年譯者，因而委請《拾穗》人員代為向宗小瑩索取「情到深處無怨尤」的題字，事務人員帶著《愛的故事》單行本來到臺南拜訪宗小瑩，說明來意後，宗小瑩轉而徵求丈夫同意，沒想到丈夫一口回絕——只准簽名，不得題字。於是，宗小瑩將名字簽在扉頁，請《拾穗》轉交給黃文範先生，而這段譯壇佳話，便成為宗小瑩接任《拾穗》主編的契機。

《愛的故事》從一九七一年四月開始在《拾穗》連載，正值《拾穗》經歷創刊以來第二次的艱苦考驗，前一次是賓果驟逝，這一次是轉型危機，來自友刊的激烈競爭、通貨膨脹帶來的成本驟增，都讓《拾穗》面臨停刊的威脅[163]。值此之際，宗小瑩翻譯的《愛的故事》暢銷大賣，加上黃文範對「情到深處無怨尤」讚不絕口，都讓《拾穗》重振旗鼓、東山再起。宗小瑩兢兢業業坐上《拾穗》主編之位，上任不久便獲得優良雜誌金鼎獎的肯定，宗小瑩如同吃了定心丸，矜矜兢兢引領《拾穗》走向第三個十年。

一九八〇年五月，《拾穗》歡度三十歲生日，佘小瑩除了開闢「慶祝拾穗月刊創刊三十週年專欄」，力邀金開英、馮宗道、鄧世明……等創刊元老賜稿，此外也親自寫了〈致讀者〉，闡述接任主編以來的心路歷程：

> 成為拾穗的編者，是我童年時的心願之一，當時之所以有此志趣，是因在那求知若渴的年歲裏，拾穗曾滿足了我的求知慾。沒想到五年前，我竟實現了這小小的心願。
>
> 達成一個心願，應該是歡欣雀躍的，但我却是以無比惶悚的心情，度過這一千八百個日子，因為誠如歷屆主編及曾為拾穗付出過無限辛勞的前輩碩彥所說的，要使一份刊物在我們這近似文化沙漠的環境中不斷地成長、茁壯，是件非常艱困的事。但由於拾穗的工作人員，每一位都具有不畏艱難、百折不回的「拾穗精神」，我們在前輩們的督促協助，與讀者譯者們的熱心支持之下，穩穩地踏出每一步。回首前塵，我們很欣慰地發現：那曾經是荊

創刊三十週年專欄

棘夾道的荒徑，因大家勤於灌溉耕耘，已成為一片繁花處處的園地。

當然，拾穗曾獲得政府頒發的優良雜誌金鼎獎，是我們最感光榮的事，但這份光榮是屬於每一位讀者與譯者的；由於譯者獻出了他們的智慧與熱忱，為我們提供了一篇篇好文章，使拾穗真正地成為一本開卷有益的刊物；由於讀者們慧眼別具，才會在眾多書刊中選中了拾穗。為了不負大家的厚望，在拾穗歡度其卅歲生日的前夕，我們誠摯地向您承諾：拾穗決不以僅得一座金鼎獎為滿足；我們會一本初衷，永遠把最好的文章呈獻給您，我們謹以這樣的心願，作為拾穗對您的獻禮。

宗小瑩蕙質蘭心，取之於《拾穗》、用之於《拾穗》，先從讀者成為譯者，再從譯者成為主編，步步走來，如履薄冰。在銷量下滑、眾人喊停之際，所幸金開英再度頂住壓力、成為《拾穗》的發行人，一肩挑起《拾穗》的成敗，帶領眾人揮灑汗水、灌溉賓果當年播下的文化種子。在「慶祝拾穗月刊創刊三十週年專欄」中，金開英以發行人的身份敘述《拾穗》創刊維艱：

回顧拾穗創刊，迄今業已屆滿三十年，我雖在二年前方始繼張明哲先生之後，登記為發行人，事實上本刊之創立，緣起於我與故廠長賓果先生商量的結果。其時，中國石油公司高雄煉油廠內薈集了許多技術英才，可是生產設備不全，原油來源不暢，同仁的工作負荷不重。賓先生和我商議，如何能使這些優秀的技術人員在暇豫之際，依舊維持精進不懈。他建議辦一個刊物，譯載國外雜誌上刊布的文字，其目的在介紹新知，雖不排除文藝譯作，但在比重上則加限制。刊載的文字以翻譯為限絕對不刊創作。

於是，拾穗月刊在三十九年五月一日問世了。

刊名「拾穗」由當時的主辦人馮宗道先生向賓先生建議而採用，賓先生更親自勾了米勒名畫中的三個農婦，作為第一期的封面。「拾穗」兩字則為吳稚暉先生手筆。

拾穗創刊後第四日黃昏時分，賓先生即在高雄煉油廠的化驗室內，因公殉職。他親手種植的一株小花，只在初茁時與他打了一個照面，嗣後三十年中，竟蔚為自由中國相當著名的定期刊物，尤其難得的是風貌始終不變。同時，我與賓先生當時刻意維護的一群英彥，在以往三十年中，也都對自由中國的工業建設貢獻了心力。由後一點看，我與賓先生的目的達成了，由前一點看，卻是我們最初意料所未及的收穫。

賓先生雖未及目覩自由中國工業發展與拾穗月刊本身的成就，但半屏山下英靈有知，必然告慰。

一份刊物要能維持三十年而且風貌不變，始終堅持「益智、怡情」的宗旨與「清新、純正」的風格，一來需要發行人擇善固執，二來需要主編不為所動，三來需要創刊元老一本初衷，所幸夏耀、楊氣暢、鄧世明始終源清流潔，三十年來焚膏繼晷、穩定供稿，讓《拾穗》在佘小瑩誠惶誠恐地經營下，迎來了三十歲生日，為此，鄧世明寫下〈而立述感〉，回顧三十年來的翻譯點滴：

三十年來，我曾在這塊小小的土地上，撒下一顆「音響」種籽，為拾穗墾出一片音響園地，至今已成為拾穗歷時最久的一個專欄。而且結出「Hi-Fi談叢」與再版的「高忠實度與立體聲」的果實，是為國內談論音響的濫觴，較諸吳心柳兄於中廣調頻台開播的「音樂與音響」尚早十五年。

三十年來，我也曾努力為拾穗開墾音樂的園地。幾乎付出全部的業餘時間，所幸一番心血並未虛擲。「序曲、音詩、與管弦小品」、「樂壇大指揮家的故事」、「協奏曲」、「樂器的故事」、「貝多芬誕生二百年紀念」、以及歷時七年方始完成的「樂壇偉人」，都是園中的收穫。而目前已耕耘五年之久的「現代樂府」也仍將繼續培育，期能早日結果。三十年來音樂園地中收穫，早已超過二百萬字，對國內的音樂環境，不敢奢言有何貢獻，但數十年每晚如一，使業餘的時間並未浪擲，實為個人最大的安慰。而當初也並未料及能如此持久，且竟成為日課之一。

十五年前，當「樂器的故事」一書出版時，曾在書後贅曰：「……音樂，僅是業餘的嗜好，消除日間噪音煩人的良藥。而翻譯、寫作，也不過是閒時的自修與消遣，逃避世俗擾人的手段而已。每當夜深人靜，小兒女均已入睡，安詳寧靜的氣氛，每每令人心醉。與妻燈下對坐，一筆在握，隨興而寫。既無世俗利祿之擾，也無鬻文舉炊之苦，但覺其樂也無窮。如能偶有所得，更會雀躍再三，歡欣不已。」當時的「小兒女」，如今均已成人，各自東西。每晚雖仍與「老」妻燈下對坐，幼兒哭鬧之聲已不復耳邊，安寧更甚往昔，但也倍覺人生之何其倉促！所堪告慰者，三十年來未負園丁之責，自己小小一片土地，未有半點荒蕪。也更感謝拾穗之肯於容我濫墾，能有所獲，也是歷任主持者之鼓勵也。

三十年的日課。三十年的灌溉。三十年的守護。但，三十年後的臺灣，卻已非三十年前的樣貌。時代的潮流席捲一切，如洪水從山巔奔湧而下、勢不可擋。一九八八年一月一日，報禁正式解除，民眾得以自由創辦報刊等媒體，《拾穗》面臨更多來自友刊的挑戰，民眾閱讀習慣又已改變——追求娛樂勝過益智，嗜好聲色犬馬更勝怡情養性，「煽情、色情、血腥」抬頭，淡薄無味的「清新、純正」式微。初衷若已不在，轉型亦是枉然。

《拾穗》之所以能以純翻譯刊物之姿，立足三十年而不倒，原因在於外國人著作與翻譯在臺灣不受著作權法保護。然而，到了一九八〇年代，臺灣對美國貿易出現順差，美國開始對臺灣的版權立法施壓，要求翻譯需得授權方能出版，倘若如此，將導致《拾穗》辦刊成本大幅上升。與此同時，電腦又已日漸普及，知識爆炸的時代即將來臨，理工出身的佘小瑩深知：小小一本月刊，根本滿足不了讀者對資訊的需求，未來勢必是電視、電腦等新媒體的時代。儘管一往情深三十載、情到深處無怨尤，但最終理性依然壓倒感性——《拾穗》的時代性任務已經結束，優雅地鞠躬下臺吧。

註釋

161 CNS是我國實施的國家標準，舊名全名為「中國國家標準」(Chinese National Standards)，二〇〇五年修訂為「中華民國國家標準」(National Standards of the Republic of China)，但縮寫依舊為CNS。

162 黃文範（1925～），本名黃文烈，湖南長沙人，陸軍官校、陸軍參大、美國砲校、美國防校畢業，一九五二年自美受訓返國，派往花蓮空軍防空學校任教，鑒於當時軍事專業書籍多為原文書，為了教學而走上譯途，譯書八十餘冊，字數總計逾二千四百萬，二〇〇六年由「香港翻譯學會」獲頒「榮譽會士」，推崇其對翻譯界的卓越貢獻。

163 詳見翁清林（1980）。〈拾穗與我〉。《拾穗》，三六一期。

十四 拾不盡的穗，說不完的事

《拾穗》的故事總也說不完，創辦人有創辦人的故事，編輯有編輯的故事，譯者有譯者的故事，作者有作者的故事，故事裡頭還有故事，故事外頭也有故事。

一九八八年九月，《拾穗》第四百六十一期刊出了佘小瑩的〈停刊辭〉。過了半年，一九八九年四月，《拾穗》第四百六十二期悄悄出現在書市，翻開封面，熟悉的〈致讀者〉回顧了《拾穗》的過往，同時也預告了復刊的消息：

拾穗月刊在民國三十九年五月一日創刊，當時曾引起國內愛好科學智識的讀者們熱烈迴響，原因無他，祇為了國內文化界實在太貧瘠了，經濟在抗戰結束後的蕭條，台灣在日本統治下智識的低落，在在顯示飢餓後渴望一碗白米飯的急切，拾穗雖是一本印刷平淡的刊物，但它的內容却是讀者們嚼之津津有味的白米飯。

曾幾何時，拾穗遭遇過空前的困境，平淡的外表，引不起新生讀者的青睞，發行網的縮水，使它的生命受到太多的威脅，不得已在七十七年九月一日發行了四六一期之後，祇好叫停，原因無他，虧損累累，但經過各方面的雪中送炭，暫時把債務還清，現在正整裝待發，但是為了病後的調養，我們不能不再休息一陣子，讀者們的鼓勵，讓我們不得不掙扎着露個臉，這一期能夠再與讀者見面就是本着拾穗的這一股精神。

我們珍惜廣大讀者的友情，我們認識拾穗的使命，相信休息過後，我們會有更健康的身體、更充沛的體力，來走更遠的路。希望各位可敬可愛的讀者們，多給我們鼓勵，多給我們支持，希望拾穗能永遠在台灣這塊文化園地，永遠茁壯生長。

半年後，一九八九年十一月，《拾穗》革新版橫空出世，內容改為創作，版型煥然一新，隔年為了慶祝《拾穗》創刊四十週年，主編找了各界名人來回顧《拾穗》，這份一九五〇年誕生於高雄煉油廠的雜誌，由一群理工科菁英左手煉油、右手鍊字，以傳播知識為使命，內容文理俱愜，影響遍及各界，包括政界、商界、科學界、文學界，孕育了一代又一代的菁英，親民黨主席宋楚瑜回憶道：

拾穗雜誌是我年輕時汲取知識的來源之一。在那段文化出版事業尚未發展的時期，相信有許多人因為它，而豐富了精神生活。[164]

此外，統一集團創辦人高清愿表示：

我認為拾穗是一份綜合性且內容水準很好的刊物，她具有「本土性」的文化兼「多元化」的編排，且以啟迪智慧、淬礪心志為編輯方向，可說是目前國內出版品競爭激烈良莠雜陳中的一股清流。

值此「拾穗」四十年，願每顆「拾」起來的「穗」，都化成千萬的良師益友，永遠伴隨需要她的讀者。[165]

國立自然科學博物館前館長漢寶德也說過：

「拾穗」是我青少年時期的精神食糧。它為我開拓的知性世界，供我遨遊至今。希望今天的「拾穗」也能為迷途的這一代青少年，開拓一片靈性的天地，使他們找到美好的明天。[166]

作家心岱則感念《拾穗》陪伴自己走過青春期的迷惘：

> 「拾穗」是我少女時代夢想飛奔的一座王國，它陪伴我走過那段崎嶇的路，豐潤我貧血孤寂的心靈，終於我得以親近文學的堂奧，並以文學創作成為終生的依恃。[167]

直到二十一世紀，依然有一群讀者對《拾穗》念念不忘。中央研究院歷史語言研究所助理研究員王道還先生，就對《拾穗》翻譯的科學作品難以忘懷：

> 初中起，就常讀《拾穗》，因為有位同班同學的父親常投稿，到他家裡就能讀到這本月刊。同學的父親是外交官，駐節過美國。同學似乎在美國讀過幼稚園或小學，英文很好，尤其是發音，比起來我總顯得怪腔怪調的。
>
> 當時同學的父親在坐牢，據說是政治犯，我們搞不清楚什麼叫政治犯，連問問題都不會，因此從來不明白他父親出了什麼紕漏。我們只知道他英文不錯，在牢裡翻譯文

章，登在《拾穗》上，可以賺些稿費。

我愛讀《拾穗》，主要是它內容駁雜，尤其是科學報導。當然，大多是翻譯的。那時國內可以隨意翻譯美國的書報雜誌，根本沒有所謂智財權的問題。記得有一次讀到同學父親譯的〈秋天樹葉為何飄零〉，似乎是從 *Scientific American* 之類的刊物譯出來的，程度不淺，但是我讀得懂的部分，教我大開眼界，印象深刻。[168]

除了科學文章，《拾穗》翻譯的西洋音樂也開啟了臺灣知識份子的視野，詩人楊澤[169]早年閱讀《拾穗》，對於《交響樂的故事》印象深刻：

《拾穗》是一本古雅（quaint）的雜誌，古典與現代交錯，西洋與東洋匯流。在那個「大江南北，五湖四海，歐風美雨，和魂漢才」的大時代，《拾穗》既是上海摩登在臺灣的老幹新枝，也是國府高級公務員在高雄開闢出的沙漠綠洲，透過翻譯科學、文學、音樂、藝術等文章，與全臺灣的菁英階級定期交流。

《拾穗》翻譯的音樂文章眾多，對臺灣古典樂壇頗有貢獻，其中《西洋交響樂的故事》在編排和取材上都十分特殊，原文作者保羅・葛拉畢（Paul Grabbe）出身古典音樂大國

——舊俄羅斯，先從宏觀視野鋪敘交響樂發展史略及其時代背景，再介紹交響樂的常識和著名交響樂作家，《拾穗》的譯介補足了臺灣音樂教育在日治時期之後和經濟起飛之前的真空時期，也讓本土菁英和外省菁英因為音樂而有了交集。一九七三年張繼高先生創辦《音樂與音響》，還特地南下高雄聘請《拾穗》譯者鄧世明出任主筆。

作為綜合性雜誌，《拾穗》不僅譯介西洋音樂和科學新知，也翻譯國外的時事消息，唐山書店創辦人陳隆昊[170]先生因而深受啟發，不僅與書結下不解之緣，更因為《拾穗》翻譯了「六日戰爭」的深度報導，從而養成事必躬親的習慣：

我之所以與書結下不解之緣，始於初中時期閱讀《拾穗》的緣故。當年愛玩、愛運動，課業成績不盡理想，因此在初二時，對於學業要求極為嚴厲的祖父將我送往鄰近城市升學率高的新埔國中，交給當校長的叔公管教。

面對陌生的環境，我內心感到孤獨與悲傷。每每下課，其他同學都往操場跑，我卻總是第一個往學校圖書館衝，一本由石油公司出版、介紹西方翻譯新知的《拾穗》是我必翻的刊物。有一期，《拾穗》報導「六日戰爭」，當時以色列在短短六天內，佔領耶路撒冷舊城、西奈半島、約旦河西岸及戈蘭高地。有一位記者採訪以色列軍隊師長——身經百戰的「獨眼將軍」戴陽（Moshe Dayan，1915～1981），問他為什麼在士兵比軍官多的軍隊結構下出兵打仗，卻是軍官陣亡人數比小兵多？戴陽回答：「軍官不是指揮士兵上前線，是身先士卒帶著他們上戰場，這就是以色列打勝仗的原因。」這句話為我帶來莫大的啟示，至今受用，從而效法戴陽，事事親力親為，信奉「帶頭做，才能把事情幹好」的精神，以身作則，店員搬兩包書籍，我就搬三包，在長年搬書的辛勞下，造成膝蓋軟骨磨損退化的職業傷害，即便如此，我還是對書籍不離不棄。

相較於作為美國大外宣的《今日世界》，以及代表美國右派中產階級的《讀者文摘》，《拾穗》由臺灣本地知識份子擷取西方新知，滿足島上讀者對域外世界的嚮往，讓初中的我體認到書中天地寬，從而使閱讀成為我畢生的習慣。

包羅萬象的《拾穗》既是滋養臺灣三代人的精神食糧，也是培植三代譯者的搖籃。臺大外文系與戲劇系名譽教授彭鏡禧博士[171]是《拾穗》的讀者兼譯者，翻譯成就備受文壇推崇，一九六五年於《拾穗》嶄露頭角，譯筆嚴謹而且文采斑斕，尤其感念《拾穗》開拓其視野：

> 我知道《拾穗》是因為我大哥的關係。我們家兄弟姐妹一共十人，其中大哥鏡鴻很喜歡接觸各種外界知識。在那個還沒有google的年代，知識是很封閉的，只能夠透過紙本，再加上各種管制，所以很難得到外界的訊息。大哥很喜歡外面的世界，又有求知慾，所以對我來講，大哥跟我除了兄弟姐妹這一層關係之外，對我求知、求學影響很大。他訂了兩樣刊物。一樣是《國語日報》，另一樣呢，就是《拾穗》。
>
> 接觸到《拾穗》大概是我高中的時候，當時大哥已經出社會在工作了，我看了《拾穗》覺得很喜歡，因為裡面什麼東西都有，有科學的知識啦、一般的常識啦、文學作品啊，都有，每一期我都會從第一頁讀到最後一頁，這是我接觸《拾穗》的開始。當時每天除了上學啊、打球啊、玩啊，其他時間就是閱讀。我還蠻喜歡閱讀的，而《拾穗》就提供了很好的閱讀材料，讓我知道這個世界上有很多事情在海外發生，學術上也有很多不同領域的學問，看了《拾穗》之後，最大的啟發就是開拓我的眼界。

長榮大學翻譯學系的李恭蔚教授[172]則於一九七九年為《拾穗》翻譯〈泥水匠奇遇記〉和〈堆滿寶物的錫巴汗古墓〉，中文系出身的李教授，透過翻譯經驗強化英文實力，開啟日後留學美國的契機：

我是輔仁大學中文系的學士、碩士，從小就對英文有興趣。一九七五年碩士畢業後，我到東南工專（今東南科技大學）任教，期間受到文化大學黃斐章教授邀請，兼任《中英文週刊》編譯，從而與翻譯結緣，更於一九七六年考進商務印書館成為專任譯者。

在商務印書館工作期間，我得以接觸到大量外文資料，包括美國文學之父華盛頓・歐文（Washington Irving）的短篇小說〈泥水匠奇遇記〉（"The Adventure of the Mason"），內容兼具文學性和趣味性，便秉持著對美國文學的熱愛翻譯出來。當時《拾穗》正好在徵稿，我就把翻譯好的稿子投過去，後來稿子果然刊了出來，除了得到稿費之外，更高興的是翻譯了美國文學之父的作品。

第二篇投到《拾穗》的稿子，則是一九七九年七月二日《時代雜誌》（*Time*）的文章〈堆滿寶物的錫巴汗古墓〉（"The Golden Nobles of Shibarghan"），內容涉及歷史，正好對了我的脾胃，加上《時代雜誌》的英文並不容易，能夠翻譯出來是很有成就感的事情，因此便動手翻譯了出來，這次也是一投就上。

後來到陸軍官校任教後，雖然無暇繼續翻譯，但還是陸續收到《拾穗》寄來新的期數，或許是表示對譯者的愛護吧。在我來看，《拾穗》提供讀者綜合的新知，內容既廣且博，具有國際性、世界性，不像當時臺灣黨國思想、中國思想太強，《拾穗》打開了讀者的視野。我也因為翻譯的緣故，從而練好了英文，後來才有去美國留學的機會。

從小在高雄煉油廠長大的王安琪博士是國立臺灣大學外文系教授[173]，油廠國小、國光中學畢業，《拾穗》譯者多為同學的父執輩，並執行了《赫克歷險記》、《愛麗絲幻遊奇境與鏡中奇緣》等國科會西洋經典譯注計劃：

> 作為油廠子弟，我小學時期就開始讀煉油廠同仁自辦刊物《拾穗》和《勵進》，《拾穗》包羅萬象，讓我長知識增見聞深受啟蒙，《勵進》則給我稿費零用錢，小學作文寫得不錯會被老師拿去刊登，一篇賺五元新台幣。
>
> 作為《拾穗》長期讀者，我覺得它最大貢獻在於引介當代科技新知和國際文壇動態。煉油廠的工程師們博學多聞文武雙全，廣泛閱讀精挑細選之後，寫成深入淺出的科普文章，《拾穗》是全國第一份純屬翻譯的雜誌，是高水準的科學教育資源，更是結合科技與人文的先驅。
>
> 我喜歡科普文章，因而喜歡結合科技新知與文學創作的科幻小說，印象最深刻的是一篇孟恪譯的〈人體潛航記〉，連載四期（一九六六年六至九月）。譯文可能來自一九

六六年美國電影《聯合縮小軍》（*Fantastic Voyage*）上演前六個月根據電影腳本而先發行的小說版本。劇情為冷戰時期蘇聯科學家投誠美國，途中遭到蘇聯間諜暗殺命在旦夕，美國軍方啟動微縮科技實驗，網羅五人醫療小組進入潛艇，將之縮小注入動脈，以雷射槍消除腦部血塊。這電影也是一九八七年Steven Spielberg《驚異大奇航》（*Innerspace*）的前身。兩部暢銷電影大同小異，但「人體潛航」譯名多麼貼切！老一輩譯者國學底子深厚，遣詞用字優雅傳神。

煉油廠是高雄地區的天龍國，父執輩精心打造的烏托邦，環境清潔福利好，人人稱羨，油廠國小、國光中學不對外招生，只收員工子女。我們的校歌由音樂大師黃友棣譜曲，《拾穗》創辦人馮宗道作詞，詞曲流暢優美，洋溢殷切期盼。廠區宿舍校園位於半屏山麓，鍋爐管線精密複雜，高塔聳立排洩廢氣，暗黑原油去蕪存菁，煉製高效經濟產物。歌詞充滿譬喻典故：「屏山岑岑瓊塔如林，熊熊爐火礫流金。幼苗青青弱枝成蔭，春風化雨日日新，這是求知的少年營，這是親愛的大家庭，切磋且勤學，珍貝滿海濱」。我們至今朗朗上口，老同學聚會三不五時唱得開心。

瀏覽《拾穗》總目錄，我由衷敬佩這一大群工程師的獨具慧心，走在時代的尖端，默默耕耘一片知識園地，不僅各自發揮理工專長，還跨界文學、文化、音樂、藝術，是最理想的知識性課外讀物，尤其在聯考制度主導教學之下，教科書以外的書籍經常被排除，小時候常被告誡別讀「聯考不考的」，但煉油廠的長輩們有先見之明，引介當代先進知識，雖然《拾穗》的預設讀者也許不是我們，卻對我們晚輩產生潛移默化的啟蒙作用。

《拾穗》作為臺灣戰後第一份純粹譯介域外知識的綜合性刊物，不論在歷史縱深上或是當代的橫向推廣上，影響力都不容小覷，極盛時期發行量達一萬份，發行網遍及海內外，長年保持銷量穩定，半數是長期訂戶。訂戶國家如下圖。

三十八年來，《拾穗》翻譯了一千兩百多種外國文學作品，目前已經確定其中一千零四十八種的出處，各國文學統計如下頁圖。

《拾穗》訂戶國家

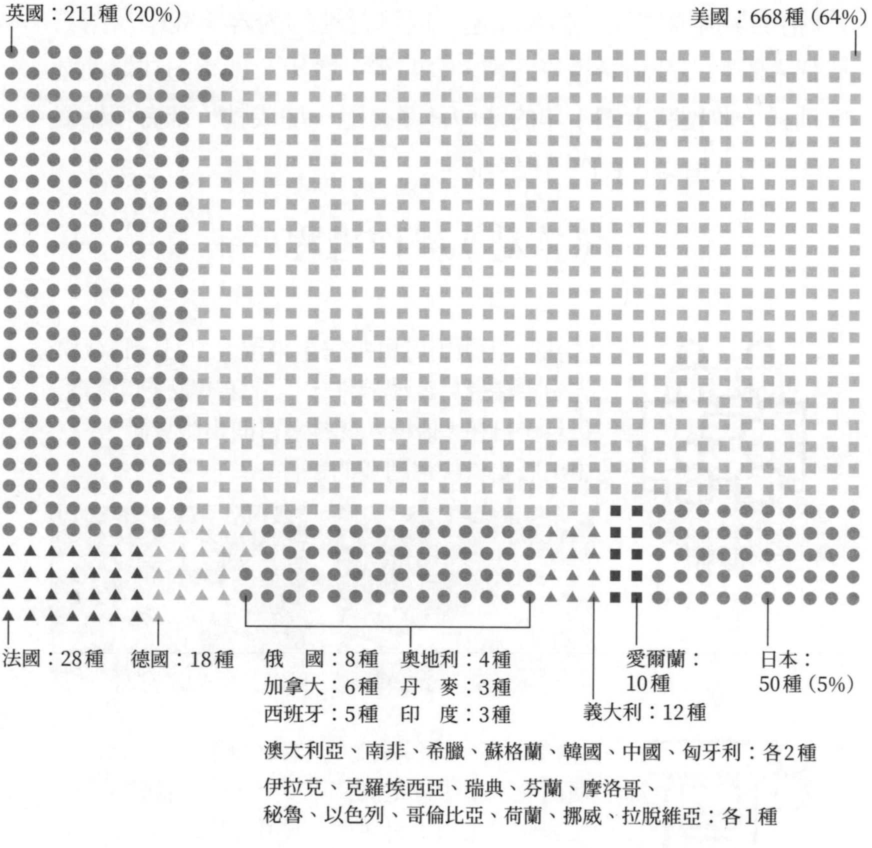
英國：211種（20%）
美國：668種（64%）
法國：28種
德國：18種
俄　國：8種　奧地利：4種
加拿大：6種　丹　麥：3種
西班牙：5種　印　度：3種
義大利：12種
愛爾蘭：
10種
日本：
50種（5%）
澳大利亞、南非、希臘、蘇格蘭、韓國、中國、匈牙利：各2種
伊拉克、克羅埃西亞、瑞典、芬蘭、摩洛哥、
秘魯、以色列、哥倫比亞、荷蘭、挪威、拉脫維亞：各1種

《拾穗》翻譯文學出處統計

《拾穗》流通廣泛、影響深遠，以綜合性的內容，開啟臺灣三代人的藝文及科學世界之窗，金開英、賓果、馮宗道在煉油廠播種，收穫將近四十年的精神食糧。這一切成就，都有賴始終如一的《拾穗》製作過程：

《拾穗》製作過程

《拾穗》出版委員會每屆十來位，每月一日截稿後，
先由主編過目整理稿件，再分送出版委員審閱，
每月十日在《拾穗》資料室召開出版會議，
由出版委員決定刊登的稿件。

一、編輯

《拾穗》出版委員決定刊登稿件後，
便由文字編輯校正潤飾、美術編輯插圖製版，
接著便送印刷工場排印。圖中的印刷工場
已由文化部文化資產局登錄為歷史建築。

二、印刷

三、鋪貨

包括高雄總經銷處
「人文書局」
臺南總經銷處
「萬有書店」
臺中總經銷處
「思明書報社」
花蓮總經銷處
「花蓮書店」
屏東總經銷處
「寰球文化服務社」
臺北經銷書店
「讀者之家」
基隆總經銷處
「讀者書報社」

四、分銷

各縣市中不可勝數的書報攤，
他們都是《拾穗》的推銷人。

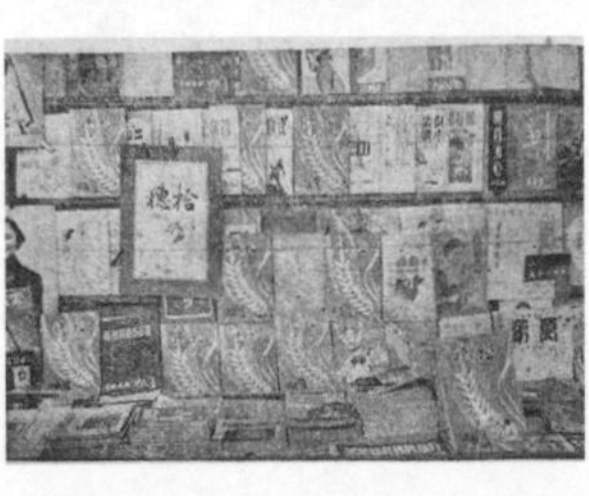

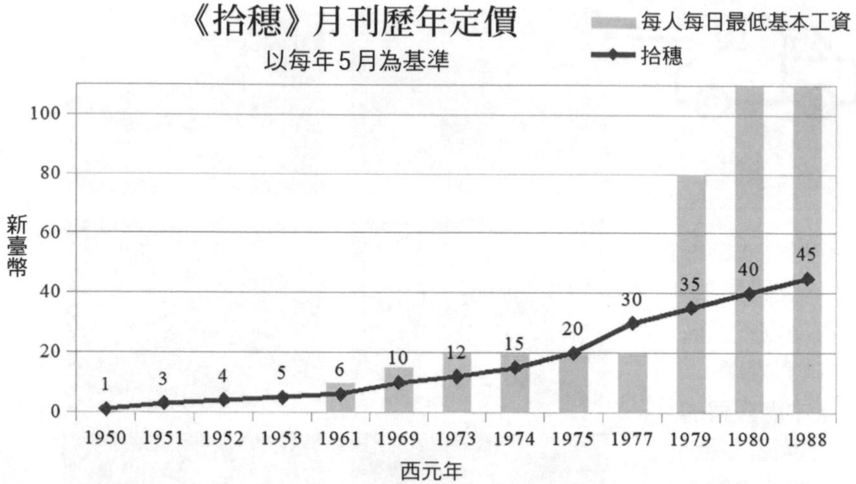

從煉油到鍊字，《拾穗》譯者引領風潮，開創美、英、日、法、德等各國作品的譯世界，孕育了臺灣三代譯者和知識份子。馮宗道、郁仁長、孫膺年、鄧世明、夏耀……等油廠青年不畏艱辛，一手煉油、一手鍊字，打造一本令白先勇和平鑫濤都欽慕的綜合性雜誌。

註釋

164 詳見宋楚瑜（1990）。〈須精益求精〉。《拾穗》，四六九期。

165 詳見高清愿（1990）。〈要拾起良穗〉。《拾穗》，四六九期。

166 詳見漢寶德（1990）。〈觀照年輕一代〉。《拾穗》，四六九期。

167 詳見心岱（1990）。〈溫馨的鼓勵〉。《拾穗》，四六九期。

168 詳見王道還（2014）。〈代序〉。《天人之際——生物人類學筆記（二版）》。

169 楊憲卿（1954～），筆名楊澤，嘉義人，美國普林斯頓大學東亞研究博士，曾任教於美國布朗大學比較文學系、臺北藝術大學戲劇系，身兼詩人與文學刊物主編。筆者於二〇二三年五月十八日電訪楊憲卿先生，在此感謝楊憲卿先生授權使用訪談結果。

170 陳隆昊（1951～），新竹關西客家人，政治大學邊政研究所（現為民族研究所）碩士、臺灣大學考古系（現為人類學系）學士，中學時受到《拾穗》啟發，與書結下不解之緣。現任唐山書店、唐山出版社老闆以及臺灣獨立書店文化協會理事長，二〇一四年獲第十八屆臺北文化獎肯定。筆者於二〇二三年五月廿六日面訪陳隆昊先生，在此感謝陳隆昊先生授權使用訪談結果。

171 彭鏡禧（1945～），新竹人，密西根大學比較文學博士，專長為莎士比亞、文學翻譯、中西戲劇，先後在美國耶魯大學、英國牛津大學、美國芝加哥大學英文系研究莎士比亞。筆者於二〇二三年二月廿七日面訪彭鏡禧博士，在此感謝彭鏡禧博士授權使用訪談結果。

172 李恭蔚（1950～），屏東人，美國印第安那大學布魯明頓分校歷史學博士，曾任教於長榮大學翻譯系所、陸軍官校文史系，早年擔任商務印書館譯者，專長為文學、歷史、中英翻譯。筆者於二〇二三年六月十四日面訪李恭蔚博士，在此感謝李恭蔚博士授權使用訪談結果。

173 王安琪，高雄人，臺大外文系博士，美國賓州州立大學英文系博士候選人，先後在哈佛大學、芝加哥大學研究。曾任教於臺大外文系、逢甲大學外文系、東吳大學英文系，專長為英美文學、文學翻譯。筆者於二〇二三年五月廿六日筆訪王安琪博士，在此感謝王安琪博士授權使用訪談結果。

附錄（一）《拾穗》大事紀

時間	重要事件摘要
1950年3月	《拾穗》出版委員會成立，討論創辦事宜。
1950年5月	1日，《拾穗》創刊；5日，創辦人賓果過世。
1950年8月	增設「棒球幻局」、「漫畫轉載」專欄，
1950年9月	實施第一次讀者意見調查。
1950年12月	增設「編輯室」專欄，作為讀者和編輯的溝通橋樑。
1951年1月	增設「業餘談養雞」專欄，並將小說篇幅訂為每期的40%。
1951年5月	本期為「週年紀念特大號」，刊出「徵稿簡則」正式向外徵稿，稿酬為「本刊若干冊」。
1952年2月	宣布「拾穗譯叢」問世，既有刊載於《拾穗》且具永久價值的譯文，也有未曾在《拾穗》上發表過的長篇名著。
1952年4月	實施第二次讀者意見調查，並贈送書籤作為紀念品。
1952年7月	聘請三位藝術家為《拾穗》繪製插圖。
1953年3月	登出「拾穗創刊三週年一徵文啟事」，第一名獎金三百元，第二名二百五十元，第三名二百元，其他優秀譯文致酬一百元。刊登投稿簡則，五千字以下稿件，每千字二十元；五千至一萬字，每千字十五元；一萬字以上，每千字十元。
1953年4月	續徵紀念譯文。前月徵文限制字數上限為五千字，以致譯者選材不易，故只選出作三篇，前三名從缺。
1953年8月	刊載紀念譯文前三名作品：〈春蠶到死絲方盡〉、〈幸運兒〉、〈魅影〉。
1954年3月	徵求機關團體福利社及學校學生私人經銷拾穗。
1954年10月	宣布舉辦全臺「拾穗金穗獎」橋藝大聯賽。

1954年11月	試辦「讀者服務部」。
1955年4月	實施第三次讀者意見調查。
1955年6月	響應勞軍運動，發起一人一書捐獻金馬將士。
1955年8月	增設「數學的趣味」專欄。
1956年6月	刊載「石油的故事」特輯，為第一個工業介紹專輯，慶祝中國石油公司成立十週年。
1957年4月	徵求《白衣女郎》單行本封面設計，採用者致奉薄酬二百元。
1957年5月	以鋁箔作為封面，呼應當期連載之「鋁的故事」，以此紀念創刊七週年。
1957年6月	選刊「算學遊戲九則」，全對者獲贈獎品。
1957年7月	鑑於有獎徵答來信踴躍，刊出燈謎徵答10題，全對者獲贈獎品。
1957年8月	公告六月份算學遊戲解答，全對者7名，送《白衣女郎》一冊；其餘答題者各贈送黑貓劫一冊。 公告七月份燈謎解答，全對者1名，送《白衣女郎》一冊；猜中5題以上2名，各送《黑貓劫》一冊。
1957年9月	屏東縣議員陳朝景閱讀《拾穗》1952年8月刊登之〈珍貴的垃圾肥料〉，因而對垃圾製肥產生興趣，進而成立信一行肥料廠取得成功，親自到高雄煉油廠向《拾穗》出版委員致謝。
1958年1月	刊載「科學與工業前途展望」特輯，共10篇有關人類科學工業進步與今後發展的文章。
1958年5月	刊載「糖的故事」，慶祝《拾穗》創刊八週年。
1958年6月	實施第四次讀者意見調查，填妥寄回即可參加抽獎。

1958年8月	5、6、10日舉行「拾穗百期紀念展覽會」，5、6日地點在臺北美而廉餐廳四樓，5日招待新聞文化界，6日辦讀者見面會，10日在高雄新生報社三樓舉行展覽會，兩小時內參觀民眾達兩千人。
1958年10月	《白衣女郎》經中國廣播公司採用為廣播節目。
1959年9月	刊出西德聯邦總理康若德·阿德諾來信，感謝《拾穗》出版《西德聯邦總理—阿德諾傳》。
1959年10月	刊登「太空競賽」文章〈太空時代的初期〉。
1960年1月	刊載〈南極探險記〉，致敬《拾穗》譯者張逢鏗於南極插旗。
1960年5月	發行「創刊十週年紀念特大號」。
1960年7月	招考《拾穗》助理編輯擔任校對及協助編印等事項，試用期間月薪七百元，三個月試用期滿，正式任用，月薪八百元起。
1960年12月	發出聲明警告盜印拾穗譯叢《西洋歌劇的故事》之不肖書商。
1962年5月	發行「創刊十二週年紀念特大號：開拓太空專輯」。
1962年6月	繼上月開始「藝壇拾錦」專欄，本月開始「體壇拾零」專欄，藝壇每期刊載次，體壇隔期刊載。
1963年8月	增設「環球企業」專欄，譯介世界各國經營企業之法。
1964年8月	15日，《拾穗》出版委員受臺灣電視公司「藝文夜談」主持人朱小燕之邀，上節目談論《拾穗》的歷史。
1964年12月	刊出徵稿啟事，每千字五十元，超過一萬字，每千字四十元，長篇連載均以每千字四十元計酬。
1967年4月	開始出現彩色專欄及內頁廣告。
1969年1月	稿費提高為每千字六十至八十元，補白及短稿從優計算。
1970年2月	二十週年紀念徵文，稿酬每千字一百元，另奉贈紀念品。
1971年12月	元旦徵文，分甲、乙兩組，甲組包括科學、醫學、人物傳記、遊記、珍聞等，乙組包括短篇小說，每組各取三名，另優選名額不限。

1972年9月	為了倡導譯作風氣、提高譯作興趣，特再擴大徵文，分為甲、乙兩組，甲組包括科學、醫學、人物傳記、遊記、珍聞等，乙組包括短篇小說，限定以新年或耶誕為背景者或有關之掌故。前三名可依次獲得獎金二千元、一千八百元、一千五百元，佳作名額不限，以每千字一百元奉酬。
1973年5月	稿費提高為每千字一百至一百二十元。
1973年6月	獲頒「內政部優良雜誌獎狀」。委託欣亞出版社有限公司為臺灣省區之總經銷，天祥出版社為臺北地區之總經銷。
1974年3月	協辦德國歌劇電影節，刊載索取入場券辦法。
1974年7月	增設「科技天地」專欄，譯介國外最新發明。
1974年9月	實施第五次讀者意見調查。
1975年1月	創刊二十五週年紀念徵文，同樣分為甲、乙兩組，前三名可依次獲得獎金五千元、三千五百元、二千五百元，另取佳作數篇，從優奉酬。
1975年5月	第301期首次委外印刷，由高雄鼎泰印刷公司承印；但第302期～第318期（1975年6月～1976年10月）又改由廠內印刷工廠自行承印。第319期～第323期（1976年11月～1977年3月）由臺南高長印書公司承印
1975年8月	稿費提高為每千字一百六十元，特優稿件另予計酬。
1977年4月	實施「第六次讀者意見調查」。 自第324期至停刊，印刷作業改由鼎泰彩色印刷廠進行。
1977年11月	獲頒行政院新聞局優良雜誌金鼎獎。
1980年5月	特闢「拾穗創刊三十週年專欄」。
1983年6月	增設「電腦專欄」
1988年9月	宣佈停刊。

附錄（二）「拾穗譯叢」書目

文學類五十一種

- 溫莎公爵回憶錄，蓑弦（本名郁仁長）譯
- 刼後孤雛，鳴鶴、耕藝合譯
- 波城世家，段續（本名段開紀）譯
- 海上漁翁，辛原（本名董世芬）譯
- 蕾綺表姊，微之（本名馮宗道）譯
- 滄海珠淚，婉龍（本名許留芳）譯
- 天才推銷家，岳兒（本名邱慈堯）譯
- 自殺俱樂部，郭吉光譯
- 春閨夢裡人，汪翕曹譯
- 海狼，山隱（本名夏耀）、桐聲合譯
- 唐卡米羅的小天地，何毓衡譯
- 玫瑰紋身，天岳（本名邱慈堯）、斯美（本名朱杰）譯
- 黑貓劫，文亭譯
- 白衣女郎，艾丹（本名朱于炳）譯
- 慘劇的預演，天岳（本名邱慈堯）譯
- 茶與同情、秋月茶屋，埃爾、金牛譯
- 北敦莊、去巴比倫的第一班郵車，斯美（本名朱杰）、微之（馮宗道）譯
- 西德聯邦總理——阿德諾傳，關德懋譯
- 朱門恩怨，蓑弦（本名郁仁長）譯
- 盲者之歌，孫賡年譯
- 南太平洋故事，郭功雋譯
- 大地的狂熱，山隱（本名夏耀）譯
- 眾目睽睽，郭英譯
- 紐約大都會傳奇，微之（本名馮宗道）譯
- 女營韻事，何毓衡、薛真培合譯
- 環球罪案搜奇錄，牟秉釗譯
- 歡樂山莊，張時（本名張以淮）譯
- 華莊煙雲，張時（本名張以淮）譯
- 諜影寒，艾理譯
- 義士魂，劉長蘭譯
- 鵬搏萬里，黃文範譯
- 柏林孤城錄，張時（本名張以淮）譯

- 吉屋召租，薛真培譯
- 鏡中諜影，南山譯
- 國際機場，筱瑩（本名佘小瑩）譯
- 船場，餘蔭（本名丁祖威）譯
- 危城九百日，拾穗月刊社譯
- 狐，默予譯
- 頑童西部歷險記，筱瑩（本名佘小瑩）譯
- 梁氏三姝，筱瑩（本名佘小瑩）譯
- 海明威的塑造，張靜二譯
- 黑手黨傳奇，山隱（本名夏耀）譯
- 黃寶石，張時（本名張以淮）譯
- 小獵人，淙琤譯
- 紐約街頭，山隱（本名夏耀）譯
- 愛的故事，佘小瑩譯
- 七號法庭，張時（本名張以淮）譯
- 刀客，山隱（本名夏耀）譯
- 睡美人，山隱（本名夏耀）譯
- 浪子淚，山隱（本名夏耀）譯
- 拾穗短篇小說精選，拾穗月刊社編輯

音樂類十九種

- 西洋歌劇的故事，棄唱（本名楊氣暢）譯
- 交響樂的故事，皚（本名江齊恩）譯
- Hi-Fi譚叢，伍牧（本名鄧世明）譯
- 芭蕾舞與樂曲的故事，棄唱（本名楊氣暢）譯
- 交響樂曲談叢，棄唱（本名楊氣暢）譯
- 序曲，音詩和管弦小品，伍牧（本名鄧世明）譯
- 高忠實度與立體聲（Hi-Fi譯叢增訂版），伍牧（本名鄧世明）譯
- 室內樂，棄唱（本名楊氣暢）譯
- 樂壇大指揮家的故事，伍牧（本名鄧世明）譯
- 二十世紀西洋音樂新貌，點瑟（本名陳滌清）譯
- 樂器的故事，伍牧（本名鄧世明）譯
- 協奏曲，伍牧（本名鄧世明）譯
- 貝多芬，伍牧（本名鄧世明）譯
- 樂壇偉人，伍牧（本名鄧世明）譯
- 樂壇偉人2，伍牧（本名鄧世明）譯
- 偉大的鋼琴家，祁唱（本名楊氣暢）譯
- 帕格尼尼傳，祁唱（本名楊氣暢）譯

- 樂壇偉人3，伍牧（本名鄧世明）譯
- 偉大的歌唱家，祈燦（本名楊氣暢）譯

科學類三十四種

- 征服星空，祝平、師坎（本名朱杰）等人合譯
- 石油的故事，靈鷲等合譯
- 鋁的故事，鄭重等合譯
- 糖的故事，武希聖等合譯
- 我們的地球，叔惠、微之（本名馮宗道）、靈鷲合譯
- 我們的朋友—原子，劉訓澤譯
- 生命的奇蹟：達爾文的自然世界，微之（本名馮宗道）譯
- 第一批到達月球的人，陳雪譯
- 科學家與發明家，曾協譯
- 探測海底的奧秘，玄父（本名孟昭彝）譯
- 飛向太空，拾穗月刊社編輯部譯
- 化學神奇的故事，潘玉生譯
- 漫談原子，曾協譯
- 天氣的故事，曾協譯
- 著名的科學探險故事，艾樵譯
- 永變巖石的故事，邵普澤譯
- 星空的故事，邵普澤譯
- 世界五大河流，鄒永基譯
- 叢林的故事，百紫譯
- 沙漠的故事，郭安平譯
- 海洋的故事，潘玉生譯
- 電子的故事，伍牧（本名鄧世明）譯
- 著名發明家的故事，潘玉生譯
- 史前穴居人的故事，叔瑾譯
- 通訊衛星與太空發展，瑞榮、細雨（本名孫賡年）合譯
- 太空十年，李里烈譯
- 湯先生奇遊記，張時（本名張以淮）譯
- 電腦與性向測驗，伍牧（本名鄧世明）譯
- 水：科學的鏡子，張時（本名張以淮）譯
- 無毛猿，吳茅源、段乃華合譯
- 幸運夫人，張時（本名張以淮）譯
- 以自然為嚮導，劉康賓譯
- 濾過性病毒，厄子譯
- 石油煉製原理與實務，拾穗月刊社譯

醫學類五種

- 何以不孕，喻景瑞譯
- 認識我們的身體，蕾美譯
- 久病成良醫，
  馬一非、朱桓銘、劉紹廉、葉衡合譯
- 精神與肉體，朱桓銘譯
- 偉大醫藥發現的故事，潘玉生譯

政經類兩種

- 國際冷戰用間錄，孟椿譯
- 技術及經濟開發面面觀，
  孫賡年、王寶森譯

藝術類兩種

- 藝苑選粹，安祥譯
- 拾穗幽默漫畫選，拾穗月刊社編輯

譯氣風發的高雄煉油廠

30位譯者×60篇譯作，重溫《拾穗》月刊開啟的文藝之窗

出版機關　台灣中油股份有限公司
發 行 人　李順欽
執行單位　台灣中油股份有限公司煉製事業部

作　　者　張綺容
封面設計　陳玟秀
內頁構成　黃暐鵬
特約編輯　趙啟麟
專案統籌　張貝雯、駱漢琦
總 編 輯　李亞南
編輯承製　漫遊者文化事業股份有限公司
地　　址　103 臺北市大同區重慶北路二段 88 號 2F-6
電　　話　02-2715-2022

初版一刷　2023 年 12 月
定　　價　新臺幣 420 元（平裝）
I S B N　978-986-533-395-9
G P N　1011201565

圖片提供　王俊秀教授、文訊雜誌社、台灣中油股份有限公司、林身振先生、
烏蔚庭先生、孫正元女士、孫泰元先生、國立臺灣大學校史館、張德真先生、
彭鏡禧教授、虞德麟先生影像資料庫、關傳雍先生（依照筆畫排列）

國家圖書館出版品預行編目（CIP）資料

譯氣風發的高雄煉油廠：30位譯者×60篇譯作，
重溫《拾穗》月刊開啟的文藝之窗／張綺容著.
－初版.－高雄市：台灣中油股份有限公司，2023.12
面；　公分
ISBN 978-986-533-395-9（平裝）
1.CST: 中國石油公司高雄煉油廠 2.CST: 世界文學
3.CST: 翻譯 4.CST: 歷史
810.5　　　112018913